LOU BECKER

Rosen um halb fünf

ROMAN

KNAUR

Besuchen Sie uns im Internet:
www.knaur.de

FSC
www.fsc.org
MIX
Papier aus verantwortungsvollen Quellen
FSC® C083411

Originalausgabe Juli 2018
Knaur Taschenbuch

Ein Imprint der Verlagsgruppe
Droemer Knaur GmbH & Co. KG, München

Redaktion: Regine Weisbrod
Covergestaltung: ZERO Werbeagentur, München
Coverabbildung: FinePic/shutterstock
Illustrationen im Innenteil: Yulia Sribna/Shutterstock.com
Satz: Adobe InDesign im Verlag
Druck und Bindung: CPI books GmbH, Leck
ISBN 978-3-426-52064-2

2 4 5 3 1

Ich freue mich, wenn es regnet,
denn wenn ich mich nicht freue,
regnet es trotzdem.

Karl Valentin (1882–1948)

Die kleinen Freuden aufpicken, bis das große Glück kommt.
Und wenn es nicht kommt, dann hat man wenigstens
die »kleinen Glücke« gehabt.

Theodor Fontane (1819–1898)

1

Alles begann mit einem gigantischen Blumenstrauß. Geliefert wurde er Montagnachmittag um halb fünf.

Der unpassendste Moment für eine solche Überraschung, den man sich denken kann. Gerade befand ich mich in einer äußerst diffizilen Lage, genauer gesagt mitten im Halasana, der dritten Asana der zwölf Grundstellungen des Yoga, gemeinhin auch bekannt als »der Pflug«.

Zwar bin ich keine leidenschaftliche Yogaanhängerin, aber diese Position, bei der man auf dem Rücken liegend die Beine kerzengerade über den Kopf nach hinten schwingt, um mit den Zehenspitzen den Boden zu berühren, praktiziere ich nach meiner täglichen Walkingrunde mit Leidenschaft. Nicht nur, weil damit Rücken und Halswirbelsäule wunderbar gedehnt werden. In dieser verqueren Perspektive stellt sich auch die innere Ruhe quasi wie von selbst ein. Kein Wunder, weil man da gar nicht anders kann, als einfach einmal tief durchzuatmen und die Klappe zu halten. Falls die Ruhe wider Erwarten ausbleibt (was gelegentlich leider vorkommt), erfüllt es mich zumindest mit Stolz, wie biegsam mein inzwischen neunundvierzigjähriger Körper allen überflüssigen Pölsterchen um die Hüften zum Trotz immer noch ist.

An diesem Montag Mitte Juli hatte es bis in den frühen Nachmittag hinein geregnet. Deshalb war ich spät dran, sowohl mit dem Walken als auch mit dem Pflug und der damit verbundenen inneren Ruhe. Als es klingelte, wunderte ich mich. Der Paketbote war wohl ebenfalls spät dran. Sonst pflegte er bereits am späten Vormittag in meiner Wohnung die Paketaufbewahrungsstelle für die gesamte Nachbarschaft einzurichten.

Ausgerechnet in dem Moment also, in dem ich mitten im Wohnzimmer in einer sehr ungünstigen Position auf dem Boden lag, musste er klingeln. Yogatechnisch war ich meiner inneren Ruhe gerade sehr dicht auf den Fersen. Nach dem Klingeln war es damit auf einen Schlag vorbei. In der gekrümmten Haltung gelang es mir gerade noch, ein erbärmliches »Leon!« zu keuchen und zu hoffen, mein fast achtzehnjähriger Sohn würde trotz des wummernden Basses zwei Zimmer weiter mein klägliches Flehen hören. Ebenso flehte ich, er würde die Gnade besitzen, das als Aufforderung zu verstehen, um zur Wohnungstür zu schlurfen und selbige zu öffnen. Derweil schwang ich die Beine wieder nach vorn, spürte das Blut ins Gesicht schießen und versuchte tapfer, schnellstmöglich einigermaßen unfallfrei zurück auf die Füße zu gelangen.

Glück gehabt. Oder vielmehr: Ein Wunder war geschehen! Leon hatte in der Zwischenzeit tatsächlich die Tür geöffnet. Wahrscheinlich weniger auf meine Bitte hin als in banger Erwartung eines Päckchens von dem von mir ob der sklavenhaltermäßigen Arbeitgebermentalität zutiefst verachteten amerikanischen Versandmultis mit dem großen A. Oder hatte etwa seine neue Flamme vor wenigen Sekunden via WhatsApp ihren Besuch avisiert? Der Gedanke verjagte den allerletzten Rest innerer Yogaruhe aus meinem Leib. Hastig strich ich mir das verschwitzte Haar glatt, zerrte das eher breiter als länger gewordene T-Shirt über die verräterischen Hüftpolster, zupfte die ausgewaschene Jogginghose zurecht und eilte ebenfalls in den Flur. Einen flüchtigen Blick auf die Angebetete wollte ich zumindest erhaschen.

Zu spät! Mit einem überdimensionalen Blumenstrauß, der in ein noch überdimensionaleres, fröhlich bunt gestreiftes Sommerfeelingpapier eingewickelt war, wankte mein Sohn bereits auf mich zu, die Wohnungstür sehr zur Freude der Nachbarn mit einem lässigen Fußtritt nach hinten überlaut schließend. Eine erschreckend lange Weile zitterte das verzogene hölzerne Türblatt noch in den Angeln.

Da hatte ich wohl völlig falschgelegen. Weder der Paketbote noch die neue Flamme meines Sohnes dürfte das duftende Ungetüm an der Tür abgegeben haben.

»Hast du etwa einen heimlichen Verehrer?«, fragte Leon in einem ähnlich ungläubigen Ton, als wollte er von mir wissen, wann ich den Nobelpreis für Physik in Empfang nehmen würde.

»Wieso?«, gab ich verdutzt zurück und nahm überflüssigerweise die Gesichtsfarbe einer sonnenreifen Tomate an. Man stelle sich vor: Eine gestandene Frau in der Blüte ihres Lebens, die bei der erstbesten dummen Bemerkung ihres kaum der gröbsten Pickelinvasion entwachsenen Sohnes verlegen wird wie ein törichter Backfisch – am liebsten hätte ich mir dafür selbst einen Tritt in den Hintern verpasst! Das aber überstieg eindeutig meine kargen Yogafähigkeiten.

»Gib her!«, steigerte ich mich leider weiter in meine erschreckend unsouveräne Haltung und entriss ihm das offensichtlich sündhaft teure Floristengebilde. Mit zittrigen Fingern suchte ich ungeduldig im knisternden Papier nach einer Grußkarte. Außer den beiden unvermeidlichen Blumenfrisch-Beuteln mit der Anschrift von Rainers Blumenladen zwei Straßen weiter, der dank seiner gehobenen Preise locker als Blumenapotheke firmieren konnte, fand ich zu meiner Enttäuschung allerdings nichts.

So geschickt wie möglich balancierte ich den kaum mit einer Hand um die Stängel zu umschließenden Strauß in die Küche und wickelte ihn an der Spüle aus dem Papier. Als ich die Pracht in einer einfallslosen IKEA-Vasen drapierte – etwas anderes besaß ich leider nicht –, kam ein kleines, farblich exakt auf die roten und rotlila Rosen, weißen Margeriten und den violetten Phlox abgestimmtes Kärtchen zum Vorschein. Neugierig klappte ich es auf und überflog die maschinengetippten Zeilen, die etwas von »glorreichen Tagen« verhießen, die angeblich so schnell vorbei seien »wie das Augenzwinkern eines jungen Mädchens«.

Was sollte das bedeuten? Eine unverschämte Erinnerung, wie rasch ich alterte und eben nicht mehr zu den augenzwinkernden jungen Dingern gehörte? Oder doch eher eine liebevolle Erinnerung an bessere Zeiten? Aber von wem? Ich hasse Denksportaufgaben! Erst recht, wenn mir mein längst über den Kopf gewachsener Filius beim Lesen indiskret über die Schulter späht.

»Hab ich's doch gewusst!« Das Grinsen auf seinem noch bartlosen Gesicht wurde so breit, als wollte er Frosch Kermit in der Muppet Show ablösen. »Du hast einen heimlichen Verehrer. Wer das wohl ist? Lass uns mal überlegen.«

Die unendlich langen Spargelarme vor der schmalen Brust verschränkt, den kleinen Mund zu einem süffisanten Grinsen verformt, lehnte er sich gegen den Küchentresen. Seine grünbraunen Augen musterten mich von oben bis unten, als stünde des Rätsels Lösung irgendwo auf meinem vom Schwitzen und von der sportlichen Anstrengung deutlich gezeichneten Leib.

»Du überlegst hier gar nichts! Stante pede verschwindest du in deine müffelnde Jungshöhle. Fang endlich an, deine Packliste für Florida zusammenzustellen. Abflug ist schon Ende nächster Woche.«

Energisch schob ich ihn aus der geräumigen Altbauküche. Innerlich ärgerte ich mich grün und blau. Grün, weil ich es wieder einmal nicht geschafft hatte, Leons provozierendes Geplänkel so abgeklärt zu parieren, wie es für eine fast fünfzigjährige, mitten im Leben stehende Frau, die ich jetzt unweigerlich war, angemessen wäre. Und blau, weil ich ähnlich wie der vor Gier sabbernde Hund beim Pawlow'schen Versuch sofort auf das Reizwort »Verehrer« reagiert hatte. In Kombination mit dem Adjektiv »heimlich« und dem luxuriösen Blumengebinde weckte das gefährliche Fantasien, die für meinen derzeit äußerst sensiblen Gemütszustand in höchstem Maße kontraproduktiv waren. Lebensabschnittsbedingte Hormon- und Gewichtsschwankungen machten mir zu schaffen, ganz abgesehen von den typischen Ängsten, jetzt, da in Kürze beide Kinder aus dem Haus waren und ich als vor zwei Jahren glücklich Geschiedene ganz allein auf mich gestellt zurückblieb. Privat wie auch beruflich stand ich vor völlig neuen Herausforderungen. Allein die Vorstellung von Männern vom Format eines Robert Downey jr. oder Jude Law, die geheimnisvoll lächelnd um mich herumscharwenzelten, brachten mich da nur noch mehr durcheinander.

Dabei war allein schon die Auswahl der infrage kommenden »Verehrer« entlarvend: Ob der stattlichen Ansammlung reichlich angegrauter Schläfen in der Runde meiner Traummänner würde meine Tochter Mona nur mitleidig mit ihren wundervollen, großen braunen Rehaugen rollen. Schauspieler aus der Generation von George Clooneys *Ocean's Eleven* sortierte sie kurz vor dem Luxus-Promi-Altenheim in Palm Beach ein. Mit gerade einmal zwanzig darf man das natürlich. Selbst Elyas M'Barek ist einem da schon fast so weit entrückt wie uns im selben Alter Johannes Heesters. Bei Mona standen stattdessen Filmsternchen ganz oben auf der Liste, die aus meiner Sicht eben erst dem Tigerentenclub entwachsen waren.

Energisch knüllte ich das Blumenpapier zusammen und stopfte es mitsamt der Grußkarte in den Papiermüll. Wenn ich eins in den letzten Jahrzehnten gelernt hatte, dann war es das: Es lohnte sich nicht, zu viel Energie in kühne Wunschträume zu investieren, die schneller zerplatzen als die Kaugummiblase auf den Lippen eines Fünfjährigen. Welcher Schnösel schickte seiner Angebeteten schon computergetippte Nachrichten? Noch dazu solche, die hart am Rande des Missverständnisses balancierten wie diese? Das war in etwa so romantisch, wie Männer in Feinrippunterhosen und weißen Tennissocken Sexappeal besaßen.

Davon abgesehen kannte ich inzwischen mein Glück in Sachen Liebe. Und leider auch meine aktuelle Wirkung auf Männer, wie ich beim flüchtigen Blick in das spiegelnde Glas der offen stehenden Balkontür feststellte. Zwar ganz normal für Frauen meines Alters, die sich zweifelsohne in der Lebensphase befinden, in der der Östrogengürtel um die Hüften umgekehrt proportional zum Abnehmen des Selbstvertrauens zunimmt. Eine Liebesaffäre war da in etwa so wahrscheinlich wie ein Freiflugticket zum Mond.

Aber was hieß in dem Zusammenhang überhaupt »aktuelle Wirkung auf Männer«? Besser, ich sah der ungeschminkten Wahrheit tapfer ins Gesicht. Weitaus zutreffender war wohl das Adjektiv *permanent*. Seit der Trennung von Detlef vor fast drei Jahren kam ich auf lediglich eine lächerliche Verlegenheitssexbeziehung, ausgerechnet mit meinem Nachbarn Dirk aus der Wohnung obendrüber. Statt mich also wahnwitzigen Illusionen von George Clooney im München-Format hinzugeben, die mir rührend unbeholfene, anonyme Liebesschwüre schickten, sollte ich mich besser den Fakten stellen: Weder in naher noch in ferner Zukunft würde mir ein geheimnisumwobener Verehrer Blumen schicken. Ab dem Auftauchen der ersten Altersflecken auf Wangen und Dekolleté erhält eine Frau in meiner Lebenssituation in der Preislage dieses Blumentraums höchstens noch den berühmten letzten Gruß fürs Grab.

Um größeren Enttäuschungen von vorneherein aus dem Weg zu gehen, sollte ich mir also schleunigst eingestehen, dass niemand aus meinem engeren oder weiteren männlichen Freundes-

und Familienkreis a) so viel Charme und b) so viel Originalität, geschweige denn c) so viel Großzügigkeit besaß, um mir eine derartige Überraschung zu bereiten. Getreu dem alten PR-Beratermotto »tue Gutes und rede darüber« würde mein Ex-Gatte Detlef entweder »versehentlich« die Rechnung im Strauß vergessen, damit ich in jedem Fall mitbekäme, wie viel ich ihm derzeit wert war, oder keine zwei Minuten nach Abschicken des Boten anrufen, um sich zu vergewissern, ob die Blumen tatsächlich eingetroffen waren und ich auf Anhieb erkannt hatte, von wem sie kamen.

Meine völlig unverbindliche »Ich bin genauso einsam und nach Zärtlichkeit verlangend wie du«-Verlegenheitsbeziehung Dirk aus dem Stockwerk über mir hielt aus rein ökologischen Gründen überzüchtete Schnittblumen, insbesondere im Sommer, der dieses Jahr allerdings nur im Kalender stattfand, für absolut unpassend. Blumen gehörten seiner Ansicht nach in die freie Natur, um dort jedermann zu erfreuen, und nicht zu Hause in die Vase, um nur von einem Egoisten bewundert zu werden. Angesichts des zwanglosen Charakters unseres Verhältnisses wären sie in seinen Augen als Liebesgabe obendrein überflüssig.

Mein Vater Konrad verschickte Blumen nur zu besonderen Anlässen, einen so dicken Strauß also höchstens zum fünfzigsten Geburtstag, der bei mir erst im nächsten Frühjahr anstand, oder eben zur Beerdigung.

Und der bescheidene Rest Männer aus meinem derzeitigen Umfeld, also Markus, Rainer, Michael, Alexander und wie sie sonst alle hießen, waren entweder verheiratet oder in festen Händen. Oder schwul oder aus anderen Gründen nicht an mir interessiert, weil wir seit Jahren beste Kumpel und nicht mehr waren. Oder sie brachten mindestens so viele Kilos auf die Waage wie Dirk Bach in besten Comedy-Zeiten, was ich nicht sonderlich attraktiv fand. Inständig hoffte ich, aus diesem Kreis meiner männlichen Bekannten würde niemand so viel Einfallsreichtum besitzen und mich mit einem solchen Geschenk in die Verlegenheit bringen, mich dafür bei ihm auch noch überschwänglich bedanken zu müssen. Ich konnte also davon ausgehen, dass innerhalb der nächsten beiden Stunden der Bote von Neuem klingeln und den Strauß zurückverlangen würde, weil es sich um eine simple Verwechslung handelte.

Verdrossen stapfte ich ins benachbarte Bad, bei dem es sich, wie in Altbauten üblich, um einen langen, schmalen Schlauch mit winzigem Fenster in den überschaubaren Hinterhof handelte. Der große Vorteil: Sich darin zu bewegen erforderte automatisch eine regelmäßige Überprüfung der körperlichen Gewandtheit, weil man sich geschickt zwischen dem Korb für die Schmutzwäsche, der Waschmaschine, dem Klo und dem Waschbecken bis zum hinteren Ende des gefühlt endlosen, in Wahrheit knapp fünf Meter langen Raums durchschlängeln musste, um die Badewanne zu erreichen. Zugleich diente die Wanne auch als Dusche, was ein weiteres behändes Klettern über den fast oberschenkelhohen Rand nötig machte.

Ich pfefferte Jogginghose und T-Shirt zur bis in alle Ewigkeit in meterhohen Bergketten vor sich hin dümpelnden Schmutzwäsche. Zugleich sann ich darüber nach, wann und vor allem warum ich mir meine frühere Gewohnheit versagt hatte, mich erst einmal über die schönen Dinge des Lebens zu freuen, statt sie gleich komplett infrage zu stellen. Eigentlich war ich doch *die* Verfechterin der »Nicht lange grübeln, sondern einfach schon mal so tun als ob, dann wird auch alles gut«-Philosophie!

Vor einigen Jahren noch hätte ich mir bei ähnlichen Erlebnissen wie dem anonymen Überraschungsblumengruß in jedem Fall gegönnt, mich für den Rest des Tages über die Blumen zu freuen, statt enttäuscht darauf zu warten, bis sich ihr Auftauchen als bedauerliches Missverständnis entpuppte. Sich zu freuen war immer erlaubt und kostete nichts. Hinterher konnte einem zwar der Blumenstrauß genommen werden, die Freude daran aber hatte man trotzdem gehabt – und neue Grübelfalten auf der Stirn vermieden.

Abgelegt ist nicht gänzlich verloren. Mindestens die nächsten zwei Stunden würde ich einfach mal so tun, als ob der ominöse Blumenkavalier tatsächlich um mich werben und mir mit den Blumen eine charmante Überraschung bereiten wollte. Was nach Aufklären des Missverständnisses geschah, konnte ich mir dann immer noch überlegen.

Während ich meinen inzwischen vor allem in der theoretischen Leibesmitte unvorteilhaft aus der Form quellenden Körper mit Lavendelduschcreme einseifte, rief ich mir den süßlichen Duft der Rosen in Erinnerung. Wie von selbst stieg in mir das Bild eines Kavaliers der alten Schule auf – mindestens vom Format eines Sean Connery, der seit Jahren heimlich davon träumte, mein Herz mit dem üppigen Strauß ganz *old-fashioned* mit Rosenromantik zu erobern.

Bei dem Gedanken begann ich leise vor mich hin zu summen, bis ich in Vorfreude auf die dank der bunten Blumen fröhlicher aussehende Wohnung bald munter unter dem Wasserstrahl herumzutanzen begann. Erst wenige Tage zuvor, auf Leons Abiball, war ich ähnlich vergnügt ganz im Rhythmus der Musik aufgegangen. Weit nach Mitternacht, als die Kids in irgendeinen Klub in der Stadt verschwunden waren, hatte der DJ uns Eltern zuliebe Hits aus den Achtzigern aufgelegt. Bis zur ersten Morgendämmerung hatte ich mir mit einigen wenigen anderen Standhaften die Seele aus dem Leib getanzt und mit dem Vater einer Mitschülerin meines Sohnes in Erinnerungen an die eigene Jugend geschwelgt. Nun trällerte ich versonnen von Neuem einige der Songs vor mich hin und tanzte und träumte, bis ich mir hinsichtlich meines anonymen Blumenkavaliers sicher war: Nur ein ähnlich entschlossener Charakter wie James-Bond-Darsteller Daniel Craig hatte den Mumm, im Vertrauen auf seinen Sieg sein Anliegen derart mysteriös in eine verschlüsselte Botschaft zu verpacken.

Als ich mich wenig später abtrocknete und verschwenderisch mit der sündhaft teuren Bodylotion eincremte, die mir meine Freundin Ute zu Weihnachten geschenkt hatte, schmetterte ich in voller Lautstärke Max Giesingers »80 Millionen« vor mich hin. Längst war ich davon überzeugt, der Traummann hinter den Blumen war eine gelungene Mischung aus den attraktivsten, klügsten und charmantesten Männern dieser Welt, und sah jetzt, da mein Sohn kurz vor dem Abflug und ich damit vor einer neuen Singlephase in meinem Leben stand, endlich seine Chance gekommen, mir fortan mein Dasein zu verschönern. Warum auch nicht? Beim Träumen war alles erlaubt. Und außerdem war es immer besser, einfach mal so zu tun als ob, als gar keine Träume mehr zu haben.

Zur Feier des Tages stellte ich mich freiwillig in die Küche und zauberte meinem demnächst für ein halbes Jahr über den großen Teich entschwindenden Sohn sein Lieblingsessen: Paprikageschnetzeltes. Für jemanden wie mich, der sogar freiwillig das Bügeln einer Wochenladung Businesshemden dem Kochen vorzog, eine beachtliche Leistung, insbesondere, wenn sie statt wie sonst in Todesverachtung in bester Laune vollbracht wurde.

Leon wusste meine Heldentat sofort zu schätzen, wie sein vorsichtig hinter der Tür auftauchender Lockenschopf verriet. »Mama, du bist echt spitze!«

Glückstrahlend legte er mir den Arm um die Schultern und erlaubte mir einen flüchtigen Kuss auf seine zart beflaumte Wange. Mir wurde ganz blümerant. Für einen solchen Moment unverhofften Mutterglücks würde ich sofort ein Gelübde ablegen, künftig jeden Tag – nein, man musste es ja nicht gleich übertreiben –, also zweimal in der Woche Geschnetzeltes zu kredenzen.

Noch während ich mit mir haderte, ob diese Zusage angesichts von Leons weitaus größerem Opfer, meine Zärtlichkeit erdulden zu müssen, nicht doch ein wenig knauserig war und was es für die Intensität meiner Mutterliebe tatsächlich bedeutete, dass ich mich nicht imstande fühlte, ein ähnlich großes Opfer für einen Kuss auf seine Wange zu erbringen, riss uns Sturmklingeln an der Wohnungstür aus der trauten Zweisamkeit.

2

Das Klingeln konnte nur eins bedeuten: Der Bote kehrte zurück, um den irrtümlich zugestellten Blumengruß wieder abzuholen. Ich warf dem feudalen Strauß, der inzwischen mitten auf dem Esstisch thronte, einen wehmütigen Blick zu.

Ach, was soll's!, rief ich mich im nächsten Moment selbst zur Ordnung. Eigentlich konnte ich ihm das Gebinde bester Laune überreichen. Seine Aufgabe war erfüllt. Es hatte mir zwei, drei fröhliche Stunden gute Stimmung und sogar noch ein annähernd festliches Abendessen mit meinem halbwüchsigen Sohn beschert, bevor er demnächst als Mickymaus verkleidet durch Disneyworld Florida hüpfen würde.

Anders als seine Schwester Mona, die Detlefs schlechtes Gewissen kurz nach der Scheidung vor zwei Jahren eiskalt ausgenutzt hatte, um ihm zwischen Abitur und Studienbeginn im österreichischen Graz eine dreimonatige Weltreise aus den Rippen zu leiern, hatte Leon sich mir gegenüber bislang loyal gezeigt und selbst die verlockendsten Angebote seines Vaters abgelehnt. Der sechsmonatige Aufbruch nach Orlando war seine Art, mir behutsam, aber zielstrebig zu verstehen zu geben, dass auch für ihn unweigerlich die Zeit der Nestflucht gekommen war. Weil er erst in einigen Wochen volljährig wurde, hatte er sich dazu extra eine Sondergenehmigung besorgt, was mir eindrucksvoll bewies, wie ernst er es mit der Abnabelung von mir tatsächlich meinte. Das

Abendessen mit ihm sollte ich also in vollen Zügen auskosten, ob mit oder ohne duftenden Blumenstrauß.

Schon wollte ich die Blumen packen, da hörte ich, wie Leon draußen im Flur meine Busenfreundin Ute begrüßte, und beobachtete durch die halb offen stehende Tür, wie er ihr gentlemanlike den tropfenden Regenschirm abnahm.

So sehr ich Utes spontane Besuche sonst schätzte, kam sie mir an diesem Montagabend äußerst ungelegen, nicht nur der nassen Stöckelschuhe wegen, die beim Hereinstolzieren ins Wohnzimmer auf dem feinen Stäbchenparkett hässliche Spuren hinterließen.

»Oh, ihr seid beim Essen«, stellte sie überflüssigerweise fest, als hätte sie um diese Uhrzeit mitten in der Woche bei uns eher mit einer Tanzparty gerechnet.

Zugegeben, es herrschte eine eher weniger fürs Familienessen von Mutter und Sohn übliche Atmosphäre. Gegen die düstere Gewitterstimmung vor dem Fenster hatte Leon eine Kerze auf dem Tisch angezündet. Außerdem hatte er das gute Villeroy & Boch-Geschirr, das Familiensilber meiner Großmutter Gerda sowie weiße Stoffservietten gedeckt. Für die Hintergrundmusik sorgte Zaz. Die CD pflegten wir früher beim sonntäglichen Familienabendessen in Erinnerung unzähliger gemeinsamer Frankreichurlaube zu hören.

»Magst du auch was essen? Mama hat gekocht.«

Im Gegensatz zu mir schien Leon über Utes Auftauchen erstaunlich froh. Das Alleinsein mit mir war ihm wohl doch einen Tick unheimlich. So kurz vor seiner Abreise befürchtete er nicht ganz zu Unrecht einen Schwall mütterlicher Ermahnungen für sein Verhalten jenseits von zu Hause und eine nicht minder umfangreiche Masse wehmütiger Erinnerungen an seine wie im Flug vergangene Kindheit.

»Gibt's was zu feiern?«, fragte Ute mit einem Blick auf den liebevoll gedeckten Tisch und den opulenten Blumenstrauß.

»Stell dir vor, Mama hat einen heimlichen Verehrer«, blökte mein wohl trotz kurz bevorstehender Nestflucht noch überraschend kindlicher Sohn triumphierend.

»Von wem sind die?« Ute wies auf die Blumen. Ihre Stimme klang mehr vorwurfsvoll als neugierig. Ebenso wie Leon traute sie mir wohl eher den Gewinn eines Lotto-Jackpots denn die ehrlich gemeinte Bewunderung eines männlichen Wesens zu.

Der Feigling von Sohn verschwand in der Küche, um Teller und Besteck für unseren Besuch zu holen, woraufhin Ute sich Vertrauen heischend bei mir einhakte und in beschwörendem Ton nachsetzte: »Raus mit der Sprache, solange Leon in der Küche ist. Bei der Asche meines Meerschweinchens schwöre ich hoch und heilig, ihm kein Sterbenswort von deinem Geheimnis zu verraten.« Theatralisch hob sie die rechte Hand zum Indianerschwur.

»Lass die unhaltbaren Versprechungen. Es gibt nichts zu verraten. Ich habe leider auch nicht den blassesten Schimmer, wer mir die Blumen geschickt hat.«

»Also eine Verwechslung«, schloss die beste aller Freundinnen im Umkreis von fünf Metern messerscharf und näherte sich dem stark duftenden, im flackernden Licht der Kerze noch schöneren Strauß, um ihre etwas zu groß geratene Adlernase zwischen Rosen, Phlox und Margeriten zu vergraben. »Oder plant Detlef seine reuevolle Rückkehr?«

»Leider habe ich für ihn kein Bett mehr frei«, lachte ich.

»Papa ist mit Jutta und der Kleinen an der Ostsee«, verkündete Leon bei seiner Rückkehr ins Wohnzimmer, was bewies, dass er unsere letzten Bemerkungen gehört hatte. »Das letzte Mal außerhalb der Schulferien.«

Jutta war der zehn Jahre jüngere Grund für Detlefs zweiten Frühling nebst überstürztem Abschied aus unserer Ehe vor knapp drei Jahren, die Kleine war deren unbestreitbar entzückende, mittlerweile fünfjährige Tochter Julia. Da sie die Frucht einer längst bereuten Urlaubsbekanntschaft Juttas mit einem gänzlich in der Versenkung verschwundenen Dänen und demzufolge bis zu Detlefs Auftauchen ohne männlichen Beistand aufgewachsen war, versuchte er sich bewundernswert selbstlos darin, dieses nicht von ihm verschuldete Malheur durch vorbildliches Ersatzvatersein wettzumachen. Der vierwöchige Sommerurlaub auf Rügen gehörte selbstverständlich dazu. Angesichts der Tatsache, dass er sich zu unseren Familienzeiten höchstens acht Tage am Stück hatte freischaufeln können oder vielmehr wollen, sehr beachtlich. »Die Agentur!«, hatte er mir früher stets mit einem erbarmungswürdigen Seufzer erklärt, wenn ich ihn um längere gemeinsame Ferien gebeten hatte. »Du weißt, wie wichtig es ist, dass ich als Chef für meine Kunden immer zeitnah erreichbar bin.« In den letzten Jahren verlangten seine Kunden also offenkundig entweder weniger direkten Kontakt zu ihm, was ihm als Inhaber und Geschäftsführer der PR-Agentur mit dem neudeutschen Namen *talk about* zu denken geben sollte, oder sie gönnten ihm angesichts seines fortgeschrittenen Alters – immerhin war er jetzt schon stolze zweiundfünfzig – endlich eine längere Verschnaufpause. Aber auch das sollte ihn nachdenklich stimmen, bewies es doch, wie ersetzbar selbst ein umtriebiger Chef wie Detlef Süß im Geschäft geworden war.

»Habt ihr keinen Wein?«, wechselte Ute geschickt das konfliktbeladene Thema.

»Rot oder weiß?«, ging ich gern darauf ein und wollte nun meinerseits in die Küche verschwinden. Wieder erwies sich mein Sohn als schneller.

»Ich mixe euch zur Feier des Tages etwas ganz Besonderes«, flötete er quer über den Gang durch die offen stehende Tür zu uns herüber.

»Was ist los mit ihm? Mutiert er wegen des nahenden Abflugs aus Mamas Nest zum *charming boy*?« Ute grinste.

»Besser spät als nie«, erklärte ich augenzwinkernd. »Dabei war er immer schon ein Goldstück, zumindest mir gegenüber.«

»Hab ich je etwas anderes behauptet?«

Ute umarmte mich. Sie war eben doch die allerbeste Freundin des Universums und wusste genau, wann ich trotz anderslautender Signale besonderen Beistands bedurfte.

»Mach's dir nicht so schwer.« Tröstend strich sie mir über die Wange. »Eines Tages müssen die lieben Kleinen ausfliegen. Und Leon ist ja nicht aus der Welt, sondern nur für ein halbes Jahr außerhalb deiner direkten Einflusssphäre. In Zeiten von WhatsApp und Skype ist Entfernung heutzutage letztlich nur eine Frage der funktionierenden Internetverbindung.«

Gegen meinen Willen meldeten meine Augen trotz des feinfühligen Beistands meiner Single-Freundin und Nicht-Mutter Ute rekordverdächtigen Hochwasseralarm. Verschämt wischte ich die Tränen weg, als Leon ins Wohnzimmer zurückkehrte. Auf einem Tablett balancierte er zwei dickbauchige, eisgekühlte Weingläser.

»Voilà, die Damen«, verkündete er stolz und reichte jeder von uns ein Glas des goldschimmernden Cocktails, in dem je eine Gurkenscheibe, eine Erdbeere, ein Blatt Minze und zwei Eiswürfel schwammen.

»Lillet vive, eine kleine Reminiszenz an den Sommer«, posaunte er lächelnd, als er unsere fragenden Blicke registrierte. »Zum Wohle, die Damen! Ich lasse euch zwei Hübschen jetzt besser allein.«

Ehe wir protestieren konnten, schnappte er sich seinen Teller mit dem kalt gewordenen Geschnetzelten und verzog sich.

»Im Gegensatz zu älteren Geschlechtskollegen weiß er, wann er stört und wann nicht. Hoffentlich behält er das bei«, bemerkte Ute, bevor sie mir aufmunternd zuprostete.

Der Aperitif war perfekt, wie ich erstaunt feststellte. Woher hatte mein süßer, alkoholisch noch völlig unbedarfter Sohnemann das Rezept? Zu seinem größten Bedauern wurde er erst in einigen Wochen achtzehn und durfte in der Öffentlichkeit bislang höchstens mal ein Bier oder ein Radler bestellen. Ein Lillet vive hatte eindeutig mehr Prozente.

»Also noch mal zu den Blumen«, riss Ute mich aus meinen erziehungstechnischen Grübeleien. »Wenn bis Geschäftsschluss niemand gekommen ist, um sie wieder abzuholen, darfst du sie guten Gewissens behalten, auch wenn eine Verwechslung vorliegt.«

»Vielen Dank für deinen unschätzbaren juristischen Rat«, erwiderte ich und beschloss, die computergetippte Grußkarte unerwähnt zu lassen. In meinen Augen stellte sie inzwischen doch einen latenten Fingerzeig dafür dar, dass die Blumen sehr wohl für mich gedacht waren. In ihrem unbestechlichen Juristinnenscharfsinn würde Ute sie jedoch ins Gegenteil verkehren und gnadenlos anmerken: »Ausgedruckt! Unpersönlicher geht's ja wohl kaum!«

»Das Essen wird kalt«, erinnerte ich und setzte mich an den Tisch.

3

Statt Leon saß mir nun also Ute gegenüber. Die ersten Bissen meines mir plötzlich sehr erbärmlich erscheinenden Paprikageschnetzelten, das aus Fertig-Knopfspätzle, einem kalorienlastigen Becher Sahne, zwei roten Paprikaschoten und trocken gewordenen Schweinefleischwürfeln bestand, verdrückten wir schweigend. Unauffällig betrachtete ich über den Tellerrand hinweg meine Freundin, die ich seit Grundschultagen kannte.

Sie musste direkt aus der Kanzlei hergefahren sein, wie neben den Stöckelschuhen auch ihr obligatorisches dunkelblaues Businesskostüm und die zerknitterte weiße Seidenbluse verrieten. Selbst das widerspenstige, nach wie vor beneidenswert echte schwarze Haar war noch im strengen Knoten auf dem Hinterkopf geknebelt. Normalerweise schlüpfte Ute in bequeme Jeans und Schlabber-T-Shirt, um den Mief der biederen Juristenklause weit hinter sich zu lassen, bevor sie bei mir auf der Matte stand.

Als freiberufliche Kunsthistorikerin, die trotz Summa-cum-laude-Promotion ihr Geld hauptsächlich mit schnöden Ratgebertexten für Apothekenkundenzeitschriften und viel zu seltenen, obendrein schändlich schlecht bezahlten Fachartikeln für ein angesehenes Düsseldorfer Kunstmagazin verdiente, konnte ich im Gegensatz zu ihr theoretisch von früh bis spät im Pyjama herumlaufen, ohne dass sich jemand daran störte. Genau das aber pflegte mich selbst zu stören, weshalb ich auch in den eigenen vier Wänden Wert auf eine adrette Erscheinung legte. Auch jetzt musste ich mich in meiner schmalen schwarzen Stoffhose und der lässigen rosa Boyfriend-Bluse nicht vor Ute verstecken. Selbst mein leider schon regelmäßig gefärbtes dunkelblondes, halblanges Haar war frisch gewaschen und gekämmt. Einen Hauch von Eyeliner, Wimperntusche und Lippenstift hatte ich mir angesichts der unverhofften Blumenfreude auch noch gegönnt, ebenso einen Spritzer meines neuen Parfums. Maiglöckchen gelten als Aphrodisiakum. War es Zufall oder Vorbestimmung, dass ich gestern im Laden ausgerechnet zu diesem betörenden Duft gegriffen hatte? Kaum erinnerte ich mich daran, hob ich von Neuem gut gelaunt das Glas und prostete meiner Freundin zu.

»Was führt dich eigentlich zu mir?«, fragte ich betont beiläufig.

Das war das Stichwort, auf das Ute gewartet hatte. Sie legte Messer und Gabel beiseite und setzte in einem atemberaubenden Tempo zu einer wahren Tirade an, aus der ich nur einzelne Fetzen wie »Du glaubst es nicht«, »Der alte Sack wird sich noch wundern« und »Schon wieder zählt nur der Schwanz zwischen den Beinen statt der Grips im Kopf« aufschnappen musste, um zu wissen, was geschehen war: dasselbe wie immer. Ihre Chefs hatten sie wieder einmal zugunsten eines männlichen Kollegen übergangen.

Das machte es nicht besser, im Gegenteil! Es war zutiefst erschütternd, wie sehr das berufliche Dasein meiner toughen Freundin Ute selbst im einundzwanzigsten Jahrhundert, in dem Emanzipation und Gleichberechtigung längst fester Bestandteil unserer fortschrittlichen Gesellschaft sein sollten, noch von der Genderthematik geprägt wurde. Und zwar natürlich nur zu ihrem Nachteil. Sie war ja eine Frau.

Trotz glänzender Leistungen und bester Erfolge hatte sie auch jetzt wieder im entscheidenden Moment einem Herrn im dunklen Anzug auf der Karriereleiter Platz machen müssen. Im Gegensatz zu früher handelte es sich dieses Mal allerdings erschreckenderweise nicht um einen in etwa gleich alten und ähnlich lange wie sie in der ehrenwerten Kanzlei *Lutter, Helmbrecht & Partner* tätigen Kollegen, sondern um ein ihrer Schilderung nach fachlich absolut unfähiges Greenhorn, das kaum länger als fünf Jahre das Examen in der Tasche hatte und erst vor knapp einem Jahr in die Kanzlei am Isartor eingestiegen war.

Damit erhielt die Demütigung eine neue Dimension. Es lag auf der Hand, dass Utes Fall stellvertretend für alle Frauen unseres Alters stand: Mit knapp fünfzig wurde unsereins zum alten Eisen sortiert, noch ehe man uns überhaupt je die Chance eingeräumt hatte, uns als junges, funkelndes Edelmetall von unseren besten Seiten zu zeigen und unsere außerordentlichen Fähigkeiten unter Beweis zu stellen.

»Sie werden das verstehen, Frau Westermeier«, schloss Ute ihren Entrüstungsmarathon erschöpft ab und äffte täuschend echt die näselnde Stimme des älteren der beiden Kanzleipartner von *Lutter, Helmbrecht & Partner* nach. »Der junge Kollege hat Familie, seine Frau erwartet demnächst das dritte Kind. Sie als alleinstehende Dame in den besten Jahren sind da weitaus unabhängiger und nicht auf jeden einzelnen Euro angewiesen.«

Ute hielt inne, kippte den Rest ihres Lillet vive in einem Zug hinunter und stellte das Glas so laut auf den Tisch, dass ich Angst um mein Erbstück von Tante Gisela bekam.

»Natürlich versteht Frau Westermeier das alles«, setzte sie ihren Dialog in Personalunion von Chef und sich selbst empört fort. »Frau Westermeier versteht seit fünfzehn Jahren bestens, warum die Männer immer eine Stufe weiter nach oben klettern, während sie selbst wie träger Bodensatz am Fuß der Karriereleiter kleben bleibt. Dass mir dabei meine materielle Unabhängigkeit als Nachteil ausgelegt wird, ist der Gipfel. Alleinstehend und kinderlos bin ich ähnlich freiwillig, wie ich aus absolut freien Stücken karrierelos bin, nämlich gar nicht! Bei den Männern spielt das nie eine Rolle. Mir aber wird das bei jeder Gelegenheit aufs Brot geschmiert.« Sie schlug die Hände über dem Kopf zusammen.

Das Beben ihrer Schultern wie auch das gedämpfte Schluchzen waren eindeutige Signale, dass sie nach Freundinnentrost verlangte. Hastig erhob ich mich, stellte mich neben sie und tätschelte ihr den Rücken.

»*Lutter, Helmbrecht & Partner* können dich dreimal kreuzweise, Liebes«, versicherte ich ihr. »Du bist eine fachlich versierte Juristin auf dem Gipfel deines Erfolgs. Schmeiß ihnen den Kram vor die Füße und such dir was Neues. Auf deren Almosen bist du nicht angewiesen. Die aber werden sich schön umgucken, wenn du die Fliege machst.«

»Das sagt sich so leicht«, schluchzte Ute und vergrub den Kopf Trost suchend an meinen weichen Hüften.

»Komm schon, eine Erfolgsfrau wie du pfeift auf die alten Sturköpfe vom Isartor«, fuhr ich aufmunternd fort. »Mit deiner Qualifikation stehen dir die Türen überall offen.«

So zuversichtlich ich das hinausposaunte, musste ich im Stillen doch unweigerlich »im Gegensatz zu mir« ergänzen. Wie schon so oft erkannte ich bei meinen Aufmunterungsfloskeln für Ute, wie erbärmlich sich im Vergleich zu ihr meine eigenen beruflichen Zukunftsaussichten ausnahmen. Nach mehr als zwanzig Jahren freiberuflicher Tätigkeit, in der ich Detlefs Karriere und der Kinder wegen öfter, als gut war, zurückgesteckt hatte, sobald sich am Horizont tatsächlich einmal eine interessante Herausforderung für mich abgezeichnet hatte, wusste ich inzwischen nur zu gut, wie es mit mir weitergehen würde: so gut wie gar nicht. Selbst wenn ich ab sofort völlig flexibel war und Vollzeit arbeiten konnte, ließen sich die infrage kommenden Angebote, auf die ich noch hoffen durfte, an einer winzigen Kinderhand abzählen. »Sie sind zu lange draußen«, würde man mir vorwerfen und der Tatsache, dass ich trotz Kinder und Karrieremann jahrelang Nachtschichten geschoben hatte, um »am Ball zu bleiben«, nicht die geringste Beachtung schenken.

Mein Schicksal aber stand gerade nicht zur Debatte. Es ging um Ute, die über Jahre nichts anderes getan hatte als alle anderen auch, jedenfalls alle anderen männlichen Kollegen: Sie hatte sofort die Flucht ergriffen, sobald eine Beziehung ernst zu werden drohte, und auf Pille wie auch auf Spirale und zusätzlich noch auf Kondom gesetzt, um jeder noch so geringen Gefahr von ungewollter Schwangerschaft in weitem Bogen aus dem Weg zu gehen. Beides, feste Beziehung wie auch Kind, hätte schließlich ihrer Karriere und ihrer Unabhängigkeit im Weg gestanden.

Trotzdem schaute sie jetzt wieder einmal in die Röhre, wenn es um die offizielle Aufnahme in den edlen Kreis der Partner und Teilhaber bei *Lutter, Helmbrecht & Partner* ging. Dabei stand das allein als krönendes Tüpfelchen auf dem i noch aus.

Mit dem rasant im nächsten Jahr auf uns zurasenden fünfzigsten Geburtstag sah die Sache allerdings plötzlich entscheidend anders aus. Uns Frauen lief endgültig die Zeit davon! Während Männer wie mein Ex Detlef angesichts des halben Jahrhunderts auf dem krumm gewordenen Buckel karrieremäßig die Früchte ihres jahrzehntelangen Schuftens einsammelten und sich obendrein gesellschaftlich sanktioniert eine jüngere Frau an die Seite holten, um sich eine Frischzellenkur für Körper und Geist zu genehmigen, blieb uns Vertreterinnen der deutlich sichtbar werdenden Hormonumstellung ab der Lebensmitte nichts anderes, als sowohl beruflich wie auch privat das Abstellgleis anzusteuern. Ab sofort empfand man uns in allen Lebensbereichen als zu alt und zu unattraktiv, um uns weiter in der vorderen Reihe zu platzieren.

Eins musste man zur Ehrenrettung des männlichen Geschlechts allerdings einräumen: In vorauseilendem Gehorsam griffen wir leider selbst viel zu früh verschämt zu grauen Hüfthosen und bügelleichten beigen Jerseyblusen, um die Problemzonen zu kaschieren und uns obendrein mit praktischer Kurzhaarfrisur ins Schicksal des ab sofort sex- und interesselosen Neutrums zu fügen. Zu allem Überfluss begnügten wir uns »zum Wiedereinstieg nach der Familienphase« gleich freiwillig mit unterbezahlten Teilzeitjobs oder erst gar nicht bezahlten Ehrenämtern.

Von wegen »Fünfzig ist das neue vierzig!« All diese Studien, die uns weismachen wollten, frau sei immer nur so alt, wie sie sich fühlt, übersahen letztlich immer die klitzekleine Kleinigkeit, dass es uns überhaupt nichts nützte, wenn wir uns im Spiegel weiterhin selbst zum Anbeißen fänden. Die auf dem Kopf fortan immer spärlicher, dafür in Ohren und Nasenlöchern umso reichlicher behaarten Herren der Schöpfung wandten trotzdem peinlich berührt den altersweitsichtig gewordenen Blick von uns ab und den knackigeren Dreißigjährigen zu. Da brachte es auch nichts, uns nach dem Vorbild der sechzigjährigen Madonna in ein hautenges Ledermini zu zwängen und auf Highheels übers Trottoir zu staksen. Am Ende zerwühlten wir doch wieder nur mutterseelenallein die Laken in unserem bandscheibenfreundlichen Boxspringbett. Weder wollte jemand unsere Cellulite von Nahem in Augenschein nehmen noch von unseren Wechseljahresbeschwerden hören, geschweige denn die Bindegewebsschwäche am Bauch aus eigener Anschauung begreifen. Selbst nur wenige Jahre ältere Männer als wir taten so, als gehörten wir fünfzigjährigen Frauen in den Austrag, und suchten sich eine mindestens zehn Jahre jüngere Partnerin. Die hatte den unbestreitbaren Vorteil, nicht nur jetzt schon ranker und schlanker als wir, sondern später im Ernstfall auch noch fit genug zu sein, um ihnen den Rollator zu schieben, die Windeln zu wechseln und den Haferbrei in den sabbernden Mund zu füttern.

Frustriert schweifte mein Blick durchs Wohnzimmer, dessen beeindruckendes Bücherregal ich einst mit meinem sauer zwischen Kinder-zur-Kita-Bringen, Vom-Ballett-Abholen, Ins-Hockeytraining-ans-andere-Ende-der-Stadt-Chauffieren und Nachts-über-die-schmerzhafte-Ohrenentzündung-Hinwegtrösten verdienten Geld bezahlt hatte. Nach wie vor lümmelten sich zwischen meiner antiquarischen Thomas-Mann-Gesamtausgabe, den Romanen von Siri Hustvedt, Gina Kaus und Vicki Baum sowie den edlen Ausstellungskatalogen aus Moma und Tate Gallery immer noch Detlefs billige Krimipaperbacks.

Beim Anblick der quietschbunten Buchrücken wanderte mein Blick wieder zurück zum Tisch. Selbst im schwächer werdenden Tageslicht, das angesichts des überwiegend grauen Sommerregentags ohnehin nicht sehr leuchtstark gewesen war, strahlten die Rosen und Margeriten nach wie vor fröhliche Zuversicht aus und weckten die Hoffnung auf ein neues Glück. An ihnen sollte ich mich erfreuen, statt mich über die Unabänderlichkeiten des Lebens zu grämen. Die in den Blumen steckende Aussicht, dass ich irgendwem wichtig war, sorgte für reizende Lachfalten und glatte Gesichtshaut, während das Ärgern über die Genderungerechtigkeiten nur hässliche Furchen um den Mund und zwischen den Augenbrauen verursachte. Davon sollte ich auch Ute profitieren lassen. Die hatte in der Kanzlei gerade wieder am eigenen Leib erfahren, wie das Leben mit uns Frauen spielte. Umso wichtiger, ihr jetzt meine aus der Mottenkiste ausgekramte »Einfach so tun als ob«-Philosophie in der Praxis zu demonstrieren.

»Weißt du was?«, schlug ich ihr vor. »Wir machen uns jetzt einen extra schönen Abend. Wollen wir ausgehen?«

»Bist du wahnsinnig?« Mein Vorschlag scheiterte sofort am unpassenden Outfit meiner Freundin, wie ihr entsetzter Blick auf ihre spießige Kostümbluse verriet. Anstandshalber wies sie noch mit der Hand zum Fenster, gegen das inzwischen die Regentropfen im Takt der Zaz-Lieder aus den Lautsprechern klatschten. »Bei dem Wetter kriegt mich keiner mehr vor die Tür.«

»Magst du nachher vielleicht in Monas Zimmer …?«, brachte ich zaghaft ins Gespräch.

»Quatsch! Nachher rufe ich mir ein Taxi. Bis dahin machen wir es uns auf deinem Sofa bequem. Ich muss dir noch was Witziges zeigen.«

4

Im Handumdrehen war Utes schlechte Laune wie weggezaubert. Das alberne Kichern, mit dem sie die Ankündigung begleitete, während sie etwas unsicher zum Sofa stakste, ließ es mir ratsam erscheinen, bei Leon keinen weiteren Drink zu ordern. Kaum hatte sie sich wenig karrierefrauen- und businesskostümtauglich in die Polster fallen lassen und einladend mit der flachen Hand auf den Platz zu ihrer Rechten geklopft, wurde mir jedoch klar, dass Ute viel zu trinkfest war, um von einem harmlosen Lillet vive, noch dazu in Begleitung eines kalorienreichen Essens, beschwipst zu sein. Es lag allein an dem, was sie mir zeigen wollte, weshalb sie sich so teeniehaft aufgedreht gebärdete. Schon hielt sie ihr Smartphone in der Hand, setzte die Lesebrille auf die Nase, die ihr jederzeit einsatzbereit an einer Kette um den Hals baumelte, und verkündete siegesgewiss: »Elitepartner war gestern. Ab heute spiele ich in einer ganz neuen Liga!«

Nach einigem Wischen und wenigen Klicks auf dem Bildschirm streckte sie mir das Foto eines halbnackten männlichen Bodyfitmodels entgegen. »Rechts oder links?«

Ehe ich begriff, was sie von mir wollte, hatte sie mit einem Wisch nach links die Entscheidung bereits gefällt und dem nächsten Möchtegernathleten die Poleposition auf dem Screen eingeräumt. Auch dieses Mal wartete sie nicht ab, was ich dazu sagen würde, sondern wischte den arglosen Adonis von Neuem unbarmherzig nach links weg.

»Ist das nicht göttlich? All diese Jungs fiebern danach, ein Match mit mir zu bekommen, um mich kennenzulernen. Und das Beste ist: Sie brauchen keine Nelke im Knopfloch zu tragen oder angeberisch *Die Zeit* neben der Kaffeetasse zu drapieren, weil ich längst weiß, wer mich erwartet, wenn ich dem Date zustimme.«

»Was?« Ich verstand nur Bahnhof oder zumindest, dass meine Freundin sich da gerade in eine Fantasie hineinsteigerte, neben der sich meine spätnachmittägliche Schwärmerei für Daniel Craig und Co. als rätselhafter Blumenkavalier wie harmloses Kindergartengeplänkel ausnahm. »Wie willst du …?«

»Du meinst, die sagen sofort ab, sobald sie mein Foto sehen und mein Alter erfahren?« Betont langsam nahm Ute die Brille von der Nase, steckte sich einen der Bügel in den Mund und betrachtete mich mitleidig. »Was denkst du, habe ich als Profil hinterlegt? Das Foto vom achtzigsten Geburtstag meiner Mutter, auf dem ich das langweilige, hochgeschlossene Samtkleid sowie die dreifache Perlenkette trage, und dazu noch die Kurzinfo, dass ich nächstes Jahr fünfzig werde, fast mein ganzes halbes Leben schon vergeblich darauf hoffe, in den illustren Kreis der Kanzleipartner aufgenommen zu werden, und nicht nur deshalb keine Gefahr mehr laufe, gleich beim ersten Mal schwanger zu werden? Ach, Süße! So naiv kannst doch nicht einmal du sein.«

Im Stillen hoffte ich, *sie* wäre nicht so naiv, sich tatsächlich via Smartphone und Internet auf Männersuche zu begeben. Wen hoffte sie, auf solch obskuren Datingportalen zu finden? Da tummelten sich höchstens allzeit paarungsbereite Deckhengste, die ihr Hirn noch niemals persönlich kennengelernt hatten. So etwas hatte Ute doch nicht nötig!

Einen Moment sahen wir einander schweigend in die Augen, bevor wir beide in lautes Lachen ausbrachen, bis uns die Augen tränten und wir atemlos um Luft rangen.

»Komm schon, zeig mir dein falsches Profil!«, krähte ich mehrmals vergeblich zwischen neu aufflammendem Losprusten und versuchte, Ute das Handy zu entreißen, um mir selbst das Gewünschte auf den Schirm zu holen. »Welcher Hungerhaken von Germany's Next Top Model muss für deine gefakten Angaben herhalten?«

Wie ein Nichtschwimmer im Hotelpool ruderte ich verzweifelt mit den Armen durch die Luft, um an Utes Smartphone zu gelangen. In der Gewissheit, schon immer die längeren Arme und außerdem die größere Ausdauer gehabt zu haben, streckte sie es in der linken Hand unerreichbar weit von sich fort.

»Was ist denn mit euch los?« Erst Leons verständnisloses Kopfschütteln, mit dem er sich wie aus dem Nichts vor uns aufbaute, brachte uns zur Besinnung. Oder war es die in seinem Rücken auftauchende, hoch aufgeschossene, dunkelhaarige Schönheit, die ich nie im Leben mit meinem gelegentlich noch leicht verpickelten Sohn in Verbindung gebracht hätte? Ihr entsetzter Blick ließ mich sofort eine aufrechte Haltung einnehmen. Verlegen strich ich mir eine Haarsträhne aus dem Gesicht und schürzte die Lippen.

Ute war wie immer einen Tick schneller, stand bereits am Esstisch und hielt meinem Sohn anklagend das leere Glas hin.

»Was war da drin? Drogen? Lachpulver? In jedem Fall siehst du, welch wundervolle Wirkung dein Cocktail auf ältere Damen hat. Bevor du mit deiner Freundin ins Münchner Nachtleben verschwindest, musst du uns noch einmal so ein Ding mixen. Sonst erinnere ich mich früher, als dir lieb sein kann, an den genauen Wortlaut des Jugendschutzgesetzes, das dir vor deinem achtzehnten Geburtstag den nächtlichen Ausgang nur sehr eingeschränkt erlaubt.«

»Es sei denn, ich habe einen Mamazettel«, triumphierte mein Sohn über meine Juristinnenfreundin und streckte mir bereits das fertig ausgefüllte Formular entgegen, das ihm das Ausgehen in Begleitung einer von mir mit der Vertretung meiner elterlichen Aufsichtspflicht beauftragten volljährigen Begleitperson gestattete. Das hatten wir schon x-mal durchexerziert, weshalb ich blindlings – und wohl zu einem der letzten Male in diesem Leben, wie mir im selben Moment durch den Kopf schoss – meine Unterschrift auf das Blatt kritzelte.

»Das ist übrigens Carola«, stellte uns Leon seine volljährige Begleiterin und meinen mütterlichen Ersatz für diesen Abend wenig später doch noch vor, als er uns tatsächlich einen zweiten eisgekühlten Drink servierte.

Eins musste man dem Lillet-Gemisch lassen: das Adjektiv »vive« trug es in jedem Fall zu Recht.

»Viel Spaß, euch zwei Hübschen«, prostete ich Carola und Leon zu. »Genießt die Freiheit, mitten in der Woche die Nacht zum Tag zu machen.«

»Mal schauen«, war alles, was Leons neue Angebetete – oder stellte sie nur die für den Klubabend unweigerlich notwendige volljährige Begleiterin für ihn dar? – gelangweilt verlauten ließ.

»Ob die beim Tanzen endlich aus sich herauskommt? Oder sieht sie nur vielversprechender aus, als sie ist?«, resümierte Ute ihren Kurzauftritt, kaum dass sich die Wohnungstür hinter den beiden Youngsters geschlossen hatte.

»Was nur wieder beweist, wie leicht man sich nach dem Wisch nach rechts doch noch täuschen kann«, erwiderte ich mit einem knappen Nicken auf ihr Smartphone.

»Wow!« Überrascht hob Ute das Glas und grinste mich an. »Du hast das mit der Dating-App schnell kapiert.«

»Was denkst du, was ich als Mutter von zwei heranwachsenden *digital natives* in den letzten Jahren alles im Bruchteil einer Sekunde kapieren musste?«

Auf Utes kurzzeitig verblüfftes Nicken hob ich nun meinerseits das Glas und trank ihr zu. »Lass uns noch ein bisschen den virtuellen Laufsteg anschauen«, schlug ich vor. »Das erscheint mir tatsächlich besser, als sich bei dem Schietwetter nasse Füße zu holen und dann letztlich doch wieder nichts Aufregendes zu erleben.«

Je schneller Ute nach links oder rechts wischte, desto mehr bedauerte ich die vielen, die binnen Sekunden zum Mauerblümchen mutierten, ohne je auch nur den Anflug einer Chance gehabt zu haben, mit mehr als nur ihrem Aussehen und den schwer nachzuprüfenden Angaben im Profil bei meiner überkritischen Freundin zu punkten. Da lobte ich mir doch den großen Unbekannten, der ganz altmodisch sein Glück mit der Zusendung eines verführerisch duftenden Blumenstraußes versuchte. Digitales Zeitalter hin oder her, selbst der ausgedruckten Karte zum Trotz steckte darin weitaus mehr Romantik, als all die Burschen aus Utes Dating-App in hundert Jahren je zusammen in die Waagschale werfen würden. Wahrscheinlich war ich allerdings ein hoffnungslos analoger und damit *Old-fashioned*-Fall.

Langsam versank ich in der kissengepolsterten Sofaecke in meinen Träumen. Ute genügte ein von mir in unregelmäßigen Abständen gehauchtes »rechts« oder »links«, um sich ebenfalls in hoffnungsvollen Fantasien eines neuen Traummanns zu ergehen. Allerdings würde ein erfolgreiches »Match«, also das Zusammentreffen von seinem und ihrem Datingwunsch, unweigerlich dazu führen, dass sie ihr falsches Profilbild nebst falscher Alters- und sonstiger Angaben eingestehen musste. Oder wie würde sie ihm sonst die Diskrepanz zwischen virtuellem und realem Aussehen erklären? Wahrscheinlich tricksten die Männer genauso. Irgendwo hatte ich mal gelesen, dass fast neunzig Prozent der Profile gefakt seien. Mir dagegen hatte mein heimlicher Verehrer noch keine leeren Versprechungen über sein Alter oder Aussehen gemacht, sondern lediglich sein Interesse an mir signalisiert, das ihn in Rainers berühmter Blumenapotheke mindestens fünfzig Euro gekostet hatte. Reichte mir das schon als Liebesbeweis?

In jedem Fall reichte es, um mir ein neuerliches Lächeln aufs Gesicht zu zaubern. Alles andere konnte ich getrost auf mich zukommen lassen, denn ich befand mich ja nicht aktiv auf Partnersuche. Also durfte ich meiner Fantasie freien Lauf lassen und mir meinen Märchenprinzen nach Herzenslust ausmalen oder ihn zum Teufel wünschen. Entpuppte er sich am Ende doch als fette, runzelige Kröte statt als strahlender Held, konnte ich ihm immer noch den fälligen Erlösungskuss verweigern und ihn stante pede zum Mond schicken. Die Blumen blieben mir in jedem Fall. Ebenso meine gute Laune und die Rückkehr zu meiner »Einfach so tun als ob«-Philosophie. Das war weitaus mehr, als frau gemeinhin erwarten durfte.

5

Unweigerlich war gegen Ende der folgenden Woche der große Tag gekommen, an dem mich nun also auch Leon als letzter Sprössling aus unserem einst so fröhlichen vierblättrigen Familien-Kleeblatt verlassen würde. Dagegen half weder, den Wecker wütend zu Boden zu schleudern, noch das Kissen übers Ohr zu ziehen oder beharrlich so zu tun, als würde er nicht ins Flugzeug steigen, um für ein halbes Jahr über den Großen Teich zu verschwinden.

Fertig gepackt stand sein Koffer seit dem Vorabend im Flur. Selbstverständlich hatte mein Sohn ihn bereits gewogen, um unnötiges Übergepäck zu vermeiden. Dabei bestand die Gefahr ohnehin nicht. Zwei Paar Jeans, ein Hoody, eine Jacke, Sneakers zum Wechseln, bunte Flipflops, ein halbes Dutzend T-Shirts und etwas Unterwäsche sowie natürlich ein Stapel Badeshorts – mehr brauchte ein knapp Achtzehnjähriger wirklich nicht für sechs Monate in Florida, noch dazu, wenn er mehr als die Hälfte der Zeit im Mickymaus-Kostüm durch die Gegend hopste. Dazu ein leichter Rucksack fürs Handgepäck, um Tablet, Smartphone und Kopfhörer im Flieger griffbereit zu haben.

Natürlich waren wir viel zu früh dran. Und ebenso natürlich trug ich die Schuld dafür. Hin- und hergerissen zwischen gigantischem Abschiedsschmerz und der üblichen Nervosität, etwas Unvorhergesehenes könnte die im Normalfall kaum länger als eine Dreiviertelstunde dauernde Autofahrt zum Flughafen durchkreuzen – erst recht am vorletzten regulären Schultag in Bayern –, hatte ich auf einem Sicherheitspuffer von gut einer halben Stunde bestanden. Natürlich erreichten wir das Abflugterminal fast eine Stunde zu früh, eroberten noch dazu in dem überdimensionierten Parkhaus einen annehmbaren Parkplatz und standen demzufolge nach Aufgabe des Koffers und dem Erledigen sämtlicher Formalitäten unschlüssig voreinander.

»Und jetzt?«, wollte Leon wissen.

»Wollen wir noch einen Kaffee trinken?«, schlug ich beherzt vor. »Die Croissants oben im Café sollen echt …«

»Muss nicht sein«, unterbrach er mich betont cool. »Nachher im Flieger gibt es sowieso einen Snack.«

Er bohrte beide Hände so tief in die Taschen seiner Jeans, dass ich schon vermutete, er wollte darin nach einem Schatz graben. Letztlich aber wollte er mir nur die Chance nehmen, ihn so wie früher einfach an der Hand zu fassen und mit mir fortzuzerren, am Ende tatsächlich doch noch auf einen letzten gemeinsamen Espresso an einer der im Terminal allgegenwärtigen *Coffee Bars*.

»Tja, dann also …«, setzte ich ratlos an und verschränkte die Arme vor der Brust, um mich wenigstens an mir selbst festhalten zu können. Tiefschürfende Diskussionen über die Lage der Welt im Allgemeinen und hier in München im Besonderen waren jetzt ebenso fehl am Platz wie nervige mütterliche Ermahnungen oder »wehmütiges Abschiedsgesülze«, wie Leon das zu nennen pflegte.

In zäher Kaugummimanier dehnte sich die Zeit. Verlegen wichen wir beide dem Blick des anderen aus. Gesagt war längst alles, was eine Mutter in solchen Situationen ihrem Kind zu sagen pflegte. Größtenteils schon mehrfach. Ab sofort musste mein Sohn, der mich eben noch erbost geschlagen hatte, weil ich ihm beim abendlichen Einschlafen den geliebten Schnuller vorenthielt, unweigerlich auf eigenen Füßen stehen. Verschämt wischte ich mir die feuchten Augenwinkel.

Um mich abzulenken, richtete ich meinen Blick auf die anderen Fluggäste in der Halle, die entweder als geübte Vielflieger in dunklen Businessanzügen mit betont stoischer Miene den obligatorischen Aktentrolley hinter sich herzogen oder als aufgeregte Erstflieger reichlich blass um die Nase die riesige Anzeigentafel studierten. Als ich weiter Richtung Ladenzeile blickte, erspähte ich ein, nein gleich zwei bekannte Gesichter.

»Ist das nicht Svenja aus deiner alten Klasse?« Begeistert ob der vielversprechenden Möglichkeit auf Abwechslung packte ich meinen Sohn am Arm.

Offenbar war Leon meinem Blick gefolgt. Beim Anblick der ehemaligen Schulkameradin drehte er sich hastig in die andere Richtung.

»Du weißt, dass ich sie noch nie ausstehen konnte«, zischte er wütend, während ich dem besagten blondhaarigen Fräulein in den unvermeidlichen Hotpants nebst ihrem businesslike gekleideten Vater erwartungsfroh entgegensah. Seit den ersten Tagen unserer Kinder auf dem Gymnasium kannten Svenjas Vater und ich uns, hatten gelegentlich beim Elternabend den üblichen Small Talk über missglückte Schulpolitik und ökologisch korrektes Mensaessen betrieben, um zuletzt beim Abiball erstaunlich lang miteinander getanzt zu haben, als der DJ uns netterweise die Hits aus den Achtzigern aufgelegt hatte, angefangen bei Bruce Springsteen über Madonna, Whitney Houston oder The Police bis hin zu Aerosmith, U2 und dergleichen. Das hatte uns beide an alte Zeiten erinnert. Zufällig hatten wir im selben Jahr Abi gemacht, wie wir erstaunt feststellten, und damals natürlich gemeint, ab sofort den Freifahrtschein fürs Leben in Händen zu halten. Etwas wehmütig war uns klar geworden, dieses Gefühl nun aus der weitaus gesetzteren Elternperspektive zu erleben, was uns in den Augen unserer Kinder unweigerlich den Anschein von »reif fürs Altenteil« anheftete. Kai, so hieß Svenjas Vater, wie mir zum Glück wieder einfiel, hatte ganz anders als mein Ex Detlef oder die anderen Väter erfreulich offen über die Erfahrung gesprochen, bald ebenso wie ich allein in der zu groß gewordenen Familienwohnung leben und sich langsam, aber sicher an den Gedanken gewöhnen zu müssen, auch den Abschnitt »Familie und Kinder großziehen« auf der Liste der zu erledigenden Lebensaufgaben abhaken zu dürfen. Niemals hätte ich damit gerechnet, dass der auf den ersten Blick etwas unnahbar wirkende, grau melierte und stets teuer gekleidete Mann mir einmal derart nahe kommen würde wie ausgerechnet unter der glitzernden Discokugel im Theaterzelt, in dem der Abiball des Theresien-Gymnasiums traditionell stattzufinden pflegte.

Bald hatten wir allerdings das wehmütige Reden gelassen und nicht nur äußerst vergnügt zu den Hits unserer Jugend getanzt, sondern beim Mitsingen der Texte amüsiert festgestellt, dass wir beide seit Jahrzehnten beharrlich dieselben Verhörer aus den Songzeilen herausschmetterten. Das bescherte uns noch eine fröhliche Unterhaltung auf der Terrasse in erstaunlich lauer Sommernacht. Beim Aufbruch in der ersten Morgendämmerung bedauerten wir, ab sofort keine gemeinsamen Elternabende mehr als Anlass zu haben, uns wiederzusehen. Am nächsten Morgen hatte ich diese Stimmung auf den reichlich genossenen schweren Rotwein geschoben und mir jedes weitere Nachdenken über Svenjas Vater versagt. Bis er mir ausgerechnet an diesem Morgen auf dem Flughafen völlig unverhofft gegenüberstand und plötzlich noch eine Spur besser aussah, als ich ihn in Erinnerung hatte. Wahrscheinlich war das der schwierigen Abschiedssituation geschuldet. Mein Herzschlag beschleunigte sich in rekordverdächtigem Tempo, die glühenden Wangen drohten mir das Aufziehen einer peinlichen Schweißattacke an. Meiner lang verstorbenen Großmutter Gerda sei trotzdem Dank, dass ich das Haus nie ohne Wimperntusche und Lippenstift verließ.

»Eine Dame sollte stets für alle Eventualitäten gewappnet sein«, hatte sie mir von klein auf eingeschärft. Deshalb fühlte ich mich in diesem Moment halbwegs für das Wiedersehen mit Kai gerüstet.

»Hi«, grüßten Svenja und Leon einander deutlich zurückhaltend, während ich ein fröhliches »Was für eine Überraschung« erklingen ließ und Kai forsch die Hand entgegenstreckte.

In meiner eigenen Aufregung übersah ich, wie verlegen er trotz seines geschäftsmäßigen Auftritts war. Einen Tick zu zögerlich ergriff er meine Hand, drückte sie so lasch wie ein wabbeliger, in der Salzlauge dümpelnder Mozzarella und erwiderte nur knapp »Hallo«.

»Auch auf dem Abflug in die große weite Welt?«, erkundigte ich mich, um die Enttäuschung über die mangelnde Festigkeit des Händedrucks gar nicht erst aufsteigen zu lassen. Betont munter schaute ich zwischen Svenja und ihm hin und her.

»Ja«, erwiderte sie in einem Ton, der keine weiteren Nachfragen zuließ. Sie hatte das typisch mürrische Gesicht der Achtzehnjährigen aufgesetzt, die das Verhalten der Erwachsenen wie auch das Geschehen um sich herum einfach nur peinlich finden. Kai dagegen wirkte angespannt.

Endlich fiel bei mir der Groschen: Der Abschied von Svenja wog tonnenschwer für ihn. Sie war sein einziges Kind. Nach dem Unfalltod seiner Frau vor mehr als zehn Jahren hatte er sie allein großgezogen, wie er mir beim Abiball nach vielen Gläsern Rotwein und noch mehr Runden unter der Discokugel anvertraut hatte. Sie fortgehen zu lassen musste ein tiefer Einschnitt für ihn sein. Damit war die Familienphase ein für alle Mal beendet, und er blieb allein zurück. Wer, wenn nicht ich, konnte aus tiefster Seele nachvollziehen, wie ihm gerade zumute war? In meinem Bauch schwirrte ein ganzer Schmetterlingsschwarm herum.

»Jetzt wird es ernst«, stellte ich wenig geistreich fest und setzte ein mitfühlendes Lächeln auf. »Gar nicht so einfach, die Kids wirklich loszulassen.«

»Wie wahr.« Seufzend fuhr er mit den Händen in die Hosentaschen und besah sich einige Sekunden lang die Spitzen seiner blank polierten, handgenähten Schuhe.

Auch wenn ich dadurch für eine Weile vor allem sein schwarzes, von genau der richtigen Anzahl silbriger Strähnen durchzogenes Haar zu Gesicht bekam, ahnte ich, wie emsig es hinter seiner Stirn arbeitete. Ein Mann von echtem Gefühl! Trotz wohltemperierter Klimaanlage in der Abflughalle wurde mir noch heißer.

Leider aber hatte er offenbar nicht genug Mumm, auch jenseits von schwerem Rotwein und rührenden Jugendhits offen zu seinen innersten Regungen stehen. Stattdessen richtete er den Blick an mir vorbei zur Anzeigentafel, bevor er sich Leon zuwandte: »Wohin geht's bei dir? Etwa auch nach Florida?«

»Ja«, antwortete mein Sohn ihm genauso knapp wie vorhin Svenja mir und demonstrierte mit seiner finsteren Miene, dass er nicht willens war, den lang ersehnten Start in die Freiheit womöglich mit unerwarteten Babysitterdiensten für Svenja zu belasten.

Kais Miene, die sich zunächst hoffnungsfroh aufgehellt hatte, verschloss sich sogleich wieder.

»Ich habe vorhin schon eingecheckt«, klärte Svenja ihrerseits unmissverständlich die Lage und nestelte die Kopfhörer ihres Smartphones aus der winzigen Hosentasche. Das Auseinanderdröseln der Schnüre erforderte fortan ihre ganze Aufmerksamkeit.

»Ich auch«, entgegnete Leon, um dann ein »Bis dann also!« folgen zu lassen und sich zu meinem Erstaunen einfach wegzudrehen.

»Tja, bis dann also.« Trotz großer Sympathie für Kai sollte ich mich sputen, meinem Sohn hinterherzulaufen. Andernfalls riskierte ich, ihn für das nächste halbe Jahr ohne richtigen Abschied aus den Augen zu verlieren.

Schon hatte er die ersten Schritte Richtung Sicherheitscheck gemacht, als ich dennoch zögerte, ihm zu folgen.

»Ich muss leider auch schon los«, erklärte Kai nach einem hektischen Blick auf die sündhaft teure Uhr am dunkel behaarten Handgelenk.

»Pass gut auf dich auf, Kleines«, hauchte er seiner Tochter einen flüchtigen Kuss in die lange, offene Haarmähne und winkte dem inzwischen schon gut fünf Meter entfernten Leon lässig zu. Mir schenkte er zunächst nur ein kurzes Nicken, bevor er mich überraschend umarmte. Mir drohten die Beine wegzusacken, als ich seine Lippen nah an meinem Ohr spürte.

»Schade, dass wir keine gemeinsamen Elternabende mehr haben. Ich werde die Gespräche mit dir vermissen.«

Ehe ich die Bedeutung seiner Worte realisieren konnte, ließ er mich bereits los und stiefelte, die Hände wieder tief in den Hosentaschen vergraben, in großen Schritten Richtung Ausgang davon.

»Viel Spaß«, wünschte ich Svenja reichlich benommen. Die aber schien nicht das Geringste von dem merkwürdigen Verhalten ihres Vaters oder meiner Verwirrung mitbekommen zu haben. Schweigend steckte sie sich die Stöpsel ins Ohr und trottete ebenfalls zum Sicherheitscheck – allerdings mit deutlichem Abstand zu Leon.

»Du siehst, es kann auch ganz ohne Aufwand gehen«, kommentierte mein Sohn, als ich ihn endlich etwas außer Puste und mit immer noch reichlich weichen Knien eingeholt hatte.

»Wie du magst.«

Schweren Herzens verstand ich den dezenten Hinweis, drückte ihn ein letztes Mal an meine Mutterbrust und schlenderte bemüht selbstsicher in die andere Richtung davon.

6

Kann das Leben schön sein! Zumindest, wenn man einfach beschließt, dass es einmal so ist, ganz egal, was man gerade erlebt hat oder was einem die nächste Zeit bevorsteht. Man braucht nur die richtige Aufgabe, um sich von dem drohenden Weltschmerz erfolgreich abzulenken.

Zum Glück waren die Wege auf dem Flughafen unendlich. Das schenkte mir reichlich Zeit, meine dank Kais Verhalten und Leons rüdem Abschied erst recht aus dem Gleichgewicht gebrachte Fassung wiederzugewinnen. Ich entschied mich für einen weiteren kleinen Umweg durch die Ladenzeile, um mich nicht allzu schnell ganz allein im Auto auf dem Heimweg wiederzufinden. Das würde mein Gedankenkarussell nur zu noch höherem Tempo verleiten. Von einem Espresso und einem frisch gepressten Orangensaft an einer Bar erhoffte ich mir dagegen etwas Linderung.

Der überstürzte Abschied von Leon nagte an mir. Überlagert wurde dieser Riss in meiner Seele allerdings von der Begegnung mit Svenjas Vater. Vor allem die plötzliche Umarmung und der Hinweis, er werde mich sehr vermissen, hatten mich aus dem Lot gebracht. Was sollte mir das sagen? Hätte er das letztens nach dem Abiball gesagt, hätte ich es dem Alkohol zugerechnet. Aber an diesem Vormittag?

Je länger ich darüber nachdachte, desto mehr tendierte ich dazu, dem keine größere Bedeutung beizumessen. Die besonderen Umstände machten sein Verhalten nachvollziehbar. Natürlich tat auch er sich schwer, sein Kind – wenn auch nur vorübergehend – in die große Welt zu entlassen. Im Überschwang der Gefühle hatte er sich wohl etwas vergessen, was ihm bei klarem Verstand wahrscheinlich nie passiert wäre. Anders war es nicht zu erklären, dass er sich ausgerechnet jetzt, da die Zeit gemeinsamer Elternabende passé war, meiner angenehmen Gesellschaft erinnerte. Immerhin hatte er acht Jahre Zeit gehabt, unsere Bekanntschaft zu vertiefen. So eilig, wie er es vorhin gehabt hatte, zurück zu seinen Geschäften zu kommen, wollte er auch jetzt nicht damit anfangen. Am besten, ich vergaß das jetzt auf der Stelle.

Am Ende des Bartresens erspähte ich einen Strauß weißer Margeriten in einer bauchigen Vase. »Schluss mit der Grübelei!«, ermahnte ich mich und dachte an den fröhlichen Blumenstrauß zu Hause auf dem Esstisch. Binnen Sekunden besserte sich meine Stimmung. Ich kippte den erfrischenden Orangensaft in einem Zug hinunter und beschloss, mir zur Ablenkung noch eine kurze Runde durch die Läden zu gönnen, bevor ich zum Auto zurückging und in die nunmehr wirklich verlassene Wohnung heimkehrte.

Klamottenkauf ist eine dankbare Beschäftigung, um den Kopf komplett freizubekommen, zumindest bei mir und zumindest dann, wenn ich eigentlich nichts brauche. Die nächsten Stunden versank ich ganz in der Überlegung, ob ich mir selbst treu bleiben und nach klassischen schwarzen, weißen oder roten Oberteilen Ausschau halten sollte, oder ob ich tatsächlich einmal etwas riskieren und neue Farben wagen sollte. Der Zeitpunkt für eine Veränderung wäre ideal. Verdient hätte ich es sowieso, mich mit etwas Neuem zu verwöhnen. Das zog sogleich weitere Entscheidungen nach sich. Rot ist nicht gleich Rot, und damit erreichte die Fragestellung bereits die nächste Schwierigkeitsstufe. Darin drehte es sich um den Punkt, ob es wieder das eher bläulich dunkle oder doch zur Abwechslung mal ein etwas helleres sommerliches Rot sein durfte.

Wie hätte ich ahnen sollen, wie viele Läden es am Flughafenterminal inzwischen gab, um diesen Überlegungen auf den Grund zu gehen? In erschreckend rascher Zeit hatte ich den Überblick verloren, wo genau ich mich befand und was ich eigentlich wollte. Mindestens fünf schwarze Hosen hatte ich in einem Laden anprobiert, bevor mich eine Verkäuferin mit der logischen Feststellung »Dieses Jahr ist Dunkelblau das neue Schwarz« in die Flucht trieb. Dunkelblau geht bei mir gar nicht, egal, wie dunkel das Blau ist. Davon abgesehen: Wenn ich Schwarz will, nehme ich Schwarz. Da bin und bleibe ich altmodisch.

Im nächsten Shop landete ich nach der etwas lustlosen Durchsicht weißer und cremeweißer bis champagnerfarbener Blusen plötzlich bei den bunt gemusterten Sommerkleidern. Was für eine Wucht! Wäre so ein blumiger Flower-Power-gute-Laune-Fummel nicht mal etwas ganz anderes? Am frühen Morgen hatte endlich wieder die Sonne geschienen. Der richtige Sommer rückte also näher, und natürlich hatte ich nichts Passendes für heiße Tage im Schrank. Von modisch gewagteren oder besonders pfiffigen Stücken ganz zu schweigen.

»Dafür bist du nicht der Typ«, hörte ich meine Tochter Mona mir wie ein kleines Teufelchen ins Ohr flüstern, während ich mir ein duftiges Teil in Lila-Grün-Gelb-Weiß vor die Brust hielt. Im nächsten Moment fand ich mich mit dem Ding in der engen Umkleidekabine, um kurz darauf verzückt mein neues Ich in dem bunten Kleid im Spiegel daneben zu bewundern.

»Das steht Ihnen hervorragend«, verkündete die höchstens zwanzigjährige Verkäuferin, dem Aussehen nach auf bestem Weg, eines der neuen Klappergestelle bei Heidi Klum zu werden.

»Das bunte Muster macht eine sehr vorteilhafte Figur und überspielt die Problemzonen.«

Der Satz bereitete meiner Begeisterung ein abruptes Ende. Mit Monas Lästerei hätte ich leben können, mit diesem mitleidigen Trost aus dem Mund der ob ihres unerfüllten Modeltraums bedauernswerten Bohnenstange nicht. Ohne sie eines weiteren Blickes zu würdigen, verschwand ich in der Umkleide, zerrte mir das Nicht-mehr-gute-Laune-Teil vom Leib und stieg in meine bewährte Schwarz-Weiß-Rot-Kombi.

So niederschmetternd durfte mein Spontanexkurs in die Flughafenmodewelt nicht enden. Ich wollte einfach so tun, als ob alles gut wäre, trotz Leons Abflug nach Florida und des seltsamen Wiedersehens mit Kai. Alles in mir schrie nach Trost. Nur zu genau ahnte ich, wie ich mir den verschaffen konnte. Wenn sonst keiner da war, um mir Gutes zu tun, musste ich wie so oft selbst ran. Wie ein Mantra rief ich mir den bunten Blumenstrauß auf dem heimischen Esstisch in Erinnerung, und wie erhofft besserte sich meine Laune alsbald.

Als ich kaum fünf Läden weiter ein traumhaft schönes, sündhaft teures, aber absolut klassisch zeitloses Sommerkleid in sattem Mauve entdeckte, stieß ich helle Entzückensschreie aus. Das musste ein Zeichen sein! Es war exakt die Grundfarbe des Blumenstraußes. Leider hing direkt neben dem begehrenswerten Teil noch ein weiteres, elegant schlichtes, ebenso betörendes Leinenkleid in dunklem Pfingstrosenrot. Zum noch größeren Unglück trug ich trotz kräftiger werdendem Östrogengürtel um die Hüften nach wie vor die absolut gängige Kleidergröße 38 (insgeheim vermutete ich schon lange, dass die Textilindustrie die Größen analog zu meinem zunehmenden Alter an den entscheidenden Stellen anpasste, sodass ich mich wohl auch noch mit siebzig der Illusion hingeben dürfte, ich würde seit Jahrzehnten dieselbe Kleidergröße tragen). Theoretisch konnte ich also blind von der Stange kaufen. So war es auch bei diesen beiden Träumen. Kaum hineingeschlüpft, wusste ich: Die saßen wie angegossen! Noch dazu passten sie beide bestens zu meinem Teint. Und einen winzigen Tick anders als alle anderen Stücke in meinem gut gefüllten Kleiderschrank waren sie obendrein. Für welches sollte ich mich entscheiden: für das in Mauve oder das Pfingstrosenrote?

Plötzlich streifte mich die kühne Idee, einfach beide zu nehmen. Waren sie nicht wie für mich geschaffen? Wenn ich die Augen schloss, sah ich mich abwechselnd in dem mauvefarbenen und dem pfingstrosenroten mit Kai unter der Discokugel tanzen. Sein bewundernder Blick entfachte ein heißes Feuer in mir. Das erleichterte die schwierige Entscheidung natürlich noch weniger. Das kurzzeitige Aufblitzen der vernünftigen Feststellung »Eigentlich brauche ich gar kein Kleid« und die übellaunige Frage »Wann willst du das tragen?« verdrängte ich mit der wahnwitzigen Fantasie, sehr bald schon dem attraktiven und bislang unerreichbaren Kai mit mindestens einem der beiden Kleider den Verstand zu rauben. Darüber verlor selbst die Erkenntnis, dass schon eines der Stücke den Gegenwert des Honorars für mindestens drei Textaufträge der Apothekenkundenzeitschrift darstellte, um die ich in letzter Zeit immer heftiger hatte kämpfen müssen, rapide an Bedeutung. Dafür strahlte der Vorsatz, wieder öfter einfach so zu tun als ob, um nicht sang- und klanglos in der drohenden Midlife-Crisis unterzugehen, eine verführerische Zuversicht aus.

Die Saat war ausgebracht, die Idee hatte sich in meinem Kopf eingenistet. Ehe ich so recht mit mir einig war, stand ich fix und fertig umgezogen mit beiden Teilen über dem Arm an der Kasse. Praktischerweise kann frau überall mit Karte zahlen. Im Handumdrehen hatte ich dank meiner Unterschrift auf einem nichtssagenden kleinen Zettel meinem Kontostand den Krieg erklärt und verließ mit einer wunderschönen Tüte, in der die beiden Sommerträume bezaubernd liebevoll in knisterndem Seidenpapier eingepackt waren, den Laden.

Der kluge Fontane hat einmal gesagt, man dürfe auf der Suche nach dem großen Glück nicht versäumen, zwischendrin die kleinen Freuden aufzupicken. Bliebe am Ende das große Glück doch aus, hätte man zwischendrin wenigstens die kleinen Glücke gehabt. Genauso sah ich das auch. Reich und glücklich werden würde ich wahrscheinlich nicht mehr in diesem Leben, und wenn, dann war es bis dahin zu spät, um noch viel davon zu haben. Also konnte ich mich zwischendurch gut und gern an einem (oder auch zwei) wunderschönen Sommerkleid(ern) erfreuen und dabei zwar arm bleiben, aber wenigstens ein kleines bisschen glücklich sein. Den ernüchternden Blick auf den Kontostand musste ich früher oder später ohnehin wagen. Mit der kleinen Freude zwischendrin wäre ich für das Erschrecken umso besser gewappnet.

Selbstredend investierte ich noch eine weitere Stunde in der Ladenzeile, um passende Schuhe aufzutreiben. Das war jedoch ein Übel, das ich angesichts der verlockenden Aussicht, wie umwerfend ich in den neuen Kleidern aussah, nur zu gern auf mich nahm. Als ich mich zur frühen Nachmittagszeit mit zwei großen Einkaufstüten Richtung Parkhaus aufmachte, hatte ich lediglich noch meinen knurrenden Magen mit einem ökologisch unkorrekten, dafür umso schmackhafteren Thunfischtramezzini zu besänftigen und meinen Durst mit einer köstlichen Ingwer-Holunder-Limonade zu bekämpfen. Zu guter Letzt musste ich meine gesamte Entschlusskraft aufbringen, um mir schon in Sichtweite des rettenden Parkscheinautomaten nicht noch an einem Sonderaktionsstand ein Totes-Meer-Salz-Bodypeeling und ein verflucht raffiniertes Nagelset aufschwatzen zu lassen.

Zur Belohnung für meine Standhaftigkeit drehte ich noch eine Extrarunde durch meinen Lieblingsdrogeriemarkt, der glücklicherweise auch am Flughafen eine Filiale besitzt, und raffte die üblichen Utensilien der täglichen Körperpflege zusammen. Früher einmal hatte ich die für den Fall der Fälle immer griffbereit in meiner Handtasche mit mir herumgetragen. Wozu sonst sind die riesigen Shopper gut, die frau sich an den großen Henkeln lässig über die Schulter hängt? Seit ich den Traum von der überraschenden Begegnung mit dem Märchenprinzen, der mich sofort auf sein Schloss entführte, wo ich nach einer berauschenden Liebesnacht Shampoo, Duschgel, Deo, Zahnpasta und Zahnbürste dringend benötigte, aufgegeben hatte, war mir auch diese Sitte abhandengekommen. Wie vorausschauend es war, sie jetzt wieder aufzugreifen, konnte ich in diesem Moment allerdings noch nicht ahnen. Keine zwei Stunden später würde ich mich dazu beglückwünschen.

7

Es ist von gewaltigem Vorteil, am frühen Nachmittag vom Flughafen in die Stadt zurückzufahren: Der morgendliche Berufsverkehr ist schon lange durch und der Feierabendverkehr noch weit. Und der Urlauberverkehr Richtung Süden hielt sich für einen Donnerstag Ende Juli noch erfreulich in Grenzen.

Das Radio voll aufgedreht, schmetterte ich lauthals »Das ist die perfekte Welle, das ist der perfekte Tag«, »Happy« oder »Zeit, dass sich was dreht« aus dem Radio mit und brauste auf der fast leeren Fahrspur Richtung ganz bestimmt leerem Zuhause. Der Regen der letzten Tage hatte sich verzogen. Der am Morgen noch stark bewölkte Himmel war inzwischen bayerisch weiß-blau eingefärbt. Das berühmte freistaatliche Bilderbuchwetter, das mit Temperaturen um die fünfundzwanzig Grad traumhaft angenehm war, verwöhnte meine Sinne und besserte meine Laune stetig. Zu Hause würde ich meinen Laptop auf dem winzigen Balkontisch aufklappen und mitten im Münchner Westend so tun, als befände ich mich auf Schreibklausur irgendwo im Süden. Darüber würden mir sogar die Texte über Blasenschwäche in der Schwangerschaft und Schlaflosigkeit im Klimakterium leichter von der Hand gehen. Locker würde ich sie bis Anfang der neuen Woche fertig haben.

Ob mir der Redakteur von der *Apotheke Plus* eigentlich mit Absicht solche Themen zuteilte? Selbst gerade einmal Mitte dreißig hielt er mich mit meinen Ende vierzig wohl längst für einen demnächst aussterbenden Dinosaurier, kein Wunder, hatte ich einst in meinem Volontariat noch Klebeumbruch und Blaupausenkorrektur gelernt. So etwas kannte er nur aus dem Gutenberg-Museum in seiner Geburtsstadt Mainz. Schon seit Kindergartentagen mit elektronischen Medien vertraut, gehörte das für ihn zu den Dingen, die ihm ähnlich wie Höhlenmalerei oder Rauchzeichenkommunikation wie Relikte aus der Steinzeit erschienen. Bei nächster Gelegenheit würde ich ihn darauf ansprechen, beschloss ich und wusste doch nur zu gut, dass ich mir das des lieben Friedens oder vielmehr des nächsten Auftrags und meines Kontostands wegen tunlichst verkneifen würde. Denn natürlich würde ich auch diese Woche vergeblich darauf warten, dass sich der verantwortliche Redakteur von *Kunst aktuell* aus Düsseldorf endlich bei mir meldete. Seit ich den letzten Fachbeitrag über alleinerziehende Frauen als ernst zu nehmende Künstlerinnen in der aktuellen Kunstszene abgeliefert hatte, waren drei Monate vergangen, ohne dass der Artikel erschienen oder das vereinbarte Honorar auf meinem Konto eingegangen war. Von einem neuen Auftrag, immerhin hatte ich fünf spektakuläre und topaktuelle Vorschläge eingereicht, ganz zu schweigen. Meine Beziehung zu dem Kunstmagazin war ein Thema, das mir die in den letzten Stunden mühsam erkämpfte oder vielmehr überteuert eingekaufte gute Laune schnell wieder zu verderben drohte.

Halt!, rief ich mich beim Schalten in einen niedrigeren Gang zur Ordnung. Hatte ich mir nicht fest vorgenommen, mit der ewigen Grübelei aufzuhören und mich wieder mehr an dem »einfach so tun als ob« und den kleinen Glücken zwischendrin zu erfreuen? Warum tat ich nicht so, als käme der ersehnte Auftrag aus Düsseldorf nächste Woche? Die Zeit bis dahin konnte ich mit den pseudomedizinischen Ratgeberthemen für die Apothekenzeitschrift füllen und mich obendrein lässig in dem Gefühl sonnen, eine erfolgreiche freie Journalistin zu sein.

Von Neuem musste ich an die verführerisch duftenden Blumen auf meinem Esstisch denken. Nach dem Abschied vom Sohnemann war Schluss mit dem geduldigen Mutterdasein. Fortan war ich von Kopf bis Fuß wieder die attraktive Frau, der alle Türen offenstanden und die selbst bestimmte, welchen Weg sie einschlug und von wem oder was sie sich beeindrucken ließ oder nicht. »Glorreiche Tage« hatte der große Unbekannte in der Grußkarte heraufbeschworen. Genau die standen mir ab sofort bevor. Ich musste mich nur auf sie einlassen und allen düsteren Grübeleien den Zutritt zu meinem Hirn verweigern.

Schon sah ich mich als stilbewusste Luxusliebhaberin durch Paris, Venedig oder Rom schlendern, mir zur Seite ein Mann in hellem Leinenanzug, bei dessen verteufelt gutem Aussehen es sämtlichen Frauen um mich herum die Sprache verschlug. Anbeten würde er mich, weil er mich klug und begehrenswert fand. Sobald Detlef von ihm erfuhr, würde er vor Wut einen Rumpelstilzchentanz aufführen und sich schwarzärgern, weil er ein lebenserfahrenes Superweib wie mich verschmäht hatte, um sich stattdessen auf eine problembeladene Vaterersatzbeziehung mit der verhuschten Jutta einzulassen.

Die zweite Variante hatte es ebenfalls in sich: In hellem, lässig elegantem Businessanzug thronte ich hinter einem ausladenden Designerschreibtisch in der Chefredaktion einer renommierten Kunstzeitschrift hoch über den Dächern der Stadt und studierte die Bewerbungsunterlagen eines gewissen Herrn, der bislang bei *Kunst aktuell* gearbeitet hatte. Geschmackvoll waren die Wände meines geräumigen Büros mit zeitgenössischer Kunst dekoriert. Während er auf dem Stuhl vor mir immer tiefer in sich zusammensank, knabberte ich an den Bügeln meiner Designerbrille und beschied ihm endlich mitleidig: »Für drei Monate können wir es probehalber mit Ihnen versuchen. Allerdings nur zum Einstiegssalär eines Berufsanfängers.«

Je genauer ich mir diese Szene ausmalte, desto besser gefiel sie mir. Doch letztlich war es gleich, ob ich mich für die Luxusweib- oder die Karrierefrauvariante entschied. Das Wichtigste war, wie gut mir diese Fantasien taten! In Zukunft sollte ich sie mir öfter gönnen, statt mich über die Verdrießlichkeiten des Alltags zu ärgern. Die waren so oder so da, unabhängig davon, ob ich mir jetzt noch ein paar schöne Gedanken machte oder mir den restlichen Tag mit nervenaufzehrenden Grübeleien verdarb. Das garantierte am Ende nur Falten, auf die ich gerne verzichtete.

Schneller als erwartet, erreichte ich mit diesen Vorsätzen im Kopf und »Sommer in der Stadt« von der Spider Murphy Gang auf den Lippen die Abfahrt vom Mittleren Ring ins heimische Westend. Weil der Trappentreutunnel wieder oder noch immer Baustelle war (ganz genau war das in den letzten Jahren nie zu unterscheiden), staute sich der Verkehr inzwischen doch. Ich versuchte, vor einem langen Umzugslaster mit Kölner Kennzeichen auf die rechte Spur zu wechseln, um abzubiegen. Beim Blick nach vorn streifte ich zufällig die großen Hinweistafeln, die geradeaus den Weg in den Süden verhießen.

Oft hatte ich mir in den letzten Jahren ausgemalt, wie einfach ich dem Familientrott entfliehen könnte, wenn ich statt brav nach rechts abzufahren, einfach geradeaus weiter dahinglitt. Der Gedanke an die Kinder, die hungrig aus der Schule kamen, oder die Einkäufe, die bis zum Abend noch anstanden, um den gähnend leeren Kühlschrank zu füllen, oder was auch immer noch unbedingt zu erledigen war, bevor ich mir eine Pause genehmigen durfte, hatten mich stets davon abgehalten. An diesem Donnerstag aber stand unbestreitbar gar nichts an, was mich von einem Spontantrip in den Süden abhalten konnte. Die Wohnung war garantiert ebenso leer wie der Kühlschrank, die Texte für *Apotheke Plus* hatten noch bis nächsten Montagabend Zeit, und den unwahrscheinlichen Anruf von *Kunst aktuell* konnte der Anrufbeantworter aufzeichnen. Einmal nicht erreichbar zu sein machte sich gelegentlich sowieso hervorragend. Also gab es nur den Blumenstrauß auf dem Esstisch, der mir bei meiner Rückkehr nach Hause ein Lächeln entlocken würde. Das aber würde er morgen noch genauso tun wie heute.

Warum also nicht endlich einfach machen, wovon ich immer schon geträumt hatte: kurz entschlossen an den Chiemsee fahren? Allerdings nicht, um in Prien meinen grummeligen Vater zu besuchen, der seit dem Krebstod meiner Mutter vor zweiundzwanzig Jahren ganz allein in dem ursprünglich zum gemeinsamen Alterssitz auserkorenen Haus wohnte. Stattdessen lieber zur Fraueninsel übersetzen und endlich einmal eine Nacht in dem dortigen Gasthof verbringen, um die nächtliche Einsamkeit auf der Insel zu genießen, wenn die Tagesbesucher ans Festland zurückgekehrt und nur noch die wenigen echten Insulaner zurückgeblieben waren.

Dank meines Einkaufsbummels am Flughafen hatte ich alles Nötige dabei, was ich für eine Übernachtung brauchte. Ehe ich es mir so recht überlegt hatte, lag der Trappentreutunnel schon hinter mir. Ich schlängelte mich durch den unendlichen Luise-Kieselbach-Tunnel mit seiner verwirrenden Verkehrsführung und befand mich längst auf der Salzburger Autobahn, als ich Philipp Dittberner & Marvs leicht melancholisches »Wolke vier« aus dem Radio hörte.

Ein weiterer Wink des Schicksals. Begeistert trällerte ich mit. Die Jungs hatten so recht: »Wolke vier mit dir« wäre allemal besser als die schier unerreichbare Wolke sieben, von der man nur viel zu tief stürzte. Vielleicht hatte das auch der rätselhafte Blumenkavalier im Sinn. »Doch dein Lächeln bleibt« – auch das passte zu meinem neuen Selbstversuch, mir einfach zwischendrin vorsorglich schon mal die kleinen Freuden zu gönnen, statt nach den unerreichbaren Sternen am Himmel zu greifen. Eine unverhoffte Auszeit auf der Fraueninsel zu genießen war ein guter Anfang.

8

Wie schön kann Einsamkeit sein! Allerdings nur, sofern man sie nicht wider Willen verlassen auf dem Sofa in der eben noch lauten, nun aber erschreckend still gewordenen Familienwohnung erlebt, sondern sie aus eigenen Stücken an einem lauen Sommerabend am Ufer des Chiemsees sucht.

Mutterseelenallein, aber zutiefst glücklich stand ich auf der sacht ins Wasser auslaufenden Wiese nahe dem Frauenkloster. Der grandiose Blick auf die Kampenwand im Licht der niedrig stehenden Sonne kratzte schon haarscharf am Kitsch entlang. Gelegentlich konnte ich jedoch nicht genug davon bekommen, und gerade steckte ich mittendrin in einer solchen Phase. Selig lehnte ich mich in meinem brandneuen, pfingstrosenroten Leinenkleid an den Stamm des weit ausladenden Baums und blinzelte durch die tief herabhängenden Zweige auf den silbrig schimmernden See. Was für ein Glück! Bis in alle Ewigkeit wollte ich davon zehren.

»Malen müsste man können«, hörte ich eine männliche Stimme und drehte mich um. Wenige Schritte entfernt von mir postierte sich der typische Mittfünfziger mit grau meliertem Haar, golfplatzgebräuntem Teint und sportlicher Figur breitbeinig auf der Wiese. Dunkles Poloshirt, helle Sommerhose und braune Wildledermokassins – die er natürlich geschmackssicher ohne Socken trug – unterstrichen seine lässige Erscheinung.

Warum waren Männer eigentlich von Natur aus davon überzeugt, wir Frauen könnten das Alleinsein nicht ertragen? Warum glaubten sie, wir sehnten uns permanent nach ihrer angeblich so klugen Gesellschaft und ihren vermeintlich welterklärenden Kommentaren? Ich jedenfalls brauchte derzeit keinen Y-Chromosomenträger in meiner nächsten Nähe, insbesondere keinen, der derartige Plattitüden von sich gab. Also lächelte ich ihm viel zu höflich zu und setzte schleunigst meinen Inselrundgang fort.

Es machte mir gar nichts, bereits zum dritten Mal an diesem mir selbst geschenkten Urlaubstag an den weißen Klostermauern entlang zur südlichen Spitze der Fraueninsel zu laufen. Nur wenige Menschen begegneten mir auf dem schmalen Uferweg. Um kurz nach acht am Abend legte das letzte Schiff nach Prien ab. Danach verkehrten zwar noch stündlich Schiffe nach Gstadt, aber die meisten Tagesbesucher waren abgereist. Eine idyllische Stille breitete sich aus. Selbst auf dem See wurde es ruhig. Die letzten Segelboote steuerten das Ufer an.

Ein letztes Mal für diesen Tag querte ich den Platz in der Inselmitte mit den beiden über tausend Jahre alten Linden. Im Sommer wirkten sie weitaus weniger eindrucksvoll als im Winter, wenn während des Christkindlmarkts das Zelt einer Märchenerzählerin im Schatten der kahlen Äste die Kinder anlockte. An diesem Juliabend lockte mich vor allem die Aussicht auf ein leichtes Abendessen mit fangfrischer Chiemsee-Renke beim Inselwirt.

Nie hätte ich gedacht, es einmal aus vollem Herzen zu genießen, allein an einem Tisch auf der Terrasse zu sitzen und gedankenverloren in die rot glühend untergehende Sonne zu stieren. Weder die verliebt turtelnden Pärchen noch der aufdringliche Poloshirt-Träger von vorhin, der drei Tische von mir entfernt saß, konnten mich aus der Ruhe bringen. Ich war mir selbst genug und fühlte mich zufrieden wie lange nicht mehr. »Glorreiche Tage«, surrte es mir durch den Kopf, tatsächlich rauschten die so schnell an einem vorbei »wie das Augenzwinkern eines jungen Mädchens«.

Eines Tages würde auch ich nur noch in den Erinnerungen an die glorreichen Tage leben. Mein Rosenkavalier war also nicht nur ein romantischer Charmeur, sondern auch ein philosophisch angehauchter Hellseher. Dieser mir selbst geschenkte Tag auf der Fraueninsel gehörte in jedem Fall schon jetzt zu den viel beschworenen glorreichen Tagen, an die ich mich dereinst sehnsüchtig erinnern wollte. Zu verdanken hatte ich das ihm oder vielmehr seinem anonymen Blumengruß, der mich überhaupt erst auf die Idee gebracht hatte, mir endlich einen lang gehegten Wunsch zu erfüllen und das Naheliegende zu tun, um einmal ganz besonders gut zu mir zu sein.

Als ich mich mit diesen Gedanken im Kopf erhob, um in mein gemütliches Zimmer mit Seeblick zu verschwinden, musste ich ein breites Grinsen im Gesicht gehabt haben. Das zumindest entnahm ich dem erstaunten Blick, den mir der Poloshirt-Träger zuwarf, als ich an seinem Tisch vorbeikam. Das aber war mir ebenso egal wie die mehr als ein Dutzend WhatsApp-Nachrichten, die ich oben im Zimmer auf meinem Smartphone vorfand.

»Wo steckst du nur?«, »Alles in Ordnung bei dir?« und »Geht es dir gut?« lauteten die ersten drei Varianten, die Ute verwendet hatte, um ab etwa der neunten Nachfrage zwischen wütendem »Melde dich sofort!« und besorgtem »Was ist los?« zu schwanken. Ich erlöste sie mit »Alles in bester Ordnung. Ich gönne mir nur eine Auszeit«, dem ich drei dunkelrote Herzen und fünf Smiley-Küsse sowie das Versprechen »Morgen mehr« hinzufügte.

Was hat die Menschheit nur vor der Smartphone-Zeit gemacht? Ein Anflug von Neid drohte mich bei der Vorstellung zu übermannen, dass sich früher niemand darüber gewundert hatte, wenn man für kurze Zeit in der Versenkung verschwand. Warum musste man heutzutage sofort eine Statusmeldung an die wichtigsten fünf Freunde sowie eine Rundmail an die engsten zehn Bekannten nebst nahezu stündlichem Instagram-Posting mit Selfie versenden, nur weil man einmal spontan die Stadtgrenze hinter sich lassen und etwas tun wollte, wovon man immer schon geträumt hatte? Noch dazu, wo bei mir der endlich in die Tat umgesetzte Traum weder in einem lebensgefährlichen Bungeesprung von der Teufelsbrücke noch in einem Trip ans andere Ende der Welt bestand, sondern ganz simpel und langweilig in einer einzigen Übernachtung auf der von München knapp eine Autostunde entfernten Fraueninsel?

So gut wie möglich verdrängte ich meine Panik, weil noch keine WhatsApp-Nachricht von meinem Sohn eingetroffen war. Längst musste er seinen anderthalbstündigen Zwischenstopp in New York hinter sich haben. Das wäre doch eine gute Gelegenheit, seiner sich sorgenden Mutter eine … Stopp! Was ich für mich selbst in Anspruch nahm, sollte ich auch meinen Kindern zugestehen: dass sie durchaus erwachsen genug waren, auf sich allein aufzupassen, und einen knapp vierzehnstündigen Flug über den Atlantik durchaus auch einmal ohne ständige Rückmeldung nach Hause zu bewerkstelligen wussten. Wie hatte meine Mutter das früher nur ertragen?

»Wenn was ist, rufst du an. Wenn ich nichts von dir höre, weiß ich, dass alles in Ordnung ist«, lautete ihre Anweisung, bevor ich für vier Wochen per Interrail quer durch Europa abdüste. Nur mit Ute, dem mit vierhundert Mark bestückten Postsparbuch und einem großen Rucksack. Es war das letzte Jahr vor dem Abi gewesen, und wir waren beide gerade erst achtzehn geworden.

Entschlossen verstaute ich mein Handy tief unten in meiner Handtasche. Erwachsen werden ist nicht einfach, nicht für Kinder und erst recht nicht für Eltern. Genau deshalb dauert es auch so lang, bei Kindern zwar nur achtzehn Jahre, bei Müttern mindestens für den Rest ihres Lebens.

9

Rundum durchsonnt und prächtig erholt trat ich am folgenden Nachmittag meinen Heimweg an. Leon war gut in Orlando gelandet, wie er mir in der Nacht tatsächlich gewhatsappt hatte, und Mona startete mit ihren Freunden eine kleine Wochenendtour nach Maribor. Das hatte ich dank des Smartphones quasi in Echtzeit nebst dem obligatorischen Selfie zweier fröhlich grinsender jungen Frauen erfahren.

Studentin müsste man noch einmal sein!, dachte ich voller Neid, erinnerte mich dann aber zu Recht an mein inzwischen weitaus besseres Los. Immerhin hatte ich auf der Fraueninsel nicht zelten oder mit sechs Unbekannten in einem überfüllten Schlafsaal im Hostel schlafen müssen, sondern im behaglichen Einzelzimmer königlich nächtigen dürfen. Von meinem gestrigen Spontanshopping am Flughafen ganz zu schweigen. Die Scheidung von Detlef war zwar schmerzlich, aber kein existenzbedrohender finanzieller Verlust gewesen. Er hatte mir freiwillig die Wohnung überlassen. Außerdem blieb ich – wenn auch bescheiden – an den Gewinnen der Agentur beteiligt, was meine Freiberuflerhonorare angenehm ergänzte. Schwungvoll drehte ich mich in dem lila Sommerkleid noch einmal um die eigene Achse und betrachtete mich in der spiegelnden Windschutzscheibe meines kleinen roten Dreier-BMWs, bevor ich einstieg, das Glasdach öffnete und fröhlich summend gen München fuhr.

Nicht einmal der zähfließende Verkehr kurz vor dem Irschenberg konnte mich aus der Ruhe bringen, ebenso überstand ich den Freitagabendstau auf der Brudermühlbrücke von der rechten auf die linke Isarseite bestens gelaunt. Dafür aber ließ die Überraschung vor meiner Wohnungstür meinen Herzschlag vor Aufregung auf Rekordtempo beschleunigen: Ein weiterer Blumenstrauß erwartete mich dort.

Ob sich dieses Mal das Geheimnis lüftete, wer dahintersteckte? In gespannter Vorfreude, mit welchen Zeilen und Blumen der geheimnisvolle Unbekannte mich überraschen würde, schloss ich die Wohnungstür auf und steuerte mit dem eingepackten Gebinde sofort die Küche an.

Wenn die kurzen Abstände zur Gewohnheit würden, bekäme ich wohl Probleme mit den geeigneten Blumenvasen. Auf der Suche nach dem geeigneten Gefäß streunte ich durch die zwar sonnendurchflutete und damit angenehm aufgewärmte, dafür aber absolut verlassene Wohnung. Ein knapper Blick ins Wohnzimmer bestätigte mir, dass sich der lila-rote Traum von vor zehn Tagen noch in erstaunlicher Frische präsentierte. Wenn das so weiterging, konnte ich demnächst Rainers Blumenapotheke Konkurrenz machen. Warum auch nicht?, frotzelte ich vor mich hin. Von der Apothekenkundenzeitschriftentexterin zur Blumenapothekenladenbesitzerin war eigentlich ein bemerkenswerter Schritt auf der Karriereleiter nach oben. Gleich nachher würde ich Ute anrufen und sie um ihre Meinung bitten. Vorher aber musste ich mangels zweiter geeigneter Vase auf einen von Leon auf dem letzten Oktoberfest widerrechtlich entwendeten Bierkrug zurückgreifen.

Die stark riechenden gelben Margeriten mit den dieses Mal orange und hellrot gehaltenen Rosen und undefinierbaren sonstigen Blumen gleichen Farbtons machten sich in dem Glaskrug bestens. Weniger gut machten sie sich allerdings in direkter

Nachbarschaft zum ersten Strauß, was an den unterschiedlichen Farbkombinationen lag. Also platzierte ich den neuen Blumengruß auf dem Sofatisch.

Wieder steckte eine farblich abgestimmte Karte zwischen den Blumen. Der computergetippte Text stürzte mich allerdings unerwartet in eine Krise, die sämtliche Träume von einem romantischen, Lebensweisheiten zerstreuenden Charmeur gefährlich in Schieflage brachten. Die beiden Zeilen klangen wie eine letzte Mahnung zum Lebensende und empfahlen, sich der Einmaligkeit des Lebens bewusst zu sein. Nichts vom Leben könne man mitnehmen, deshalb sei es an der Zeit, es entsprechend zu nutzen.

Was sollte das um Himmels willen bedeuten? Das war weder ein Kompliment noch eine Liebeserklärung. Und der Gruß war natürlich wieder anonym!

Verärgert knüllte ich die Karte zusammen und betrachtete desillusioniert den gelb-orange-roten Strauß. Feuer! Flammen!, schoss mir durch den Kopf. Wunderbar passend zum fulminanten Sonnenuntergang, den ich am Abend zuvor am Chiemsee erlebt hatte. Fast so glühend wie am Meer. Diese Erinnerung versöhnte mich ein wenig mit den merkwürdigen Zeilen. Vielleicht hatte ich etwas falsch verstanden?

Neugierig entfaltete ich die Karte noch einmal, las die beiden mysteriösen Zeilen wieder und wieder, ohne so recht zu einer Entscheidung zu gelangen, wie ich sie deuten sollte. So romantisch ich einerseits die Variante mit dem geheimnisvollen Verehrer fand, so sehr fürchtete ich andererseits, einem schlechten Scherz auf den Leim zu gehen. Machte sich da am Ende doch nur jemand über eine einfältige, eitle Endvierzigerin wie mich lustig? Scham überkam mich. Darüber gerieten meine Wangen ins Glühen, was sie sicherlich ähnlich rot leuchten ließ wie die kleinen, gefüllten Rosenbällchen. Vielleicht sollte ich das bunte Zeugs einfach packen und im Hof in der Biotonne entsorgen? Wohnte der geheimnisvolle Blumenkavalier im Haus, wusste er dann wenigstens, dass ich nicht so leicht zu übertölpeln war, wie er wohl vermutete.

Schon streckte ich die Hand nach den Blumen aus, hielt aber mittendrin inne. Das wäre ein äußerst kostspieliger Spaß. Auch dieser gelb-orange-rote Strauß stammte aus Rainers sündhaft teurem Blumenparadies. So wichtig konnte es wohl niemandem sein, mich aufs Korn zu nehmen. Das konnte man billiger haben. Also musste ein tieferer Sinn in dem allem liegen als eine plumpe Form der Anmache oder, noch schlimmer, des Veräppelnwollens. Früher oder später würde ich es herausfinden.

Das Telefonklingeln riss mich aus meinen Grübeleien.

»Wo bleibt die versprochene Erklärung für dein unangekündigtes Verschwinden?«, platzte Ute sogleich heraus. »Weißt du, was ich mir schon alles ausgemalt habe, nachdem mir klar war, dass du seit Leons Abflug gestern früh nicht mehr nach Hause gekommen bist und weder telefonisch noch per WhatsApp oder SMS zu erreichen warst?«

»Tut mir leid«, murmelte ich so kleinlaut, wie ich mich dank ihrer Vorwürfe auch fühlte. Es rührte mich zu hören, wie sehr sich meine beste Freundin um mich sorgte. Immerhin hatte sie den lieben langen Tag genug um die Ohren. Trotzdem regte sich Widerspruch in mir. Ich war eine erwachsene Frau, erwachsener noch als meine zwanzigjährige Tochter Mona und mein fast achtzehnjähriger Sohn Leon, die beide aus dem Nest geflogen waren, ohne mir über jeden einzelnen ihrer Schritte ständig »zeitnah«, wie es neuerdings so schön hieß, Rechenschaft abzulegen. Nein, halt! Genau das taten sie ja, indem sie mehrmals am Tag Selfies und Smileys und exakte Statusberichte in einer Ehrlichkeit whatsappten, die ich meiner Mutter gegenüber nie aufgebracht hatte.

Wenn alle Welt das so hielt, war es kein Wunder, dass Ute selbiges von mir erwartete. Vielleicht hätte sie doch besser heiraten und eigene Kinder kriegen sollen? Dann hätte sie jetzt Ehemann und Nachwuchs zu bemuttern, statt ihre unerfüllten pädagogischen Anwandlungen an mir auszulassen.

Auch wenn es gut gemeint war, regte es mich auf. Bevor ich jedoch etwas entgegnete, was ich später bereute, holte ich einmal tief Luft. Ein weiterer Rat meiner Großmutter Gerda, die die Damenhaftigkeit nicht nur gelehrt, sondern tatsächlich auch gelebt hatte. Flüchtig sah ich an mir herunter, betastete den weich fließenden Stoff meines luftigen, mauvefarbenen Sommerkleids und streckte unwillkürlich den Rücken durch. Nach einer so wundervollen Zeit am Chiemsee und im Anblick zweier so traumhaft schöner Blumensträuße gab es nicht den geringsten Grund für schlechte Laune. Hatte ich mir nicht vorgenommen, wieder weniger zu grübeln und dafür öfter »einfach so zu tun als ob«, um mich mehr der sonnigen Seite des Lebens zuzuwenden?

»Ute, Liebes, es ist wirklich alles bestens«, säuselte ich munter ins Telefon. »Verzeih meine Gedankenlosigkeit. Wird nicht wieder vorkommen. Ich war nur mal knapp vierundzwanzig Stunden offline und habe mir eine zauberhafte Pause gegönnt. Die hat mir übrigens gutgetan. Das solltest du demnächst auch einfach mal ausprobieren.«

»Was soll das heißen, ich sollte …«, holte Ute empört Anlauf, um im nächsten Augenblick zu verstummen.

Die nächsten Sekunden vernahm ich unverständliches Gemurmel im Hintergrund, dann erbärmliches Knistern und Knacken in der Leitung. Die beste und fürsorglichste aller Freundinnen saß also noch im Büro und hantierte zwischen Aktenbergen, Telefonhörer und Computertastatur hin und her, noch dazu offenkundig streng bewacht von einem männlichen Wesen, bei dem es sich entweder um einen karrieregeilen, viel zu jungen Kollegen oder um einen der verknöcherten, biestigen Alt-Partner von *Lutter, Helmbrecht & Partner* handelte. Und das an einem lauschigen Freitagabend im Sommer, an dem sich jeder andere vernünftige Münchner längst im Biergarten oder an der Isar des *dolce vita* in der nördlichsten Stadt Italiens erfreute!

Wie hatte es so schön in der Karte vorhin geheißen? »Ihr habt nur ein Leben.« Das wollte genutzt werden! Wenn meine beste Freundin nicht dazukam, sich selbst etwas Gutes zu tun, war es meine Pflicht als mindestens ebenso gute Freundin, ihr auf die Sprünge zu helfen. Unbedingt musste ich sie aus der Hölle am Isartor befreien und sie ein wenig verwöhnen.

»Was hältst du davon, wenn ich dich im Büro abhole und wir uns einen lustigen Abend machen? Dann kann ich dir in Ruhe erzählen, was ich die letzten vierundzwanzig Stunden angestellt habe. Es wird Zeit, dass wir uns auf die erfreulichen Seiten des Lebens konzentrieren.«

10

Das pfingstrosenrote Leinenkleid entpuppte sich als der Hingucker des Abends. Nie hätte ich gedacht, wie hervorragend es zu dem Lilarot passte, mit dem sich die Abendsonne in der Glasfassade des Probengebäudes der Oper am Marstallplatz spiegelte. Einen Aperitif in der Hand lehnte ich mich höchst zufrieden mit mir und meinem Leben in dem Korbstuhl zurück.

Es war mir tatsächlich gelungen, Ute aus den Fängen der Alphatiere in der Kanzlei zu befreien. Inzwischen saßen wir auf der Terrasse des *Brenner* zwischen Marstall und Rückseite des Nationaltheaters. Um uns herum flirrte die typische Großstadt-Freitagabend-Laufsteggesellschaft. Ute in ihrem Businesslook passte genauso gut dazu wie ich in meinem neuen leichten Sommeroutfit, das die beste aller Freundinnen vorhin voller Neid bewundert hatte.

»Mal was anderes als schwarz-rot-weiß«, hatte sie zwar nur gemurmelt, doch ich kannte sie zu gut, um nicht herauszuhören, wie anerkennend das gemeint war.

Unabgesprochen bestellten wir uns beide einen Lillet vive, der fast so gut war wie Leons Hausmix. Chapeau an meinen Sohn. Ob er als Mickymaus auch so gut war wie als Barmixer? Ach, zum Teufel mit diesen ewigen Muttersorgen! In jedem Fall war das Getränk gut genug, um uns genau die richtige Lebendigkeit zu verleihen, mit der wir unserer Lieblingsbeschäftigung nachgehen wollten: Leute zu beobachten und dabei nach Herzenslust über sie zu lästern.

»Wie stellst du dir eigentlich deinen Rosenkavalier vor?«, platzte Ute in meine wieder einmal viel zu mütterlichen Gedanken. »Findest du nicht, es ist langsam Zeit, sich das ernsthaft zu überlegen? Ein Blumenstrauß in der Preisklasse mag Zufall sein, der zweite aber lässt bereits ernste Absichten vermuten.«

»Mir reichen die Blumen, ich brauche keinen Mann«, verkündete ich übermütig. »Sie schenken mir Freude. Das allein zählt.«

Das aber wollte Ute nicht gelten lassen. »Eine so günstige Gelegenheit, an einen echten Kavalier zu kommen, musst du nutzen. Lass uns mal schauen, wie er aussehen könnte. Wie wäre es zum Beispiel mit dem Herrn dort drüben im dunkelblauen Blazer? Sein Geldbeutel dürfte groß genug sein, um auf einen Stammkunden bei Rainer zu schließen, und außerdem besitzt er offenbar den richtigen Benimm, um mit Blumen das Herz einer Frau zu erobern.«

»Gutes Benehmen und dicke Brieftasche sind nicht alles. Außerdem weißt du, dass ich Dunkelblau nicht ausstehen kann«, stieg ich vergnügt auf das Spiel ein und zwinkerte ihr zu, denn natürlich war ihr Juristinnenoutfit wieder einmal dunkelblau von Kopf bis Fuß.

»Es kommt ganz auf die Kombination an«, gab sie grinsend zurück und nippte an ihrem Glas. Das prickelnde Getränk wie auch der verheißungsvolle Einstieg ins Wochenende mit einem überaus lauschigen Sommerabend taten das ihre, um sie auf die kleine Spitze ungewohnt mild reagieren zu lassen.

»Wollen wir schauen, ob der Herr auf einem der Internetportale sein Profil eingestellt hat?«, neckte ich und machte Anstalten, mein Smartphone zu zücken. »Vielleicht verschaffen wir dir im Handumdrehen heute Abend noch ein Match? Im Gegensatz zu mir bist du schließlich aktiv auf Partnersuche.«

»Du lenkst ab«, mahnte Ute amüsiert. »Heute Abend heißt das Motto Blumenkavalier, und der spielt sich ganz altmodisch jenseits der virtuellen Realität ab. Das Jagdgebiet hier ist bestens geeignet, sich endlich ein Bild von ihm zu machen. Also los!«

»Ein Mann aus Fleisch und Blut ist mir sowieso weitaus lieber als ein Adonis in Digital.«

»Ich wusste schon immer, dass du rettungslos *old-styled* bist.«

»Besser *old-styled* als selber *old*.«

Ohne den Kandidaten im verhinderten Clubblazer und der obligatorischen, deutlich zerknitterten cremeweißen Chino eines weiteren Blicks zu würdigen, wanderte mein Blick über die anderen Tische.

Ute hatte recht. Es war in der Tat höchste Zeit, dem Blumenkavalier ein Gesicht zu verpassen. Wo, wenn nicht mitten in einer von Münchens besten Stuben, wollte ich fündig werden? Je eher ich mir im Klaren war, wie ich mir den Mann hinter den Blumen vorstellte, desto eher kam ich künftig wohl auch mit seinen mysteriösen Zeilen klar. Denn dass es weitere Sträuße nachmittags um halb fünf mit computergetippten Botschaften geben würde, daran zweifelte ich nicht mehr. Ein weiteres Resultat meiner bewährten »Einfach so tun als ob«-Philosophie, die mir in den letzten Tagen schon mehr als eine amüsante Stunde beschert hatte.

Gebannt nahm ich die männlichen Gesichter um uns herum ins Visier. Die Terrasse des *Brenner* war eine hervorragende Adresse, um sich die ersten Vorstellungen von Mister X zu machen. Zu meiner Enttäuschung überwogen die Herren in Damenbegleitung. Allesamt machten sie ganz und gar nicht den Anschein, als würden sie nebenher noch anonyme Blumengrüße nebst rätselgespickter Grußkarte verschicken. Erst recht nicht an eine geschiedene, alleinerziehende, freiberuflich für Apothekenkundenzeitschriften textende Kunsthistorikerin.

Leicht verlegen schob ich mich in meinem Korbsessel zurecht. Gelegentlich drohte mich ein Minderwertigkeitskomplex zu überfallen, wenn ich die schick herausgeputzten, bis ins letzte Detail durchgestylten Geschlechtsgenossinnen betrachtete, die einem in direkter Nähe zur Maximilianstraße über den Weg zu laufen pflegten. Die spielten eindeutig in einer anderen Liga als ich. Schon allein die Kosten für ihren monatlichen Friseurbesuch beliefen sich vermutlich auf mein Texthonorar bei *Apotheke Plus*, vom Gegenwert ihrer dünnen Stofffetzen ganz zu schweigen, die umso teurer und edler wurden, je mehr sie sich dem Nichts näherten. Lediglich Utes Begleitung, die als etablierte Anwältin locker mit ihnen mithielt, schien mir die Berechtigung zu geben, mich unter dieses Publikum mischen zu dürfen. Ich nahm einen langen Schluck aus meinem Glas und schlug die sonnengebräunten Beine übereinander, was die schicken, halbhohen Wedges an meinen frisch pedikürten Füßen besser zur Geltung brachte.

Plötzlich kreuzte sich mein Blick mit dem eines Herrn, der direkt neben dem Pult des Oberkellners wartete. Fröhlich lächelte er zu mir herüber. Er hatte ein interessantes Gesicht, nicht zu gutaussehend glatt, aber auch nicht zu langweilig gewöhnlich oder gar zu abenteuerlich verwittert. Wir mochten zwar dasselbe Alter haben, aber wie so oft schien er knapp vor Erreichen der Lebensmitte eindeutig die bessere materielle Ausstattung erreicht zu haben als ich. Völliges Understatement in Jeans und Hemd, dafür an den bloßen Füßen dunkle Tod's, leuchtete an seinem gebräunten linken Unterarm eine Uhr im Gegenwert meines Autos im Abendsonnenlicht auf.

Er gefiel mir trotzdem.

Unwillkürlich richtete ich mich in meinem Sessel wieder gerader auf und lächelte zurück. Warum nicht so tun, als ob ich auch eine dieser erfolgreichen, gut situierten Frauen wie meine

Freundin Ute und all die anderen weiblichen Wesen um mich herum wäre? Wer konnte schon wissen, ob es hinter den gut gepflegten Fassaden tatsächlich so aussah, wie ich auf den ersten Blick vermutete?

Ermuntert von meinem Blick raunte er dem Oberkellner, der ihn gerade zu einem Tisch führen wollte, etwas zu und kam zu mir herüber. Seine Art, sich zu bewegen, hatte etwas Betörendes. Konnte es sein, dass ich gerade dabei war, dem Mann meines Lebens zu begegnen?

Aus dem Augenwinkel beobachtete ich, wie Ute beim Trinken an ihrem Glas die Luft anhielt. Mir wurde flau.

»Guten Abend, die Damen«, sprach der Rosenkavalier in spe uns beide an, wobei er eindeutig nur mich ansah. »Darf ich Sie auf einen weiteren Aperitif einladen?«

Zum Glück hielt ich das Glas fest in Händen. Es kostete mich alle Kraft der Welt, nicht lauthals loszuprusten. Auch Ute musste an sich halten. Wir kannten uns lang genug, um zu wissen, was uns beiden im selben Moment aufstieß: Der Traummann hatte einfach die falsche Stimme! Viel zu hoch und absolut unmännlich. Niemals würde ich mehr als das Nötigste mit ihm reden können.

»Danke, sehr freundlich«, bemühte ich mich um Fassung. »Aber leider müssen meine Freundin und ich auch schon los.«

Ich warf einen übertrieben eindringlichen Blick auf meine leider sehr schlichte Armbanduhr.

»Gern können Sie unseren Tisch und auch unsere Getränke übernehmen«, fügte Ute geistesgegenwärtig hinzu.

Entschuldigend nickte ich dem vom Sockel gestürzten Traumprinzen zu und folgte meiner Freundin Richtung Maximilianstraße.

Wir waren gerade um die Ecke des Nationaltheaters gebogen, da blieb Ute abrupt stehen und brach in albernes Gelächter aus.

»Wie kann denn das passieren? So ein Bild von einem Mann und dann eine Stimme wie ein Zwölfjähriger vor dem Stimmbruch?«

»Dafür kann er doch nichts«, warf ich mitleidig ein, was Ute nur zu noch lauterem Lachen animierte. »Typisch!«, brachte sie zwischen den einzelnen Lachsalven mühsam heraus. »An dir ist echt eine Mutter Teresa verloren gegangen. Aber sorry, das eben ging gar nicht.«

Ich seufzte und rechnete ihren albernen Ausbruch der angespannten Situation in der Kanzlei wie auch der Tatsache zu, dass sie ihren Sommerdrink viel zu schnell auf nüchternen Magen gekippt hatte.

»Lass uns essen gehen und dabei weiter Ausschau halten«, schlug ich vor. »München dürfte groß genug sein, um uns früher oder später den idealen Charmeur zu präsentieren.«

»Am besten fangen wir gleich im *Oskar Maria* an.« Ute hatte sich wieder beruhigt. »Wer so romantisch ist, dir anonym Blumen zu schicken, der sitzt freitagabends bestimmt gern vor dem Literaturhaus und lässt den Kulturmenschen raushängen.«

»Wie kommst du darauf?« Im ersten Moment erschrak ich. Ahnte sie etwas von den Lebensweisheiten auf den Grußkarten? Misstrauisch sah ich meine Freundin an. Die aber schien das tatsächlich nur so dahingesagt zu haben.

»Warum nicht?«, fragte sie zurück und grinste. »Jeder andere Kulturbanause würde doch so wie ich ganz banal via *Lovoo* oder *Tinder* erste Kontaktversuche starten. Für so einen feinsinnigen, gebildeten Menschen wie dich aber kommt das nicht infrage. Da muss der Mann schon mindestens im Mailverteiler des Literaturhauses stehen und sollte außerdem ein Abo für die Kammerspiele besitzen.«

»Was nicht das Schlechteste wäre«, entgegnete ich.

»In jedem Fall besser als eine Dauerkarte für die Allianz-Arena«, fügte Ute hinzu. »Jetzt aber los. Mir hängt der Magen bis zu den Kniekehlen durch, und außerdem will ich weiter Männer anschauen.«

»Wie gut, dass du mich hast.« Vergnügt hakte ich mich bei ihr ein und zog sie Richtung Salvatorplatz. »So kommst du wenigstens mal raus und versauerst nicht auf dem Sofa beim virtuellen Anbaggern via Smartphone.«

»Das Aussuchen in aller Ruhe hat auch seine Vorteile.«

»Mit deiner tollen App wäre das eben aber gründlich schiefgegangen«, erwiderte ich. »Die piepsige Stimme hättest du auf deinem winzigen Handyscreen niemals rechtzeitig bemerkt.«

»Wenn der Beau von eben tatsächlich so naiv gewesen wäre, ein echtes Foto von sich hochzuladen und eine ehrliche Altersangabe zu machen, hätte ich ihn seines Alters wegen sowieso gleich nach links weggewischt.«

»Warum sollte alle Welt so schummeln wie du?«

»Weil alle Welt so wie ich sich nicht gleich auf Anhieb die Chance vermasseln will und deshalb lieber die gängigen Erwartungen von jung, schön und erfolgreich erfüllt.«

»Ich habe gleich gewusst, dass diese Dating-Apps nichts für mich sind«, entgegnete ich. »Das ist mir alles zu verlogen.«

»Wollen wir hoffen, du findest in der analogen Welt tatsächlich, wonach du suchst.« Amüsiert schüttelte Ute den Kopf. »Du bist bestimmt die letzte Romantikerin dieser Welt, die noch von einem Märchenprinzen träumt.«

»Warum auch nicht? Wenn schon Märchen, dann auch richtig.«

Was ich in diesem Moment weitaus ehrlicher meinte, als Ute je vermuten würde.

11

Das mit dem Märchen ist natürlich so eine Sache. Gemeinhin ist das Leben einfach zu banal, um auch nur ansatzweise märchenhaft zu sein. Oder habe ich einfach nur die falsche Vorstellung davon, was märchenhaft wirklich bedeutet? Im Zweifelsfall lasse ich mir nur ungern meine Illusionen zerstören und gelte gern auch als naiv, solange mir das meine Fantasien bewahrt. Träumen ist und blieb jedenfalls erlaubt, sowohl von charmanten Blumenkavalieren als auch von Märchenprinzen. Und von Märchen allgemein. Selbst mit fast fünfzig. Und erst recht, wenn es einem hilft, mit der harten Realität einer seit zwei Jahren geschiedenen und nun auch von ihren erwachsenen Kindern verlassenen Frau klarzukommen.

Die nächsten Wochen taten ein Übriges, mich in der Einstellung zu bestätigen. Zwar wurden Ute und ich an besagtem Freitagabend weder auf der Terrasse des *Oskar Maria* im Literaturhaus noch vor dem *Café Luitpold* fündig, was geeignete Kandidaten für die Kür des Traum-Blumenkavaliers betraf. Ebenso wenig fanden wir beim Abtanzen im *Harry Klein* und zwei anderen Klubs in der Innenstadt auch nur annähernd lebendige Vorbilder für das, was sich Ute von ihren diversen Datingportalen versprach oder ich mir als Kandidaten für meinen Blumenkavalier ausmalte. Dafür genossen wir bis zum Morgengrauen ausgelassene Freundinnenstunden. Die bescherten mir am nächsten Tag eine ordentliche Migräne, zugleich aber auch ein lang vermisstes Gefühl von absoluter Zufriedenheit. Das war den Tag im abgedunkelten Zimmer bei völliger Ruhe allemal wert.

Beim trägen Vor-mich-Hindämmern ließ ich all die in der Nacht auf den Terrassen und der Tanzfläche erspähten Männerträume mit silbergrauen Schläfen oder mit glänzend aparten Glatzen bis hin zu dunkel gefärbten, nackenlangen Haarmähnen noch einmal Revue passieren und kam zu dem Schluss, dass die Suche nach dem großen Unbekannten eigentlich das Schönste an der ganzen Sache war. Insgeheim ertappte ich mich bei dem Wunsch, es würde noch möglichst lange dauern, bis sich die Identität des anonymen Blumenspenders lüftete, und Ute und ich würden noch einige so unbeschwerte und unterhaltsame Sommerabende auf der Suche nach ihm verleben. Meine dank der Blumen wiedergewonnene »Einfach so tun als ob«-Philosophie bewährte sich jedenfalls. Seit dem ersten Strauß hatte ich so viel Freude und gute Laune wie lange nicht mehr.

Solo war ich derzeit sowieso hochzufrieden. Die unverhofften Blumenpräsente schmeichelten meinem nach zwanzigjähriger Familienphase und Scheidung stark in Mitleidenschaft gezogenen weiblichen Ego, was wiederum mein einsam gewordenes Mutterherz aufwog. Mehr brauchte ich im Moment nicht, erst recht keinen neuen Mann in meinem Leben. Über kurz oder lang würde der ohnehin nur für zu viel Schmutzwäsche im Bad und Unordnung im Kühlschrank sorgen. Noch dazu würde er gewiss bald auch ungebetene Kommentare zu meiner privaten wie auch beruflichen Lebensplanung abgeben. Das hatte mich schon an Detlef gestört und bei Dirk bis zur Weißglut gereizt.

Warum Ute, die ihr ganzes Leben bewundernswert tough allein gestemmt hatte, plötzlich so angestrengt nach einem Partner gierte, war mir ein Rätsel. Solange die Suche nach Mr. Right sich allerdings derart amüsant für uns beide gestaltete und es vor allem bei der Suche blieb, sollte es mir recht sein.

Leider aber würde zumindest den Rest des Monats erst einmal nichts mehr aus weiteren gemeinsamen Frauenabenden. Ein Juristenkongress über internationales Erbrecht verlangte die Anwesenheit meiner Freundin in Washington D.C. Die Gelegenheit nutzte sie zu einem anschließenden Roadtrip entlang der Ostküste. Solche Abenteuer lagen eine Winzigkeit jenseits meiner finanziellen Möglichkeiten. Also hatte Ute in einer Studienkollegin passenden Ersatz für meine Gesellschaft gefunden. Ob sie die auch in die Geheimnisse ihres Profils bei den Datingportalen einweihte?

Bevor mir Eifersucht und Neid das Herz beschwerten, beschäftigte ich mich lieber mit der täglichen Pflege meiner Blumenwunder. Die opulenten Sträuße waren längst fester Bestandteil meines Alltags, inklusive der Erinnerung an die rätselhaften computergetippten Grußkarten, die ich natürlich doch wieder aus dem Altpapier gefischt und sorgfältig glatt gestrichen hatte. Eines Tages würde sich mir ihre Bedeutung erschließen. Die Hoffnung bewahrte ich mir, wenn mir auch das Missverhältnis zwischen den fröhlichen Blumen und den bedeutungsschwangeren Zeilen nach wie vor unerklärlich blieb.

Dafür hatte sich mir der Sinn der Blumen schnell erschlossen: In diesem eher trüb verregneten Sommer bescherten sie mir immer wieder aufs Neue gute Laune. Schon ein flüchtiger Blick im Vorbeigehen auf ihre Blüten genügte, und ich schwebte geradezu auf Wolken, lächelte vergnügt vor mich hin. Alles ging mir leichter von der Hand, angefangen beim lästigen Putzen und Aufräumen über Bügeln und Kochen (was für eine Person wahrlich keine wahre Freude war) bis hin zu den lästigen Beiträgen über Blasenschwäche und Schlafprobleme für *Apotheke Plus*.

Gerade Letzteres war immens wichtig, um mehr berufliches Selbstbewusstsein zu entwickeln, damit ich mich demnächst endlich traute dem Textchef von *Kunst aktuell* auf die Pelle zu rücken. Schließlich war ich studierte Kunsthistorikerin mit unleugbarem Talent fürs Schreiben. Das wollte ich nicht in alle Ewigkeit für Artikel zu übersäuerten Mägen oder chronischen Verdauungsbeschwerden verschwenden.

Dank regelmäßigem Wasserwechsel und Blumenfrischpulver erfreuten mich beide Sträuße unerwartet lang mit ihrer bunten Pracht. In jedem Fall lange genug, um mich über die sensible Phase hinwegzutrösten, in der ich mich unweigerlich der Realität als von ihren flügge gewordenen Kindern allein zurückgelassene Mutter stellen musste. Wozu hatte frau eigentlich eine beste Freundin, wenn sie ausgerechnet in solch diffizilen Momenten im fernen Washington an ihrer Karriere feilte?

Für den Bruchteil einer Sekunde schoss mir die Idee durch den Kopf, Ute könnte hinter den Blumen stecken. Quasi als Trost und Aufmunterung. Rasch ließ ich die Idee aber wieder fallen. So entgeistert, wie meine Freundin letztens die Blumen angestarrt hatte, war das absolut unwahrscheinlich. Außerdem passten die Karten nicht zu ihr. Niemals besäße sie in ihrem toughen Juristinnenhirn Fantasie genug, mehr als nur ein »Schöne Grüße« darunterzusetzen.

12

Mit der Gute-Laune-Blumen-Stimmung im Gemüt gelang es mir sogar nach einer ersten Schrecksekunde, Svenjas Vater, der mich letztens am Flughafen in Verlegenheit gebracht hatte, bei einer weiteren unverhofften Begegnung beim Gemüsehändler überaus souverän zu begegnen. Längst hatte ich verdrängt, dass er nur drei Querstraßen von mir entfernt wohnte und sich wohl auch irgendwo im näheren Umkreis die Räume seines Musikzeitschriftenverlags befanden. Allerdings schien Kai rein privat unterwegs zu sein. Leger war er in ein dunkles Poloshirt und helle Chinos gekleidet, was mir nur für den Bruchteil einer Sekunde den Atem nahm. Dann aber bewies ich eine erstaunliche Schlagfertigkeit, für die ich mich insgeheim selbst bewunderte.

»So schlecht lebt's sich wohl doch nicht allein«, stellte ich fest, als ich sah, wie er eine riesige Wassermelone und zwei Kilo Kirschen in seinen Korb wuchtete, bevor er sich noch eine großzügige Auswahl Tsatsiki, eingelegte Auberginen und Artischocken sowie grüne und schwarze Oliven, Bauernsalat und mit Schafskäse gefüllte Paprika einpacken ließ. Die obligatorischen Pitabrote klemmte er sich unter den Arm.

»Essen ist bekanntlich immer ein guter Ersatz, um sich über Verluste hinwegzutrösten«, erwiderte er erstaunlich vergnügt.

»Man sieht dir gar nicht an, dass du so viel Trost benötigst.«

»So lange ist Svenja zum Glück auch noch nicht weg.«

»Hast du etwa vor, dir pro Monat Trennung von deiner Tochter eine Speckrolle um die Hüften anzufressen, damit auch jeder deinen Kummer bemerkt?«, entschlüpfte es mir mit einem leider etwas zu offensichtlichen Blick auf seine unverschämt gut in Form gehaltene Taille. Wieder spürte ich dieses verräterische Kribbeln im Bauch.

Meinen Blick registrierte er mit Genugtuung, wie sein freches Augenzwinkern verriet. »Ich hoffe nicht. Nicht jedes meiner Geheimnisse sollte man mir gleich beim ersten Hinsehen anmerken.«

Unwillkürlich schaute ich an mir herunter und schämte mich nicht zum ersten Mal meiner sichtlich weich gewordenen Körpermitte, die sogar die Bluse im Boyfriend-Schnitt nicht eindeutig kaschierte. Wie viele Monate Trennung von meinen Kindern Kai wohl daran abzulesen meinte?

»Keine Sorge«, beeilte er sich, mich zu beruhigen. »Bei dir ist man sicher, du hast deine Kinder noch alle bei dir zu Hause.«

Zwei zu null für ihn! Damit brachte er mich schon wieder aus dem Konzept. Noch ehe meine Wangen eine Chance hatten, sich auch nur ansatzweise zu röten, bückte er sich bereits nach seinem Korb.

»Das Alleinsein steht dir übrigens bestens, wenn ich das sagen darf«, fügte er beim Aufrichten hinzu und wünschte mir »bis zum nächsten Mal weiterhin so viel gute Laune«, bevor er federnden Schritts von dannen schwebte.

Männer!, dachte ich nur bei mir. Obwohl ich mir sicher war, er würde gleich bei sich in der Wohnung eine ebenso eitle, gut gebaute und beneidenswert attraktive und vor allem natürlich jüngere Frau mit den frisch erworbenen Köstlichkeiten verwöhnen, statt sich im Stillen ganz allein Kummerspeck anzufressen, spukten mir seine Worte und vor allem sein freches Augenzwinkern noch lange durch den Kopf. Es hatte etwas Jungenhaft-Unbeschwertes gehabt. Außerdem hatte er mir echte Komplimente gemacht. Zusammen mit der Umarmung letztens am Flughafen waren das gute Gründe, sich seinetwegen verwirrt zu fühlen.

Kurz entschlossen kaufte ich beim Griechen mehr Obst und Gemüse als ursprünglich geplant und freute mich bei meiner Rückkehr in die verlassene Wohnung regelrecht auf den gesunden Salat, den ich mir daraus schnippeln würde.

Da ich geschlossene Türen nur schwer ertrage, standen bei mir inzwischen sämtliche Türen – bis auf die von der Toilette – rund um die Uhr sperrangelweit offen. Das sorgte für ganz neue Lichteindrücke und ließ mich das eigene Zuhause aus einer ungewohnten Perspektive erleben. Es sind eben immer die kleinen Dinge, die einem helfen, mit den großen Herausforderungen fertigzuwerden. So auch diese andere Sichtweise auf das von mir seit mehr als fünfzehn Jahren bewohnte Domizil, das sich dank der unterschiedlichen Sonneneinstrahlung in die nach Osten und Südwesten ausgerichteten Fenster ständig veränderte.

Ordentlich, wie mein Sohn im Gegensatz zu seiner Schwester erstaunlicherweise war, hatte er vor der Abreise in seinem Zimmer die Bettwäsche abgezogen und Schreibtisch wie Regal und Schrank penibel aufgeräumt. Kein Staubkorn lieferte mir den Vorwand, mich auch nur eine Minute voller Wehmut darin aufzuhalten, um Ordnung zu schaffen, weil sie schon weitaus besser von ihm selbst geschaffen worden war. Auch Monas Zimmer hatte längst den Flair ihres chaotischen Charmes verloren und wirkte eher wie das Musterzimmer einer Studenten-WG. Ich seufzte leise. Beide Räume erschienen mir auf einmal unpersönlich und fremd. Mehrmals am Tag konnte ich inzwischen an ihnen vorbeigehen, ohne gleich wieder über meinen neuen Lebensabschnitt als Nach-Familienphase-Single zu lamentieren. Sie für mich zu nutzen aber wagte ich – noch – nicht. Dafür würde ich wohl noch einige Zeit brauchen.

Apropos WG, versuchte ich mich abzulenken: Sollte ich eventuell eines der Zimmer vorübergehend vermieten? Das nähme mir das Gefühl, in der einst von quirligem Familienleben erfüllten Wohnung allmählich zu vereinsamen. Zugleich würde es einer Studentin oder einem Studenten im kaum mehr zu finanzierenden München aus der Patsche helfen. Und mir natürlich auch, wenn ich an meinen spontanen Shoppingtrip letztens am Flughafen nebst anschließendem Ausflug auf die Fraueninsel dachte.

Der damals schon ersehnte Anruf von *Kunst aktuell* für neue Aufträge stand nach wie vor aus, ebenso hatte der Redakteur von *Apotheke Plus* meine letzten beiden Artikel kommentarlos entgegengenommen, ohne mir wie sonst die nächsten Textthemen in Aussicht zu stellen. Langsam begann ich mir um meine nähere berufliche Zukunft und vor allem meine materiellen Möglichkeiten doch wieder Sorgen zu machen.

Nachdenklich betrachtete ich die Blumen auf dem Esstisch, sortierte zwei verblühte Rosen und eine vertrocknete Margerite aus, drapierte das ganze Gebinde etwas lockerer in der mit frischem Wasser gefüllten Vase. Anders als bislang wartete ich vergeblich auf die fröhliche Stimmung und die Lust, einfach loszutanzen. Waren die glorreichen Tage etwa schon wieder vorbei, ehe sie so recht begonnen hatten?

Auf einmal fiel es mir wie Schuppen von den Augen. Der Text auf der Karte stammte natürlich aus einem Gedicht! Nur aus welchem? Mit Lyrik hatte ich es leider noch nie so gehabt. Meine Mutter hatte den »Erlkönig« ebenso selbstverständlich auswendig rezitieren können wie »Die Glocke« und »Die Bürgschaft«. In einer ihrer letzten Stunden noch hatte sie »Dunkel war's, der Mond schien helle« voller Inbrunst deklamiert, was ich schon als Kind über alles geliebt hatte. Ich dagegen brachte es trotz Germanistikstudium im Nebenfach gerade mal auf die erste Zeile von Heines »Ich weiß nicht, was soll es bedeuten«, weil das so wunderbar zu allen möglichen Lebenssituationen passte. Genau wie die berühmten Schlusszeilen aus dem Faust »Heinrich, mir graut's vor dir«. Wie oft hatte ich sie Detlef entgegengeschleudert, bis er genug von mir und meiner pseudohumanistischen Bildung hatte und sich bei der vermeintlich pragmatischen Jutta davon erholen zu müssen meinte. Jetzt rächte sich diese Schludrigkeit, weil ich erst einmal googeln musste, was es mit den »glorreichen Tagen« auf sich hatte.

Kaum saß ich an meinem Schreibtisch und hatte die Zeilen eingegeben, traute ich meinen Augen nicht. »Glorreiche Tage« wurden da nach der Weinlese im Herbst im Rheingau angeboten, eine dezente Anspielung auf den Herbst des Lebens, der unleugbar mit fünfzig begann, wenn man die Ernte des Daseins einzubringen gedachte. Wie uncharmant, das in einem so wunderschönen Blumenstrauß zu verstecken! So eroberte man doch nicht das Herz einer Frau, wie teuer auch immer die Blumengrüße gewesen sein mochten!

Schon wollte ich den Laptop verärgert schließen, da kam mir die zweite Zeile in den Sinn, die auf der Karte gestanden hatte, wo es um »die Flüchtigkeit des Augenzwinkerns eines jungen Mädchens« ging.

Kaum eingegeben, hätte ich mich am liebsten selbst ob meiner anhaltenden Begriffsstutzigkeit geohrfeigt. Wie viele Holzbalken mussten mir das Hirn vernagelt haben, dass ich da nicht eher drauf gekommen war? Natürlich stammte das aus einem Bruce-Springsteen-Song! Man musste es einfach nur ins Englische übersetzen, und schon spukte einem das Ganze mitsamt der Melodie als Ohrwurm im Kopf herum.

Ich stand von meinem Stuhl auf und begann doch wieder verzückt durch die Wohnung zu tanzen, angefangen in meinem Schlaf-Arbeits-Zimmer durch Monas und Leons einstiges kleines Reich über die Küche bis ins Wohnzimmer und dort um Ess- und Sofatisch mit den nach wie vor zauberhaften Blumensträußen.

13

Wahrhaft glorreiche Tage, die mir so unspektakulär ins Haus geflattert waren! Und natürlich flatterten sie so schnell an mir vorbei wie ein Augenzwinkern, bis ich mir irgendwann nur noch die langweiligen Geschichten von damals erzählte. Auch das ein reichlich flegelhafter Blumengruß an eine kurz vor dem entscheidenden Wechsel stehende Frau. Aber andererseits vielleicht auch eine durchaus als Kompliment gemeinte Erinnerung daran, dass es überhaupt einmal glorreiche Zeiten mit mir gegeben hatte.

Waren die Blumen also doch ein schüchterner Liebesbeweis meines Ex? Abrupt hielt ich im Tanzen inne und überlegte, schüttelte dann aber den Kopf. Nein, das passte nicht zu Detlef. Nie im Leben würde er eine solche Erklärung anonym abgeben, und nie im Leben – auch das musste ich mir leider eingestehen – wäre er bereit, so viel Geld dafür auszugeben, erst recht nicht für mich. Es wurmte ihn schon, dass er mich seit der Scheidung an den Gewinnen von *talk about* beteiligen musste.

Grübelnd tänzelte ich zum zweiten Strauß. Darin steckte die zusammengeknüllte zweite Grußkarte. Vorsichtig zog ich sie zwischen den orangeroten Rosen und den gelben Margeriten heraus, um auch diese Zeilen zu googeln.

Wie vermutet handelte es sich ebenfalls um die deutsche Übersetzung eines englischen Popsongs: »I am what I am« von Gloria Gaynor. Den zu schmettern machte auf Anhieb noch bessere Laune. Dank YouTube hatte man ja sofort die gesuchte Musik und das passende Video auf dem Schirm. Übermütig drehte ich die Lautstärke auf und ließ mich noch einmal durch die leere Wohnung treiben, wagte sogar in der Küche an der offenen Balkontür einmal ganz betont laut das »I am what I am« in den sonnenarmen Vormittag hinauszugrölen.

Herrlich, was ein Lied bewirken konnte. Und die Blumen noch dazu. Zu genau sollte ich es mit den Texten und den möglichen Anspielungen trotzdem nicht nehmen, sonst fühlte ich mich gleich wieder ans unweigerlich heraufziehende Alter erinnert und verlor den ganzen Schwung wieder. Wie pflegte meine Mutter zu sagen? »Wer nicht alt werden will, muss jung sterben.« Ein Schicksal, das sie dann leider selbst ereilt hatte, dabei hatte sie an der Seite meines Vaters in ihrem lauschigen Häuschen in Prien mit dem verwunschenen Garten steinalt werden wollen.

Tatsächlich war es höchste Zeit, wieder einmal zu meinem Vater zu fahren. So anstrengend die Besuche bei dem inzwischen siebenundsiebzigjährigen Konrad waren, so regelmäßig versuchte ich sie doch einzuhalten. Nachdenklich ging ich ins Wohnzimmer zurück. Ich war sein einziges Kind und nach dem allmählichen Wegsterben seiner Geschwister, Schwager und Schwägerinnen in den vergangenen Jahren inzwischen auch seine einzige noch lebende Verwandte weit und breit. Zwar pflegte er einen für sein Alter ungewöhnlich großen und noch erstaunlich aktiven Freundeskreis, allerdings handelte es sich größtenteils um ebenfalls im Ruhestand befindliche und verwitwete Ingenieure wie ihn. Die Herren verband nicht nur eine vergleichbare Lebenssituation, sondern auch eine vergleichbare Einstellung zum Leben im Allgemeinen und zur derzeitigen gesellschaftspolitischen Situation im Besonderen. Ihn gelegentlich für einige Stunden auf andere Gedanken und Perspektiven zu bringen, betrachtete ich als eine meiner Hauptaufgaben, um seinen Geist wachzuhalten.

Inzwischen handelte es sich dabei allerdings um eine wahre Herkulesaufgabe. »Um des lieben Friedens willen« umschifften wir in der Regel heikle Themen und Diskussionen, was dazu führte, dass wir selten über sehr viel mehr als über das Wetter sprachen. Persönliches war ohnehin von jeher zwischen uns tabu gewesen. Für Gefühle und alles Zwischenmenschliche, insbesondere für das engere Eltern-Kind-Verhältnis, war, wie in jeder guten Sechzigerjahre-Ehe, stets meine Mutter zuständig gewesen. Mit ihrem Tod war mein Vater von diesen Bereichen nahezu abgeschnitten.

Auch wenn Konrad und ich kein sonderlich inniges Verhältnis pflegten, schätzte er meine Besuche durchaus. Meist lud er mich großzügig zum Essen ein. Ein gut gefüllter Teller oder eine ausgefallene Leckerei waren seine Art, mir seine Zuneigung zu beweisen. Meinen Spontanausflug an den Chiemsee letztens hatte ich ohne einen Abstecher bei ihm beendet. Wenn ich ehrlich war, musste ich zugeben, damals im Taumel des unerwarteten Glücksgefühls keinen Gedanken an ihn verschwendet zu haben. Jetzt war eine gute Gelegenheit, das wettzumachen.

Ich betrachtete die bunten Blumen in der Vase auf dem Esstisch. Das Gelborange der Rosen war nach wie vor ein echter Hingucker, das besser als jede Glücksdroge wirkte. Wieder fiel mir meine Devise ein: nicht lange grübeln, sondern einfach schon mal so tun als ob. Ganz sicherlich ließ sich auch Konrad gern von guter Laune anstecken. Damit stünden die Zeichen gut, einige schöne Stunden miteinander zu verleben.

Ein letzter Blick in meinen Laptop vergewisserte mich der unerfreulichen Tatsache, dass auch an diesem Tag keine weiteren Textaufträge zu erwarten waren und sich auch das Kunstmagazin wohl nach wie vor nicht für einen meiner Top-Vorschläge entschieden hatte. Bevor mich die gähnende Leere in Outlook ärgern konnte, klappte ich den Laptop zu.

14

Die Wolken vor dem Fenster hatten sich zwischenzeitlich monströs zusammengeschoben. Längst fiel kein Sonnenstrahl mehr in meine Wohnung, stattdessen breitete sich eine düstere Gewitterstimmung aus. Wie schon die Wochen zuvor hatte der Sommer in den letzten Tagen abermals nur ein kurzes Gastspiel gegeben und war gerade dabei, sich zugunsten eines gewiss wieder kräftigen Regenschauers zu verabschieden. Davon wollte ich mir allerdings ebenso wenig die Laune verderben lassen wie von leeren E-Mail-Postfächern oder der drohenden Ebbe im Geldbeutel. Beherzt schnappte ich mir die kirschrote Wickelbluse, die ich mir in besseren Zeiten bei einer echten Kostümschneiderin hatte maßanfertigen lassen. Auf der schmalen weißen Jeans entfaltete sie ein zauberhaftes Leuchten, das jeden Anflug von Schwermut und das bescheidene diesjährige Sommerwetter rasch vergessen ließ. Ein kurzer und wie immer nur mit dem Nötigsten geführter Telefonanruf bei meinem Vater versicherte mich seiner Anwesenheit.

»In einer Stunde bin ich bei dir«, versprach ich ihm wie einem ungeduldigen Kind.

Mangels eigener Garage oder Stellplatz musste ich unter dem stetig düsterer werdenden Himmelgrau noch einige Straßenecken zu meinem Auto laufen. Schon von Weitem strahlten aus der Tristesse die Blumen vor Rainers Laden heraus. Vergnügt das »I am what I am« munter vor mich hin summend, schenkte ich den bezaubernd schönen Sträußen einen innigen Blick. Wer weiß?, fuhr es mir durch den Kopf, vielleicht steht schon bald wieder eine solche Pracht frisch bei mir zu Hause? Trotz bester Pflege hielt auch der zweite Strauß nicht mehr lange, selbst wenn meine daraus resultierende gute Stimmung mir hoffentlich noch erhalten blieb.

Einen Atemzug lang zögerte ich. Zweiundvierzig Euro waren eine Menge Kohle für ein bisschen gute Laune und schönen Duft. Aber wollte ich nicht wieder mehr »einfach so tun als ob«, statt lange zu grübeln? Ohne weitere Umschweife schnappte ich mir einen der betörend geschmackvollen Gebilde aus dem Eimer und betrat Rainers Laden.

Auch wenn mir das viele Geld dafür gerade sehr wehtat, war es mir das wert, den Versuch zu wagen, meinem Vater eine unerwartete Freude zu bereiten. Noch nie hatte ich ihm Blumen mitgebracht. Als meine Mutter noch lebte, war es für mich selbstverständlich gewesen, sie trotz ihres herrlichen Gartens immer auch mit frischen Blumen zu verwöhnen. Damit sollte ich auch endlich bei ihm beginnen. Vielleicht schenkte ihm das ähnlich gute Laune wie mir.

»Hallo, Marlene, welch seltener Gast in meiner bescheidenen Hütte«, grüßte mich Rainer und lächelte spöttisch. »Lange nicht mehr gesehen. Kein Wunder! Jetzt, wo du neuerdings diese wundervollen Blumenpräsente bekommst, musst du dir nicht mehr selbst Blumen kaufen.«

Verwundert registrierte er den Strauß in meiner Hand. Schon wollte ich mich erkundigen, was er sonst von mir erwartete, in seinem Blumenladen käuflich erwerben zu wollen, da plapperte er gleich weiter: »Sind die Sträuße etwa schon verwelkt? Das kann nicht sein. Lass dir besser noch mal rasch erklären, welche Pflege Blumen benötigen. Du musst sehr sorgsam mit ihnen umgehen. Sie haben nämlich eine Seele, genau wie wir.«

»Die Blumen sind für meinen Vater«, versuchte ich mich zu rechtfertigen.

Rainer reagierte darauf nur mit einem gleichgültigen Schulterzucken und murmelte: »Also ein Geschenk«, und griff nach dem Strauß. Geschickt entfernte er das Preisschild auf einem der großen grünen Blätter und bettete ihn behutsam auf den Tisch, um ihn in das an diesem Tag fliederfarbene Papier einzuschlagen.

»Nur das Blumenfrisch in die Vase zu kippen und regelmäßig das Wasser zu wechseln, reicht einfach nicht«, setzte er seine Litanei fort. Dabei strich er geradezu zärtlich über die Dolden der blaulila Veronika. So wollte er wohl verhindern, beim Einwickeln versehentlich ein Blatt abzuknicken.

Seinem sonnengebräunten Gesicht war anzusehen, dass er trotz seiner muskulösen Statur und des betont männlichen Auftretens in schwarzer Lederhose und weißem, tief aufgeknöpftem Satinhemd ein weiches Herz für Blumen besaß. Ich kannte einige Frauen, die sich davon hatten täuschen und auf eine Beziehung mit ihm eingelassen hatten. Letztlich aber war seine Liebe zu Blumen wohl doch tiefer als die zum weiblichen Geschlecht. Soweit ich wusste, war er noch nie längerfristig liiert gewesen.

»Auf die richtige Temperatur des Wassers wie des Zimmers kommt es genauso an«, fügte er voller Eifer hinzu, bevor er aus heiterem Himmel völlig entrüstet nachsetzte: »Oder hast du die Blumen etwa in die pralle Sonne …?«

»Welche pralle Sonne?«, unterbrach ich ihn und zückte lächelnd meinen Geldbeutel. »Bei dem Sommer ist die wohl kaum zu befürchten.«

»Ich hab's immer gewusst, du hast einfach kein Gespür für Blumen.« Bekümmert schüttelte er den Kopf. Offenbar ratterte es emsig hinter seiner etwas zu hohen Stirn. Einige Strähnen seiner weißblonden, etwas zu langen Mähne hingen ihm ins Gesicht. Er strich sie so lässig nach hinten, als wäre er noch immer der schnuckelige Surflehrer, als der er vor knapp drei Jahrzehnten während seines wenig zielführenden Architekturstudiums so manche Frauenherzen hatte höherschlagen lassen.

Auf einmal veränderte sich seine Mimik. Tiefer als nötig sah er mir in die Augen.

Kurz nach der Trennung von Detlef hatte es mal eine Zeit gegeben, da hätte ich für diesen Blick alles getan. Mehrere Dutzend überteuerte Blumenkäufe später hatte ich kapiert, wie wenig ich auf Dauer damit anfangen konnte. Rainer kannte die natürliche Lebensumwelt der exotischsten Blumen in den entlegensten Regionen der Welt aus eigener Anschauung und durchlitt das Vertrocknen eines Rosenblatts, als handelte es sich um eine Shakespeare-Tragödie. Ebenso regte er sich politisch korrekt über die riesigen Rosenfarmen in Äthiopien und Kenia auf, die der dortigen Landbevölkerung Wasser und Lebensgrundlage entzogen, und bot in seinem Laden nur fair gehandelte und ökologisch korrekt angebaute Pflanzen möglichst aus der Region an. Zudem achtete er auf die Arbeitsbedingungen der im Blumenhandel Beschäftigten. Jede ernsthafte Diskussion mit ihm endete zwangsläufig immer wieder beim selben Thema: den Schnittblumen. Auf Dauer konnten einem so viele Lilien, Freesien, Gerbera oder Nelken regelrecht aus den Ohren quellen. Letztlich war Rainer mit seiner unbändigen Liebe zu Pflanzen noch unromantischer als Detlef, der mehr Zeit im Büro mit seinen Social-Media-Kampagnen für Stützstrümpfe oder alkoholfreies Weißbier als zu Hause mit seiner Familie verbrachte.

»Es freut mich natürlich riesig für dich, dass du neuerdings mit so zauberhaften Blumensträußen verwöhnt wirst«, setzte er nach langer Pause etwas zusammenhanglos nach und schmunzelte. »Es gibt eben noch echte Kavaliere. Geld spielt in dem Fall sowieso keine Rolle. Ich beneide dich! Das muss wirklich die ganz große Liebe sein. Gratuliere!«

Er hielt mir den zum fliederfarbenen Papierungetüm mutierten Blumenstrauß dicht vor die Nase, damit ich ihn auch im eingepackten Zustand gebührend bewunderte.

»Danke, und richte dem Kavalier bei der nächsten Bestellung schöne Grüße von mir aus«, platzte es einen Tick zu schnell aus mir heraus, während ich das Geld aus dem Portemonnaie kramte. Kaum zählte ich es auf den Tisch, hätte ich mir meiner Trotteligkeit wegen am liebsten selbst in den Hintern getreten. Zu spät! Dieses Mal war der Groschen bei Rainer schnell gefallen.

»Soll das etwa heißen, du weißt nicht, wer dahintersteckt?«, fragte er und durchbohrte mich mit seinem neugierigen Blick.

»Der gute Wille zählt. Der Rest ist mir gar nicht wichtig«, überspielte ich hastig den wunden Punkt. Natürlich hätte ich einerseits zu gern herausgefunden, wer hinter den Sträußen steckte. Andererseits war es einfach wundervoll, wie gut ich mich schon allein durch die Blumenpräsente fühlte. Und Rainer war gewiss nicht derjenige, mit dem ich das diskutieren wollte.

Rasch griff ich mir den großen Strauß und hoffte, mein sicherlich inzwischen tomatenrotes Gesicht noch rechtzeitig dahinter verbergen zu können. Doch auch das hatte er längst wahrgenommen. Seine sonnengebräunte Miene schwankte zwischen Amüsement und Verwunderung, dann blitzte in den hellen, blauen Augen ein weiterer Ausdruck auf, den ich nicht zu deuten wusste. Seine etwas zu vollen Lippen verzogen sich zu einem breiten Grinsen. Hastig wandte ich mich ab, um aus seinem Laden zu verschwinden. Er aber war schneller, schob sich flink an mir vorbei zur Tür und öffnete sie mir mit einem übertrieben tiefen Diener.

»Habe die Ehre, gnädige Frau! Und immer schön gut sein zu den zarten Blumen. Denk dran, sie sind ebenso zartfühlend wie wir.«

Draußen auf dem Bürgersteig wäre ich fast mit Kai zusammengestoßen, weil ich mir die Blumen wie ein Schutzschild vors immer noch glühende Gesicht hielt. An diesem Tag blieb mir wohl nichts erspart.

»Ups!«, entschlüpfte es ihm, und er schenkte dem in Papier gehüllten Strauß einen überraschten Blick, als könnte er nicht glauben, was er da sah: mich mit Blumen in der Hand! »Da hast du inzwischen wohl einen noch kalorienfreundlicheren Weg gefunden, um dich über die Trennung von Leon hinwegzutrösten. Oder sind die Blumen etwa nicht für dich selbst?«

Was bildete er sich nur ein? Das hörte sich ja an, als wäre ich die letzte Frau, die Sozialkontakte pflegte und jemanden hätte, dem sie Blumen schenken könnte.

»Natürlich sind die für mich. Wie soll ich sonst an so etwas herankommen? Wer schenkt schon einer Frau wie mir Blumen?«, schleuderte ich ihm eingeschnappt entgegen.

Täuschte ich mich, oder verrutschte ihm gerade die Mimik?

Aufgebracht schob ich ihn beiseite und lief zu meinem Auto. Just in der Sekunde, als die ersten dicken Tropfen auf die Erde prasselten, schlug ich die Tür zu und startete den Wagen. Selbst das Wetter hatte also meine Lebensphilosophie auf einmal ad acta gelegt und tat nicht einmal mehr so, als ob Sommer wäre. Dabei hatte das früher für den Juli eigentlich einmal gegolten.

Allein mit mir und dem opulenten Blumenstrauß neben mir auf dem Beifahrersitz im Auto ärgerte ich mich noch bis kurz vor der Ausfahrt Bernau grün und schwarz über meine eigene Dummheit. Warum hatte ich mir ausgerechnet vor Rainer die Blöße geben müssen, einzugestehen, nicht zu wissen, wer mir so teure Blumengeschenke machte? Im Gegensatz zu mir war er natürlich im Bild, schließlich gab der große Unbekannte die Sträuße ja bei ihm in Auftrag. Weitaus souveräner wäre es gewesen, ihm die Story von wegen glücklicher Liebe und unendlichem Schweben auf Wolke sieben vorzuspielen. Und ihm dabei geschickt auf den Zahn zu fühlen, um wen es sich bei meinem heimlichen Verehrer handelte. Rainer war eine Plaudertasche und konnte kein Geheimnis länger für sich behalten, als seine Blumensträuße bei meiner bescheidenen Pflege hielten.

Mit der Souveränität und dem geschickten Vorgehen war das natürlich so eine Sache, vor allem in meinem Fall. Zudem in meiner gelegentlich etwas angespannten Situation. Hinterher fielen mir immer die besten Antworten und coolsten Verhaltensweisen ein, während ich im fraglichen Moment die Schlagfertigkeit eines trägen Kamels besaß. Was ich in der Begegnung mit Kai vorhin ebenfalls wieder mit Bravour bewiesen hatte. Am liebsten würde ich noch eine knappe Stunde später vor Scham im Erdboden versinken.

Was soll's?, schoss es mir durch den Sinn, sobald ich im Radio die ersten Klänge von »Wolke vier« vernahm und bei der Ausfahrt Bernau von der A 8 in die lang gezogene Rechtskurve abbog. Wer war schon Kai? Keine gemeinsamen Elternabende mehr bedeuteten auch nur noch gelegentliche Zufallsbegegnungen auf der Straße. Die musste ich ebenso schnell aus dem Gedächtnis tilgen lernen wie früher die Lateinvokabeln. Und warum sollte ich mich ausgerechnet von einem verhinderten Stararchitekten wie Rainer, der seit Jahren im Münchner Westend als Blumenflüsterer Frauenherzen umgarnte, noch einmal ins Bockshorn jagen lassen? Solange ich jemandem wichtig genug war, seine Blumenapotheke dank regelmäßiger Blumengrüße an mich großzügig zu alimentieren, konnte mir Rainers Aufgeblasensein von Herzen egal sein. Genau wie die Arroganz von Kai, der meinte, ich müsste mir schon selbst Blumen schenken, weil keiner einer unattraktiven Frau wie mir mehr eine Freude bereiten wollte.

Männer! Ab sofort tat ich einfach, als ob sie mir den Buckel runterrutschen durften. Es sei denn, sie beschränkten sich auf das Schenken wunderschöner Blumen. Mehr wollte ich gar nicht von ihnen.

15

Marlene?« Mein Vater zeigte sich trotz meiner telefonischen Vorwarnung erstaunt, nachdem er mir auf mein Klingeln hin die Tür geöffnet hatte. Als ich ihm die Blumen überreichte, wurde er sogar regelrecht genant. »Blumen? Für mich? Die müssen ja ein Vermögen gekostet haben. Das ist doch gar nicht nötig. Du weißt doch, wie sehr ich mich schon über deine Besuche … Ach, komm erst mal rein. Gleich wird es furchtbar gewittern.«

Froh, damit von seiner Verlegenheit ob des unerwarteten Blumengeschenks ablenken zu können, schob er mich ins Haus. Tatsächlich frischte der Wind Sekunden später heftig auf. Im Wohnzimmer musste Konrad Licht einschalten, so dunkel war es mit einem Mal. Im nächsten Moment sprinteten wir beide auf die Terrasse, um die Markise einzufahren und die Kissen von den Stühlen einzusammeln. Bis wir wieder drinnen waren und die Tür hinter uns schließen konnten, prasselten die ersten dicken Tropfen bereits herunter. In der nächsten Sekunde verwandelten sich die dicken Tropfen in zentimetergroße Hagelkörner. Vor den Fensterscheiben ging die Welt unter.

»Gerade noch rechtzeitig!« Mein Vater lächelte erleichtert. »Ein seltsamer Sommer. Hat es bei euch heute auch schon gewittert?«

Wie so oft ergingen wir uns für die nächste Viertelstunde erst einmal im Austausch aktueller Wetterbeobachtungen und -vorhersagen. Früher hatte ich mich darüber aufgeregt und das Ganze für Zeitverschwendung gehalten. Auch wenn sich alles in mir dagegen sträubte, beherrschte ich inzwischen die Kunst, mir aus Temperaturangaben, Windstärken und Bewölkungsdichten Konrads aktuelle Befindlichkeit zu erschließen. Zu sehr erinnerte mich das an den vorauseilenden Gehorsam meiner Mutter, schon an den geringsten Andeutungen von mürrischem Mundwinkelzucken oder Augenrollen die Launen meines Vaters abzulesen und ihr weiteres Handeln danach auszurichten. Vielleicht war das eine Form von Altersmilde? Jedenfalls hatte ich vor Längerem beschlossen, meine Energien auf die wirklich wichtigen Punkte unseres zeitlich mittlerweile doch sehr überschaubaren Miteinanders zu richten.

Kaum war die Groß- und Kleinwetterlage geklärt, drohte sich das gewohnte Schweigen zwischen Konrad und mir auszubreiten. Hinten in meinem Kopf blitzte bereits die Frage auf, warum ich mir diesen Besuch außerhalb unseres gewohnten Rhythmus überhaupt aufgehalst hatte. Mein Blick fiel auf den Esstisch. Dort lag noch der wunderschöne Strauß. Gleich hellte sich mein Gemüt wieder auf.

»Ich stelle die Blumen in eine Vase.« Ehe er widersprechen konnte, probierte ich mein Glück auf der Suche nach besagtem Stück genau an dem Ort, an dem meine Mutter selbige aufbewahrt hatte.

Volltreffer! Mein Vater hatte in den letzten zweiundzwanzig Jahren nicht nur nach außen hin, sondern sogar in den Schränken penibel ihre Ordnung beibehalten. Anfangs hatte ich es für Pietät gehalten, kaufte er doch nach wie vor regelmäßig einen Flakon ihres Lieblingsparfums *Tresor* und versprühte davon täglich eine Wolke im Haus, um wenigstens ihren Duft zu bewahren. Mittlerweile aber wusste ich, das mit der Ordnung beruhte allein auf seiner Bequemlichkeit. Er war davon überzeugt, dass eine Vollbluthausfrau wie meine Mutter das Optimale beim Befüllen der Schränke und Vorratskammer herausgeholt hatte. Warum sollte er etwas daran ändern, noch dazu, da es ihn die Anstrengung gekostet hätte, sich an eine neue Ordnung gewöhnen zu müssen.

»Hier am Fenster kommt der Strauß am besten zur Geltung«, erklärte ich, nachdem ich die Blumen in lauwarmem Wasser und dem obligatorischen Blumenfrischpulver in einer bauchigen Kristallvase drapiert hatte. Entschlossen stellte ich die Vase auf die Marmorbank und schob die Gardinen vor den Scheiben zurück.

Auch das mit den Gardinen war ein Relikt aus der Zeit meiner Mutter, das mein Vater sich zu beseitigen weigerte. Seit Urzeiten hatten meine Eltern sich aus Angst vor den neugierigen Blicken von Nachbarn und Spaziergängern die großzügigen Fenster und Terrassentüren mit Rollos, Vorhängen und Gardinen geradezu verhängt. Das immer noch beizubehalten hatte schon paranoide Züge. Dabei hatten die Nachbarn und die wenigen Spaziergänger, die im Lauf des Tages den schmalen Feldweg am Grundstück entlangkamen, sicher Besseres zu tun, als tagaus, tagein das Treiben eines siebenundsiebzigjährigen Witwers im Visier zu behalten.

Am meisten bedauerte ich, dass Konrad sich so selbst den wundervollen Blick nach draußen verwehrte. Der reichte weit in eine idyllische Viehweide hinein, die sich erst am Horizont zu einem sanften Hügel aufschwang. Ganz in der Ferne grasten Kühe, dahinter ragten im Nachregendunst die Berge auf. Das abziehende Gewitter hatte einige graugrüne Wolken als Erinnerung zurückgelassen. Gelblich leuchtete die Luft darunter. Ich würde nie verstehen, warum mein Vater sich diese gigantische Sicht freiwillig verwehrte. Trotzig bauschte ich die Gardinen seitlich des Fensters zusammen. Vielleicht kam er so doch noch auf den Geschmack, sie abzuhängen.

Bald war der Regen ganz versiegt, der Himmel klarte in überwältigendem Tempo auf. Erste Sonnenstrahlen wagten sich zwischen den Wolken hervor. Sofort hellte sich das Wohnzimmer deutlich auf.

»Wollen wir spazieren gehen?«, schlug ich vor.

»Hält das Wetter lang genug?« Unvermittelt stand mein Vater neben mir. Statt lange den Himmel zu beäugen, um jedes noch so geringe Anzeichen für ein neues Gewitter zu erspähen, vergrub er plötzlich seine große Nase in den Blumen. Täuschte ich mich, oder sog er den Duft der Rosen und Veronika mit genüsslich geschlossenen Augen ein?

»Deine Mutter hat diesen Geruch geliebt«, erzählte er mit verklärtem Blick. »Zu Recht. Viel schöner als sämtliche Parfums dieser Welt.«

In seinen Augen blitzte etwas auf, das ich, sobald er sich wieder aufrichtete und sich mir strahlend zuwandte, als echte Freude identifizierte.

»Wie wäre es mit einem Essen in der *Schlosswirtschaft Wildenwart?*«, schlug ich vor. »Wir sollten uns heute etwas gönnen.«

Der außergewöhnliche Besuch in dem Gasthaus gleich neben dem kleinen Wittelsbacher Schloss, in das sich 1918 der von der Revolution abgesetzte bayerische König zurückgezogen hatte, war nicht das Einzige, was wir uns an diesem Tag an Besonderem gönnten. Nach einem hervorragenden Essen flanierten wir am Ufer des Chiemsees entlang. Mehr aus Höflichkeit, um die Pausen zwischen einzelnen Gesprächsfetzen von wegen »Dieses Jahr war noch kaum ein schöner Tag, um richtig im See zu baden« bis hin zu »Bestimmt wird es einen schönen Altweibersommer geben« nicht allzu lang werden zu lassen, erwähnte ich in einem Nebensatz meine derzeitige Lektüre, in der ein heißer Sommer im Brandenburgischen eine Rolle spielte.

Lesen war nie eine Lieblingsbeschäftigung meines Ingenieurvaters gewesen. »Zeitverschwendung, sich mit den Hirngespinsten anderer zu beschäftigen«, hatte er angemerkt, wenn meine

Mutter und ich uns über ein Buch austauschten und er dem Gespräch nicht folgen konnte, weil er ja nicht las. Umso überraschter war ich, als er nun meine beiläufige Bemerkung interessiert aufgriff.

»*Unterleuten* habe ich zufällig auch gerade gelesen«, bekannte er. »Ein faszinierendes Buch.«

Und damit befanden wir uns auf einmal mitten in einem anregenden Gespräch über Juli Zehs Roman. Die scharfsinnigen Kommentare meines Vaters zu Plot und Stil gefielen mir. Es hörte sich an, als hätte er zeitlebens nie etwas anderes getan, als sich über die richtige Dramaturgie eines so umfangreichen Buches Gedanken zu machen.

»Am besten gefällt mir die Idee hinter den Figuren«, resümierte mein Vater. »Damit hält sie der Gesellschaft den Spiegel vor. Solche wie den Gombrowski, den Fließ und den Kron findest du überall, wo mehr als fünf Menschen zusammenleben, im Osten wie im Westen. Sie sind wirklich überzeugt, nur das Beste zu wollen, und machen dadurch am Ende alles viel schlimmer.«

Kaum traute ich meinen Ohren, weniger, weil ich sein Fazit nicht teilte, sondern, weil ich es kaum fassen konnte, was er da gerade gesagt hatte, noch dazu mit großer Begeisterung.

»Die eine oder andere Formulierung, mit der sie die Leute beschreibt, habe ich mir notiert. Das passt einfach treffend auf Menschen, die man selbst gelegentlich trifft.«

»Seit wann liest du Romane?«, hakte ich nach.

»Ab sofort werde ich das öfter tun«, wich er schmunzelnd einer genaueren Erklärung aus. »Besser spät als nie habe ich begriffen, was deine Mutter so daran geschätzt hat. Sie entführen einen tatsächlich in eine andere Welt, aus der man viel für die eigene lernen kann. Man muss sich einfach nur darauf einlassen, und schon findet man die eine oder andere Hilfestellung für die Sicht auf den eigenen Alltag.«

»Wie auf so vieles im Leben«, entschlüpfte mir, was er allerdings nicht mehr registrierte, so eilig hatte er es plötzlich. Dabei war weit und breit keine neue Gewitterwolke zu erkennen. Vielmehr brannte die Sonne überraschend unerbittlich vom Himmel und ließ mich meine Unvorsichtigkeit verfluchen, meinen vor Kurzem erstandenen Panamahut zu Hause gelassen zu haben.

Eigentlich hatten wir unseren Ausflug mit dem Besuch im *Café Neuer* unweit des Dampferanlegestegs bei einem unverschämt riesigen Stück Himbeerkuchen mit Schlagsahne beenden wollen. Zu meiner Verwunderung aber steuerte Konrad nicht das Café mit den geranienüberhäuften Balkonen an, sondern die Minigolfanlage auf der gegenüberliegenden Straßenseite.

»Wenn ich mit dem Bücherlesen anfange, kannst du auch mal wieder eine Partie Minigolf mit mir spielen«, erklärte er.

»Ich wusste gar nicht, dass du das mit dem Lesen meinetwegen tust«, gab ich zurück, wenig begeistert von der Aussicht, die nächste Stunde in sengender Hitze mit dem schweren Schläger zwischen den Betonbahnen herumzulaufen. Um dem im letzten Moment zu entgehen, hätte ich ihm das Lesen am liebsten wieder ausgeredet.

»Eines musst du dir merken, mein Kind«, entgegnete er, als wir am Kassenhäuschen Schläger, Bälle und Punktezettel entgegennahmen, und fiel damit doch wieder in seine alte Rolle als welterklärender Familienpatriarch zurück. »Grundsätzlich sollte man alles im Leben nur sich selbst zuliebe und niemals nur für einen anderen tun. Sogar einem anderen eine unerwartete Freude schenken zu wollen, gelingt letztlich am besten, wenn man sich eingesteht, daran selbst die größte Freude zu haben.«

Im ersten Augenblick war ich versucht, diesen Rat sofort in die Tat umzusetzen und das mit dem Minigolf zu lassen. Seine unternehmungslustige Miene aber hielt mich in letzter Sekunde davon ab. Nicht jede Philosophie verdient es, ad hoc beherzigt zu werden, zumal in diesem Fall offensichtlich war, dass ihr Nichtbefolgen den eindeutig positiveren Effekt besaß als ihr Befolgen. Zugleich besann ich mich auf meine eigene. Warum sollte ich nicht einfach so tun, als ob mir Minigolf Spaß machen würde? So käme ich wenigstens auch auf meine Kosten und würde den bislang so ungewöhnlich entspannten Nachmittag mit meinem Vater bester Laune beenden können. Was ihm mit dem Lesen gelungen war, sollte mir mit dem Minigolf doch erst recht möglich sein.

»Ist das schön!«, rief Konrad nach der Hälfte der Bahnen voller Vergnügen. Nachdem ich zum dritten Mal in Folge eine Bahn mit der höchstmöglichen Abschlagszahl vorzeitig hatte beenden müssen, lag er bereits uneinholbar in Führung. Darüber freute er sich wie ein kleiner Junge, was wiederum mir ein großes Vergnügen war. Derart unbeschwert hatte ich ihn seit Jahren, wenn nicht gar seit meiner Kindheit nicht mehr erlebt.

»Das sollten wir künftig öfter miteinander machen«, stellte er fest, nachdem wir seinen Sieg mit einem hervorragenden Beerencocktaileisbecher auf der Terrasse des Cafés gebührend gefeiert hatten und zur obligatorischen Verabschiedung auf dem Parkplatz vor meinem Auto standen.

»Was? Minigolf spielen?« Meine Begeisterung über diese Aussichten hielt sich dennoch in Grenzen.

»Einen so vergnüglichen Tag miteinander verbringen und endlich einmal richtig miteinander reden.«

»Jederzeit gern.« Übermütig küsste ich ihn auf die Wange.

16

Das Leuchten in den blaugrauen Augen meines Vaters schwirrte mir während der gesamten Rückfahrt von Prien nach München durch den Sinn. Ebenso sah ich wieder und wieder vor mir, wie verzückt er die Nase in die Blumen gesteckt hatte. Allein das war die zweiundvierzig Euro absolut wert gewesen. Und meine lächerliche Blamage vor Rainer und Kai sowieso.

Vergnügt vor mich hin summend lief ich wenig später die Treppen zu meiner Wohnung in den dritten Stock hinauf. Nicht einmal der inzwischen wieder einsetzende Regen konnte meine gute Laune trüben. Meine Haare tropften mir kalt in den Nacken, und die Sohlen meiner Sneakers quietschten auf dem Fliesenboden. Dennoch tänzelte ich im Takt der Melodie von »Wolke vier« und trällerte immer wieder leise wie eine Beschwörungsformel: »Doch dein Lächeln bleibt«.

Schon erreichte ich den letzten Treppenabsatz, angelte nach dem Schlüsselbund in meiner geräumigen Handtasche und erstarrte. Da stand oder vielmehr lag etwas auf meiner Fußmatte. Es war in fliederfarbenes Papier gewickelt. Ein Blumenstrauß aus Rainers Blumenapotheke! Mein Herz machte einen Satz.

Voller Elan nahm ich die letzten Treppenstufen, griff nach den Blumen und schloss in Rekordtempo die Tür auf. Achtlos warf ich drinnen im Flur meine Tasche beiseite, streifte im Gehen die nassen Schuhe ab und eilte schnurstracks in die Küche. Währenddessen wickelte ich die Blumen bereits ungeduldig aus dem Papier.

Dieses Mal war es ein Traum aus zartlila, hellblauen und weißen Blumen. Mit je drei dunkelroten Rosen und Dahlien. Wie Konrad vergrub ich sofort die Nase in den Blüten und genoss den unwiderstehlichen Duft. Dabei stach mir die Spitze der Karte ins Gesicht. Ich legte die Blumen behutsam auf der Spüle ab und öffnete das Kuvert.

Was war das? Anders als bei den letzten beiden Sträußen war es keine schlichte weiße, sondern eine bunte Grußkarte, allerdings ebenfalls aus feinem Papier. Gespannt, welcher Liedtext mir dieses Mal für den Rest des Abends einen Ohrwurm verschaffen würde, klappte ich sie auf.

Und sofort enttäuscht wieder zu.

Hatte der Blumenkavalier seine Taktik geändert? In steifen, sehr exakten, aber dennoch handschriftlichen Druckbuchstaben, wie man sie aus angelsächsischen Ländern kennt, schickte er »der wundervollsten Frau«, die er angeblich auf Erden kannte, einen Blumengruß, der sie »ebenso betören möge« wie sie ihn.

Nicht eben originell. Charmantes Werben ging anders. Jedenfalls bislang bei meinem anonymen Blumenkavalier. Zumindest in der Vorstellung, die ich mir von ihm gemacht hatte.

Mich beschlich ein seltsames Gefühl: Wer sagte mir denn überhaupt, dass hinter den teuren Blumen wirklich ein Charmeur Marke Märchenprinz steckte, der ernsthaftes Interesse an mir hatte, nicht nur an mir als Frau, sondern auch an mir als Mensch? Was führte der Mann überhaupt im Schild?

Im Geist ging ich sämtliche Thriller durch, die ich je gelesen hatte. Viele waren es nicht. Ich bin ein frei bekennender Angsthase und hasse Thriller. Dennoch beruhigte mich meine bescheidene Fallstudie rasch. Bislang hatte ich noch nie von einem Frauen mordenden Serienkiller gehört oder gelesen, der seine

Opfer zuvor wochenlang mit kostspieligen Blumenpräsenten nebst rätselhaften Grußkarten umgarnte.

Überhaupt war ich schnell sicher, das Casting als mögliches Mordopfer eher nicht zu bestehen. Weder war ich vermögend noch sonderlich gutaussehend, prominent oder wichtig, erfüllte also keinerlei besondere Voraussetzungen und war in allem einfach nur Durchschnitt. Aber für irgendwen anscheinend schon einen Tick mehr als Durchschnitt, denn sonst würde er wohl kaum so wunderschöne Blumensträuße aus Rainers Blumenapotheke an mich schicken, wie ich geschmeichelt feststellte.

Das Verrückte war: Vielleicht galt das neuerdings sogar schon für zwei Verehrer, denn irgendwie wurde ich das Gefühl nicht los, dass der dritte Blumengruß nicht vom selben Absender stammte wie die beiden ersten. Ute würde mich für absolut vermessen halten, ich aber beschloss, einfach mal wieder so zu tun als ob. Wenn schon ein mysteriöser Rosenkavalier existierte, konnte es durchaus noch einen zweiten geben. Die Vorstellung, wie sie miteinander um meine Gunst konkurrierten, amüsierte mich. Laut singend tanzte ich übermütig durch die Wohnung.

17

Eines leider nicht sehr fernen Morgens war es so weit: Der Moment war gekommen, an dem selbst die letzten aufrechten Blumen aus dem zweiten Strauß verwelkt waren. Sogar das großblättrige Grünzeug wurde gelb und unansehnlich, die langen Gräser hatten schon vor einigen Tagen aufgegeben.

Bevor ich die Pracht endgültig in der Biotonne im Hof entsorgte, drapierte ich noch den zartlila-hellblauen Traum der dritten Lieferung an ihrer statt auf dem Esstisch. Auch wenn es vermessen war, blieb ich davon überzeugt, dass ich diese Blumen einem rätselhaften zweiten Kavalier zu verdanken hatte. Zu unterschiedlich waren die Grußkarten. Wie genau es sich damit verhielt, würde ich sicherlich noch herausfinden. Das Wichtigste war letztlich: Auch sie besaßen die Zauberwirkung und bescherten mir beste Laune – und die Zuversicht, dass einer der beiden Heimlichtuer früher oder später daran denken würde, mich mit blühendem Nachschub zu versorgen.

Bester Dinge rief ich meinen Vater an und telefonierte mit ihm rekordverdächtige zwanzig Minuten, während derer wir angeregt unsere Leseeindrücke zu Herrndorfs *Tschick* austauschten.

»Das Buch hat das Zeug zum echten Klassiker«, resümierte mein Vater. Dem konnte ich nur zustimmen. »Ich hätte nie gedacht, dass mich die Geschichte zweier Jugendlicher derart packen würde.«

»Lies als Nächstes unbedingt Robert Seethaler«, schlug ich ihm schließlich vor. »In *Ein ganzes Leben* gelingt es ihm, auf knapp zweihundert Seiten eine ganze Lebensgeschichte zu erzählen. Das wird bestimmt auch ein Klassiker.«

»Danke für den Tipp. Ich werde dir berichten.«

Plastisch hatte ich sein zufriedenes Gesicht vor Augen, als ich das Klicken hörte, das unser Gespräch beendete. Hätte ich früher gewusst, wie einfach man ihn auf andere Gedanken bringen und ihm neue Welten eröffnen könnte, hätte ich mich längst als seine persönliche Lektüreratgeberin versucht. Vergnügt summte ich »Glory Days« vor mich hin, packte die Biotüte mit den Blumenabfällen in den Einkaufskorb und verließ in einer hoffentlich etwas länger anhaltenden Regenpause die Wohnung. Den Gang zur Mülltonne wollte ich mit einer Runde beim Supermarkt verbinden.

»Marlene, das ist jetzt nicht wahr! Du hast tatsächlich Schnittblumen im Haus gehabt? Du weißt doch, wie schädlich die für die Umwelt sind. Und wie viel Wasser dafür in Äthiopien und Kenia zweckentfremdet wird, das die Bauern dort dringend für die Landwirtschaft brauchen.«

»Halt bitte einmal kurz die Luft an, Dirk.« Auch wenn ich damit gerechnet hatte, dass meine kurzzeitige Verlegenheitsbeziehung aus dem Dachgeschoss früher oder später von meinen Blumenfreuden Wind bekommen würde, erschrak ich trotzdem. Wie aus dem Nichts war er vor mir aufgetaucht und stellte mich angriffslustig zur Rede, innerlich gewiss zutiefst enttäuscht, dass meine ökologische Bewusstseinsbildung das Ende unserer wenig aufregenden Affäre nur wenige Monate überdauert hatte. Ihn ausgerechnet mit dem Corpus Delicti in der Hand zu treffen, was jegliches Abstreiten sinnlos machte, konnte kein Zufall sein. Wahrscheinlich hatte er auf der Lauer gelegen, seit er vor einigen Wochen die zweiten Blumengrüße auf der Fußmatte vor meiner

Wohnungstür entdeckt hatte. Wenn auch die letzten beiden sowie der erste nachmittags um halb fünf geliefert worden waren, hatten sie sich ausreichend lange dort befunden, um nahezu jedem Hausbewohner aufzufallen. Als freiberuflicher Grafiker verfügte Dirk über ausreichend Zeit, von seinem Küchenbalkon im vierten Stock den ganzen Tag die Mülltonnen im Hof zu beobachten, bis ich die verwelkten Blumen entsorgte.

Das klang zwar paranoid, aber ich kannte die Möglichkeiten von Heimarbeitern aus eigener Erfahrung. Seit ich gelegentlich die »toskanische Schreibklausur« auf meinem Küchenbalkon improvisierte und mir auch sonst gern das unerfreuliche Warten auf die ersehnten neuen Textaufträge mit sinnlosem Abstauben, Fensterputzen trotz Regenwetter und Schränkeausmisten vertrieb, blieb mir kein Geheimnis meiner Nachbarn verborgen. Mittlerweile konnte ich ihre Entsorgungsgewohnheiten wie ihre Wäschewaschzyklen oder Bettenauslüftrhythmen im Schlaf herunterbeten und wusste genau Bescheid, wer wann seinen festen Vorsatz, nicht mehr zu rauchen, gebrochen hatte oder wer doch wieder heimlich vor Glück schreiend bei Zalando bestellt hatte und den verräterischen Karton hinterher unauffällig klein gerissen im Hof in der blauen Tonne beseitigte.

Während ich krampfhaft nach einer einigermaßen intelligenten Erwiderung suchte, musterte ich Dirk und kam zu dem Entschluss, dass ich im letzten Herbst weitaus weniger verzweifelt gewesen sein musste als bislang befürchtet. Für seine fünfundfünfzig war er nach wie vor attraktiv, wenn auch auf eine andere Art als mein smarter Ex Detlef oder Svenjas tougher Geschäftsmannvater Kai. Das nackenlange, immer noch blonde Haar Charles-Schumann-like lässig nach hinten frisiert und die Wangen glatt rasiert, war Dirk sogar für den Gang zur Mülltonne adrett angezogen.

Ordentliche Körperpflege und schicke Kleidung mussten kein Widerspruch zur Nachhaltigkeit sein, wie er gern unter Beweis stellte. Auch Grüne der ersten Stunde konnten einem den trostlosen Anblick gesplitterter Zehennägel und gelblicher Hornhaut in offenen Birkenstocksandalen ersparen. Die veganen Slipper aus Italien an seinen gewiss frisch pedikürten Füßen nahmen es locker mit Kais echten Tod's auf. Ebenso verzichtete er zugunsten feiner sandfarbener Chinos und gut sitzender Hemden auf ausgebeulte indische Baumwollhosen und ausgewaschene Schlabber-T-Shirts. Der Blick aus seinen grünen Augen wirkte trotz alledem leicht panisch, seine Bewegungen waren von wachsender Nervosität gezeichnet. Das typische Freelancer-Gebaren eben, wenn der ersehnte Anruf aus der Redaktion oder vom Verlag wieder mal auf sich warten ließ, von dem sich unsereins grünes Licht für den nächsten Auftrag erhoffte.

Dennoch kein Grund, mir die Freude an meinen Blumen und an meinem heimlichen Verehrer zu vergällen! Gerade, als ich Dirk schroff auf mein Menschenrecht Glück hinweisen wollte, schoss mir die Erinnerung an die duftenden Rosen in den Sinn. Für einen Moment hielt ich die Luft an, bis sich ein nachsichtiges Lächeln auf meinem Gesicht ausbreitete.

»Du weißt doch, wie viel Wert Rainer in seinem Laden auf fairen und ökologisch korrekten Handel legt«, erwiderte ich plötzlich wieder bester Stimmung, weil mir klar geworden war, dass das auch ein weiteres, sehr sympathisches Plus für meinen anonymen Kavalier darstellte. Damit zeigte er, dass ihm sein kosmopolitisches Verantwortungsbewusstsein selbst in intimen Belangen wichtig war. »Natürlich stammen die Blumen von dort. Etwas anderes käme mir doch nie ins Haus.«

Zur Bekräftigung reckte ich mich auf die Zehenspitzen, um den mehr als einen Kopf größeren Dirk auf die glatt rasierten Wangen zu küssen und dabei seinen ökologisch korrekten Duft einzuatmen, der den Sandelholzpflegeprodukten eines großen Umweltversands geschuldet war. Hoffentlich flatterte ihm der ersehnte Auftrag sehr bald ins Haus, nicht, dass er des schnöden Mammons wegen künftig doch einmal beim Discounter gewissenlose Produkte kaufen oder am Ende gar auf sein gepflegtes Äußeres verzichten musste.

18

Meine persönliche Umweltbilanz nahm sich im Vergleich zu der von Dirk leider höchst bescheiden aus. Andererseits erlaubten mir die übersichtlichen Texterhonorare und zwei zu versorgende Kinder in Ausbildung nicht, meinem Gewissen immer so strikt zu folgen, wie ich gerne würde. Dass umweltbewusstes Verhalten eine Frage der Größe des Portemonnaies war, empörte mich natürlich ebenso wie ihn. Doch es war immer noch besser, wenig als gar nichts zu tun. Also achtete ich beim anschließenden Einkauf im nahe gelegenen Supermarkt darauf, Tomaten und Erdbeeren »aus der Region« und das Brot vom hiesigen Bäcker zu erstehen. Wieder tat ich einfach so, als wäre das schon ein ganz ordentlicher Beitrag zum Umweltschutz, und freute mich über meine Umsicht.

Die Schlange vor der Kasse war wie so oft unendlich lang. Kein Wunder, da ich ausgerechnet dann zum *Rewe* trottete, wenn sämtliche einsamen Herzen des Viertels unterwegs waren, die sich eben nicht wie Ute auf virtuelle Datingportale verstanden oder so wie ich auf mysteriöse Verehrer mit Hang zur Subvention überteuerter Floristen vertrauen durften.

Unglaublich, wer immer noch darauf hoffte, beim täglichen Verrichten seines Einkaufs das Glück seines Lebens zu finden. Eine dank ihres dicken Make-ups zu regloser Mimik verdammte Mittsechzigern brachte sich nahe der Eistheke in Positur, damit der tiefe

Einblick auf ihre Brüste gerade noch rechtzeitig vor der Kasse zur Geltung kam. Ein Althippie wollte mit einem Einkaufskorb voller Prosecco und fertig abgemischter Hugos punkten und zwinkerte mir auffordernd zu. Unter dem fadenscheinigen Vorwand, unbedingt dicht an mir vorbei zu einer Auslage im Süßigkeitenregal an der Kasse greifen zu müssen, schob sich unterdessen ein glatzköpfiger älterer Herr näher als nötig an mich heran und hauchte mir seinen Kukident-Atem direkt ins Gesicht. Darüber resignierte der Prosecco-Träger. Vielleicht aber gefiel ihm doch die Auslage der hängebrüstigen Mittsechzigerin vor der Eistheke besser. Auffällig kramte er nach zwei Packungen Eiscreme und äugte ihr in den Ausschnitt. Gerade als ich genauer mitverfolgen wollte, wie leicht darüber die Make-up-Schicht der Angebeteten vor Aufregung zerbröselte, ignorierte ein etwa vierzigjähriger fitnessgestählter und sonnenstudiogegrillter Möchtegern-Johnny-Depp die Kassenschlange. Mit einem entschuldigenden »Ich hab nur den Smoothie« wollte er sich ganz selbstverständlich breitbeinig vor mir aufpflanzen.

Schon wollte ich ihn brüsk zur Rede stellen, als ich sah, wie eine erstaunlich alte Dame unter größter Anstrengung einen bunten Strauß Rosen aus dem Korb an ihrem Rollator auf das Kassenband legte. Ihre Finger waren vom Rheuma zu dick angeschwollenen, ungelenken Greifvogelkrallen verbogen, deshalb bereitete ihr das gewaltige Mühe. Aber es gelang ihr. Kurz sah sie auf, und unsere Blicke begegneten sich. Dabei lächelte sie mich an. Im selben Moment wusste ich, was sie dachte: Mit einem Lächeln und viel guter Laune regelte sich alles viel leichter.

Sanft, aber bestimmt drängte ich erst den Gebissbesitzer ab und wies dann den verhinderten Karibikpiraten mit einem zuckersüßen Lächeln auf das knapp zehn Meter entfernte Ende der Schlange dicht vor der Fleischtheke hin. »Wenn Sie sich bitte dort anstellen wollen? Ich hab auch nur den einen Korb hier, genau wie alle anderen.«

Dafür fing ich mir dankbare Blicke der umstehenden Rentnerinnen und Witwen ein. Ebenso nickte eine Mutter mit quengelndem Kleinkind an der Hand zustimmend, und der Dicke mit der dünnen Brille zwei Einkaufswagen hinter mir, der gerade Luft geholt hatte, um sich lautstark zu beschweren, hielt mittendrin inne. Sein glutrot angelaufenes Gesicht wechselte langsam auf ein durchschnittliches Rosa zurück. Als sich unsere Blicke streiften, zeichnete sich um seine fleischigen Lippen sogar ein erleichtertes Schmunzeln ab.

Zufrieden wandte ich mich wieder von ihm ab und registrierte aus dem Augenwinkel, wie der Prosecco-Mann und die Make-up-Frau Arm in Arm versonnen lächelnd ebenfalls zum Ende der Schlange trotteten. Die Dame mit dem Rollator bezahlte ihre Blumen, hievte sie wieder in ihren Korb zurück und zwinkerte mir zum Abschied verschwörerisch zu.

Um meine gute Laune zu behalten, vertrieb ich mir die restliche Wartezeit mit dem Spiel »Wer hat die letzte *Apotheke Plus* schon gelesen?« Das Durchschnittsalter der Kunden ließ sich auch ohne Gehhilfen oder sichtbare Hörgeräte leicht auf fünfundsiebzig plus schätzen. Balsam für eine Neunundvierzigjährige wie mich, die sich damit gleich als Youngster frisch aus dem Sandkasten fühlte. Keiner der Anwesenden jenseits der Kassierer und mir befand sich mehr in einem ordentlichen Arbeitsverhältnis. Umso erstaunlicher, wie ungeduldig die meisten sich gerierten, insbesondere, weil ein alter Herr ohne Haare auf dem Kopf, dafür mit umso kräftigerem Wuchs aus den Ohren und der Nase der höchstens zwanzigjährigen Aushilfe an der Kasse seinen offenen Geldbeutel mit gichtigen Fingern hinhielt und lauthals bat: »Suchen Sie sich das Passende raus. Ich seh's halt nimmer.«

Wahrscheinlich litten alle längst an der von mir in der Apothekenzeitschrift ausführlich behandelten Inkontinenz und hatten es so eilig, weil sie dringend daheim aufs Örtchen mussten.

»Hamma Payback-Karte«, nuschelte einer der Kassierer geschätzte zwanzigmal in der Minute und sah gar nicht auf, wenn ihm jemand die gewünschte Plastikkarte entgegenstreckte. Mir brannte sich das wie ein Rhythmus ins Hirn. Irgendwann hatte auch ich meine übersichtlichen Einkäufe gegen Bargeld in meinen endgültigen Besitz gebracht und in meiner Einkaufstasche verstaut. Zur Feier des Tages gönnte ich mir beim benachbarten Metzger ein Hühnerfilet, dessen Fleisch wie das der lebensfrohen Schweine ganz bestimmt von einem glücklichen Huhn stammte, das er vor dem Schlachten höchstpersönlich kennengelernt und noch beim Namen genannt hatte. Daraus würde ich mir Leon zu Ehren sein zweites Lieblingsessen, ein Thaicurry mit buntem Sommergemüse, zubereiten. Zumindest beim Kochen durfte ich mir einbilden, er hüpfte nicht im schreiend bunten Mauskostüm durch Disneyworld, sondern wartete in seinem heimischen Zimmer auf das Fertigstellen des Essens.

19

Weißt du, was ich eben gegessen habe?«, fiel ich triumphierend mit der Tür ins Haus, als Leon und ich abends für ein viel zu kurzes Viertelstündchen miteinander skypten. Im Stillen pries ich die Erfindung der roten Thai-Curry-Paste als das Maggi des einundzwanzigsten Jahrhunderts, womit selbst chronischen Koch-Analphabeten wie mir wohlschmeckende Gerichte gelangen. »Mama, du kannst ja richtig würzen«, hatte Leon dazu vor langer Zeit freudestrahlend festgestellt.

Doch für diese Art von Neuigkeiten war mein Sohn derzeit unempfänglich. Fahrig rutschte er im fernen Florida auf dem Stuhl hin und her, schielte gelegentlich auf das Smartphone, das neben dem Laptop auf dem Tisch lag. Von wegen Multitasking! Die Jugend von heute war eher multi-channel-tasking. Telefonieren allein war den Kids schlichtweg zu wenig. Dabei konnten ihnen brandheiße Posts bei Instagram oder Snapchat entgehen. Das Schlimmste: Sie taten nicht einmal so, als würden sie nur skypen oder zuhören, sondern wischten oder tippten ganz unverfroren nebenbei auf dem zweiten Gerät herum.

Trotzdem konnte ich Leon seine zwischen zwei Screens hin- und herswitchende Aufmerksamkeit nicht lange übel nehmen. Letztlich quoll mein Mutterherz schier über vor Rührung, weil er sich mindestens einmal pro Woche via Skype mit mir austauschte und mir via WhatsApp oft mehrmals am Tag einen Gedanken oder was auch immer sonst ihm auf der Seele brannte mitteilte. Jungs, auch wenn fast volljährig, sind eben doch sehr anhänglich … Als Mutter einer Tochter, die sich im Gegensatz zu ihm auf gelegentliche WhatsApps beschränkt, die meist aus Schnappschüssen ihrer aktuellen Mahlzeiten bestanden, weiß ich, wovon ich rede.

Stolz betrachtete ich ihn. Bei jedem Gespräch sah er noch einen Tick besser aus. Sonnengebräunt, das dunkle Haar eine Spur lockiger und die grünbraunen Augen funkelnder als üblich, war er gewiss dabei, sämtliche Herzen amerikanischer Girls zu brechen. Was Carola wohl dazu sagen würde? Was machte sie überhaupt, seit er in Orlando weilte? Noch immer hatte ich nicht gewagt, ihn nach ihrem Verbleib zu fragen.

Das erledigte sich gerade von selbst, wie ich nur wenige Sekunden später feststellte, als ich die langbeinige Schönheit erschreckend leicht bekleidet im Bildschirmhintergrund aus seinem Bad herausshuschen sah.

»Carola ist bei dir?«, fragte ich überflüssigerweise.

»Hab ich dir das nicht erzählt? Vor fünf Tagen ist sie angekommen und arbeitet jetzt auch hier. Cool, was? Und die Miete für das Apartment wird so natürlich auch viel günstiger, weil wir sie uns teilen.«

»Schön«, war alles, was mir ad hoc dazu einfiel. Die spießige Feststellung »Du bist noch keine achtzehn« sparte ich mir. Das hatte sich in wenigen Tagen ohnehin erledigt.

»Was gibt's Neues von deinem Rosenkavalier?«, wechselte er das Thema und betrat damit mindestens ebenso explosives Terrain wie ich zuvor mit meiner Frage nach Carola. »Hast du jetzt endlich eine heiße Vermutung, wer dahintersteckt? Sag schon, wer ist es? Kenne ich ihn? Oder soll ich raten?«

»Sobald ich Genaueres weiß, gebe ich dir Bescheid«, gab ich mich zugeknöpft. In meinem Kopf ratterte es unterdessen auf

Hochtouren. In den USA war man doch erst mit einundzwanzig volljährig. Und obendrein wahnsinnig prüde. War es Carola und Leon überhaupt erlaubt, einfach so zusammenzuleben? Was, wenn man die beiden wegen Erregung öffentlichen Ärgernisses festnahm? Amerikanische Gefängnisse waren verrufen. Schon sah ich mich eine Petition bei Avaaz starten von wegen »Rettet meinen zu Unrecht in den Staaten inhaftierten Sohn«.

»Hast du mir zugehört?«, riss er mich aus meinen beängstigenden Fantasien. Leider musste ich zugeben, dass das nicht der Fall gewesen war. Kleinlaut hakte ich nach: »Was hast du gesagt?«

»Ach egal. Ich muss jetzt leider los, meine Schicht beginnt. Wir hören uns wieder.«

Noch ehe ich mein besorgtes »Pass auf dich auf« hauchen konnte, wurde der Bildschirm schwarz. Enttäuscht klappte auch ich meinen Laptop zu.

Da saß ich nun mutter-, nein kinderseelenallein in meiner viel zu großen Altbauwohnung im Münchner Westend und fühlte mich plötzlich entsetzlich verloren. Und leider auch entsetzlich alt. Nervös kniff ich mir in die Speckrollen, die über dem Hüftrand meines Lieblingsjeansrocks herausquollen. Selbst mein eben erst den Spiderman-Boxershorts von *H&M* entwachsener Sohn erfreute sich also in Florida einer funktionierenden Beziehung mit – kaum wagte ich es mir richtig auszumalen – regelmäßigem und wahrscheinlich auch noch aufregend ungestümem Sex.

Ein Stich fuhr mir ins Herz, allerdings keiner von der Sorte »anhängliches Mutterherz ist eifersüchtig auf die Freundin ihres Sohnes, weil sowieso keine Frau gut genug für ihn sein kann«. Davon abgesehen, dass ich inständig hoffte, er benutzte auch fleißig Kondome, weil ich Carola im Gegensatz zu ihm bereits reichhaltige Erfahrungen auf diesem Sektor zutraute, beschäftigte es mich beschämenderweise weitaus mehr, dass ich gerade den waschechten Generationenwechsel in meiner Familie erlebte: Unweigerlich waren meine beiden Kleinen jetzt groß und lebten ihr eigenes Leben, mit allem, was dazugehörte: Liebe, Sex, Arbeit und Unabhängigkeit.

Und ich? War ich nicht eben erst selbst von zu Hause ausgezogen und hatte pflichtschuldigst einmal in der Woche bei meiner Mutter angerufen, um ihr gegenüber immer noch das brave, unverdorbene Töchterlein zu geben? In Wahrheit durchlebte ich damals gerade die wildeste Zeit meines Lebens, hatte selten einen Freund länger als vier Wochen und mir obendrein geschworen, immer diejenige zu sein, die erklärte, wann Schluss war, weil ich nie die Ver- und Alleingelassene sein wollte. Bis ich meinte, in Detlef Süß genau den Mann gefunden zu haben, mit dem ich Kinder haben und alt werden wollte.

Zu Kindern hatten wir es zumindest gebracht, das mit dem alt und nie verlassen werden Wollen … ach, das ließ ich jetzt besser. Das war ein völlig anderes, mindestens ebenso desillusionierendes und überaus heikles Thema.

Mein Blick fiel auf den blau-lila-weißen Blumengruß in der Vase neben mir auf dem Esstisch. Vor den Fenstern hatte die untergehende Abendsonne die letzten Regenwolken besiegt und brachte die sanften Pastellfarben der Blumen zum Leuchten. Wann hätte ich mir je träumen lassen, eines Tages auf die Gunst eines rätselhaften Unbekannten angewiesen zu sein, um regelmäßig eine Freude gemacht zu bekommen?

Dachte ich zu angestrengt nach und strahlte dadurch zu viel negative Energie aus? Kaum traute ich meinen Augen, aber exakt in diesem Moment senkte eine der drei wunderschönen dunkelroten Rosen in Zeitlupe ihren schweren Kopf und kippte regelrecht vornüber.

Ein schlechtes Omen! Beim genaueren Hinsehen fiel mir auf, dass auch die Dolden der Veronika ebenso wie das Schleierkraut langsam unansehnlich wurden. Was war nur los? Hatte mich selbst mein Blumenkavalier vergessen? Der »echte«, wie ich ihn für mich bereits nannte, weil er mir die ersten beiden Sträuße mit den geheimnisvollen Songtexten geschickt hatte, war seit drei Wochen nicht mehr aktiv gewesen, und der vermeintliche Nachahmungstäter mit der handschriftlichen Grußkarte schien nur einem spontanen Strohfeuer nachgegeben zu haben. Am nächsten Morgen würde ich wohl auch diesen Strauß zur Biomülltonne bringen und wäre damit erst recht von Gott und der Welt verlassen.

20

Wenigstens an einer anderen Front flammte am nächsten Tag unerwartet Licht am Ende des düsteren Tunnels auf. Kaum hatte ich meine Walkingrunde nebst anschließendem Bauchtraining und Yoga beendet, klingelte das Telefon.

»Können Sie kurzfristig ein ganz wichtiges Thema übernehmen?«, verzichtete der Redakteur des Magazins *Kunst aktuell* auf sämtliche Gruß- und Höflichkeitsfloskeln. Solange es dazu diente, mir unverhofft etwas Gutes zu tun, sollte es mir recht sein. Das Bestehen auf gewissen Umgangsformen muss man als Freiberuflerin als teuren Luxus betrachten, den man sich leider nur gelegentlich leisten kann. Dennoch tat ich zögerlich. Zu einfach wollte ich es dem Schnösel aus Düsseldorf nicht machen, auch wenn es ein Drahtseilakt war, die richtige Mischung zwischen sich zieren und sofort zusagen zu erwischen. Nach einem inneren Zählen bis sieben hielt ich den richtigen Moment für gekommen. Zudem hörte ich schon, wie am anderen Ende der Leitung Luft geholt wurde, weil er sich gerade bedauernd verabschieden wollte.

»Worum geht es genau?«, hielt ich ihn gerade noch rechtzeitig zurück und machte innerlich einen Luftsprung, als ich erfuhr, dass er mir das Megathema anzubieten hatte: die Titelstory für das nächste Heft, in dem sich alles um eine neue große Ausstellung zur Gegenwartskunst drehte.

»Natürlich müssen Sie unbedingt zur Vernissage heute Abend. Schaffen Sie das?«, fügte er hinzu, als fürchtete er sich insgeheim vor dem Moment, in dem er mich auf die Menschheit, sprich in diesem Fall auf Münchens Kunstschickeria, loslassen musste. Bestimmt war er davon überzeugt, ich besäße weder die passende Kleidung – was wohl wirklich der Fall war, frau hat schließlich gerade nie das im Schrank, was sie wirklich braucht – noch den richtigen Benimm, um mich in der illustren Schar zu bewegen.

»Unsere München-Redakteurin hat sich leider gestern Abend einen komplizierten Bruch im Sprunggelenk zugezogen und fällt damit für Wochen, wenn nicht gar Monate aus«, setzte er nach.

In letzter Sekunde unterdrückte ich ein erfreutes, aber in dem Fall natürlich völlig inakzeptables »Juchhu«. Für die Dame war das tragisch. Abgesehen von den leidigen Schmerzen, die sicherlich mit der Fraktur verbunden waren, arbeitete sie, soweit ich wusste, ebenfalls als Freiberuflerin. Ein solcher Unfall stellte also den Super-GAU da. Hoffentlich war sie gut versichert und im Ernstfall gut versorgt. Andererseits konnte ihr Unglück für mich großes, unverdientes Glück bedeuten: Wenn es gut lief, durfte ich die nächsten »Wochen, wenn nicht gar Monate«, wie der näselnde Piefke gerade angedeutet hatte, an ihrer statt für das Magazin über die Highlights der Münchner Kunstszene berichten! So wenig ich Anlass hatte, ihr Schlimmes zu wünschen, am allerwenigsten einen komplizierten Knochenbruch, so inständig hoffte ich für mich, davon zu profitieren. Da kam einiges an Aufträgen für *Kunst aktuell* zusammen, besonders, wenn es auf die *Open Art* am zweiten Septemberwochenende zuging. Mein Bankkonto würde ein Dutzend Freudensalti schlagen.

Zum Glück skypten wir nicht, also blieb dem Redakteur mein Grinsen verborgen, als ich mich betont zurückhaltend nach den Details des zu liefernden Beitrags erkundigte. Ganz nebenbei erfragte ich noch das Honorar und unterdrückte einen Fluch. Der

Knochenbruchfrau zahlte er sicher das Doppelte. Schließlich wusste ich, wer sie war, und vor allem, wo sie ihre Kleidung für Anlässe wie eine solche Vernissage zu kaufen pflegte. Mit dem Salär, das er mir bot, käme sie allerdings kaum über *Zara* oder allenfalls *Massimo-Dutti*-Niveau. Kühn verlangte ich ein Viertel mehr und erhielt die Zusage so prompt, dass ich mich gleich wieder ärgerte. Getrost hätte ich also auf dem weitaus höheren Satz meiner Konkurrentin bestehen können. Der Redaktionsschluss nahte, die Titelstory fehlte, und der Redakteur war in größter Not. Wie immer aber verhielt ich mich zu wenig abgeklärt, um je auf einen grünen Zweig zu kommen.

Mit einem kümmerlichen »Plopp« purzelte ein dickes Blatt aus dem Blumenstrauß vor mir auf den Esstisch. Selbst die Blumen teilten meinen Missmut. Andererseits hatte ich es zumindest geschafft, das Honorar dank schüchternem Nachverhandeln etwas aufzustocken. Das war schon mal eine Verbesserung gegenüber meinem sonstigen Auftreten. Rom ist bekanntermaßen auch nicht an einem Tag erbaut worden. Es blieb mir Gelegenheit genug, nach erfolgreichem Abschluss dieses Beitrags für die nächsten nachzuverhandeln.

Unter der Dusche gab ich mich bestens gelaunt meinem »Einfach so tun als ob«-Gefühl hin und freute mich diebisch über den unerwarteten und für meine Verhältnisse trotz allem hoch dotierten Auftrag. Er lieferte mir einen hervorragenden Grund, meinen Kleiderschrank kritisch zu durchforsten. Auch wenn ich das Ergebnis dieser Aktion längst kannte, würde ich unter größtem Bedauern feststellen, wie ungeeignet sämtliche vorhandenen Kleidungsstücke waren, um am Abend als Vertreterin der hochpreisigen *Kunst aktuell* zu bestehen. Meinem Ruf als künftige München-Korrespondentin des Magazins war ich es schuldig, mit einem angemessenen Outfit auch modisch Stilsicherheit zu beweisen. Klappte alles wie erwartet, begegnete ich am Abend dem Oberbürgermeister und seiner Gattin höchstpersönlich, schüttelte dem Kulturreferenten kurz die Hand, bevor ich mich ganz lässig beim Direktor der Pinakothek der Moderne nach seinen Plänen für die nächste Saison erkundigen und dem Staatssekretär des Kultusministeriums bedauernd nur von Weitem zuwinken würde.

Das ging eigentlich nur in einem betörend schlichten, dafür beim Preis leider umso weniger zurückhaltenden Dress. Zufällig hatte ich kürzlich beim Bummeln in der Theatinerstraße genau das Passende entdeckt: einen raffiniert geschnittenen Overall aus feinstem japanischem Crêpe in atemberaubendem Midnight. Understatement pur. Genau das brauchte ich jetzt.

Nachdem ich wusste, was ich wollte, erwies sich das Besorgen als Kinderspiel. Schon bei der Anprobe in der reichlich heißen Umkleidekabine verliebte ich mich in mein eigenes Spiegelbild. Der Overall war wie für mich gemacht. »Schick, charmant, elegant«, hörte ich Großmutter Gerda anerkennend sagen. Selbst mein sonst so kritischer Sohn Leon fände mich jetzt bestimmt »geil«. Schade, dass ich das Outfit bei seiner Abifeier noch nicht besessen hatte. Ein Mann wie Kai würde sofort erkennen, wie edel das gute Stück bei aller Schlichtheit war.

Auch die passenden Schuhe waren im Handumdrehen gefunden. Es kostete mich kaum drei Stunden in der vor tropisch schwüler Gewitterstimmung schwirrenden Stadt. Meine Tochter Mona hätte ihre Freude an der Tour gehabt. Für den Bruchteil einer Sekunde überfiel mich lang verdrängte Sehnsucht nach ihr und unseren gemeinsamen Shoppingabenteuern. Tausend Schuhe konnte sie anprobieren, um sich letztlich doch für das erste Paar zu entscheiden. Genau das tat ich jetzt auch und wusste genau, mit welchem Blick sie das kommentieren würde. Vorbei, vorbei, musste ich mir eingestehen und zwang mich zu einem tapferen Lächeln.

Dem triefenden Schweiß nach dem Einkaufstrip folgte die rüde Erkenntnis auf den Fuß, dass das für den Beitrag ausgehandelte Honorar damit schon komplett ausgegeben war, bevor die dafür zugesagte Leistung überhaupt erbracht, geschweige denn die Rechnung geschrieben war. Natürlich brutto. Hoffentlich würde der Verlag für die Titelstory wenigstens eine bessere Zahlungsmoral als bislang beweisen, sonst würde ich noch bis Weihnachten meinem Geld hinterhertelefonieren.

Erschöpft traf ich wieder zu Hause ein, um mit einem flüchtigen Blick auf die Uhr festzustellen, dass mir für die inhaltliche Vorbereitung auf das Event nach Abzug der unbedingt noch nötigen Dusche und Haarwäsche kaum mehr als anderthalb Stunden Zeit blieb. Das Fingernagellackieren konnte ich simultan zum Googeln absolvieren. Zum hundertsten Mal verfluchte ich meine Scheu vor professionellen Nagelstudios. Würde ich wie Ute auf die Kunst der fleißigen asiatischen Damen mit dem Mundschutz vertrauen, wären meine Nägel dank Schellack drei Wochen lang tipptopp. So musste ich wieder meine Multitasking-Fähigkeiten unter Beweis stellen und mit feuchten Nägeln über die Tastatur tanzen.

Hoffentlich hatte mir der Redakteur wie vereinbart wenigstens schon die Presseunterlagen sowie die offizielle Einladung zur Vernissage gemailt. Darum hätte ich mich natürlich weitaus dringender als um mein neues Abendoutfit kümmern müssen. Prioritäten zu setzen war noch nie eines meiner hervorstechenden Talente gewesen, sonst wäre ich bestimmt weder zweifache Mutter und inzwischen geschiedene Ehefrau noch freiberufliche Texterin und Gelegenheitskunstredakteurin geworden. Ändern ließ sich das jetzt ohnehin nicht mehr. Also konnte ich mir genauso gut erst einmal in aller Ruhe Milch für einen Latte macchiato aufschäumen, bevor ich mich an den Schreibtisch setzte.

Auf halbem Weg durch den Flur hielt mich das Klingeln an der Wohnungstür auf. Wer konnte das sein, mitten in der Woche, nachmittags um halb fünf? Darauf gab es eigentlich nur eine Antwort. Mein Herz vollführte einen Freudenhüpfer. Bester Stimmung tänzelte ich zur Tür.

»Blumen für die Dame«, tönte es mir beim Öffnen ebenso bestens gelaunt entgegen.

Zunächst sah ich nichts außer quietschgelbem Papier, Rainers Blumenladen-Visitenkarte sowie halbnackten, dunkel behaarten Männerbeinen und grauen Turnschuhen. Das aber genügte.

»Danke!«, rief ich und entriss dem Boten den Strauß. Knapp tippte er an den Schirm seiner Baseballkappe und machte sich davon.

Der Strauß war noch schwerer als die letzten Male. Voller Erwartung, ob es sich endlich wieder um einen Gruß vom echten, also ersten Blumenkavalier nebst getipptem Songtext handelte, befreite ich ihn schon auf dem Weg zur Küche vom Papier. Als ebenso gelb wie die Verpackung entpuppte sich das Innere: drei imposante Sonnenblumen nebst orangegelben Gerbera und Dahlien. Kaum schaffte ich es, das farblich exakt darauf abgestimmte Kuvert zu öffnen, derart heftig zitterten meine Finger.

Gewonnen! Die Zeilen waren computergetippt und ähnelten von Neuem eher einer Mahnung denn einem charmanten Blumengruß. Dieses Mal ging es um die schnell voranschreitende Zukunft, die man planen solle, um »über die ganze Welt« zu erstrahlen.

Was für ein Rat – und wie gut passte er zu meiner aktuellen Situation! Hieß das, mein mysteriöser Verehrer, wie Leon ihn genannt hatte, wusste über mich Bescheid? Sollte mich das nicht beunruhigen?

Es könnte auch ein Stalker sein. Ach was, beschwichtigte ich mich im nächsten Moment. Es sind doch nur kleine Aufmerksamkeiten mit schönen Blumen und Songtexten. Wieso interpretierte ich da so viel rein?

Trotzdem wollte ich wissen, aus welchem Lied diese Zeilen stammten. Statt die Blumen in einer Vase mit Wasser zu versorgen, hastete ich zum Laptop und googelte.

Wieder dauerte es nicht lange, und ich hatte die Lösung. »Chain Reaction« von Diana Ross. Von allein wäre ich nie darauf gekommen, handelte es sich doch nicht um den Refrain, sondern um Zeilen aus der dritten Strophe. Schade, in den anderen steckte weitaus mehr Liebe, um genauer zu sein sogar recht eindeutig zweideutige Anspielungen.

Eine leichte Röte huschte mir übers Gesicht. Wie war das alles zu verstehen? Kam mein geheimnisvoller Blumenverschicker langsam aus der Deckung? War er tatsächlich in mich verliebt? Wie lang brauchte er noch, bis er sich zu erkennen gab? Oder erwartete er von mir, dass ich aktiv wurde, um hinter das Geheimnis seiner Identität zu kommen?

Zufällig streifte mein Blick die Zeitanzeige auf dem Computer. Schon fast halb sechs. Ich Wahnsinnige! Statt mir das Hirn über rätselhafte Verehrer und ihre ominösen Zeilen zu zermartern, sollte ich duschen, mir die Haare machen und mich in Schale werfen. Um neunzehn Uhr begann die Vernissage. Nach Münchner Zeitrechnung reichte es dann zwar, dort gegen halb acht aufzuschlagen und mich als Redakteurin von *Kunst aktuell* zu erkennen zu geben. Doch ob ich das noch hinbekam?

21

Eigentlich hätte ich es mir denken können. Aus dem Händeschütteln mit dem Oberbürgermeister und dem Kulturreferenten wurde natürlich nichts, geschweige denn aus dem Kurzinterview mit dem Leiter der Pinakothek der Moderne. Keiner der illustren Herrschaften war anwesend, stattdessen hatte die Zweit- und gelegentlich sogar die Drittbesetzung Hochkonjunktur. Wer ging schon Mitte August zu einer Vernissage? Wieso veranstaltete man die überhaupt mitten in der Ferienzeit, wenn alle wichtigen Menschen ausgeflogen waren?

Zumindest wusste ich jetzt, warum der Redakteur von *Kunst aktuell* ausgerechnet auf mich als »Ersatz« für seine Titelstory verfallen war: weil sich derzeit alle anderen an paradiesisch schönen Badestränden in der Sonne räkelten. Marlene Kramer war die Einzige in der Branche weit und breit, die sich das nicht leisten konnte und deshalb sofort verfügbar war. Noch dazu zum Schnäppchenpreis. Also konnte man ihr ausnahmsweise einmal die Brosamen zuwerfen und sie zu der Eröffnung schicken. Den Artikel für die September-Ausgabe würde sie schon hinkriegen, dafür reichte selbst mein aus seiner Sicht gering zu schätzender Sachverstand aus. Was noch wichtiger war: Damit kam ich niemandem der festen Crew ins Gehege, weil niemandes Spezialgebiet berührt war.

Erstaunlicherweise währte mein Ärger über die Pleite nicht lang. Abgesehen davon, dass ich in meinem Overall völlig overdressed und natürlich auch viel zu warm angezogen war, verlebte ich trotz allem einen unterhaltsamen Abend. Ich war nicht die einzige »Urlaubsvertretung«, eigentlich gab es nur solche wie mich, die sich einmal wichtig fühlen und bei einem schicken Empfang dabei sein wollten. Wie alle anderen konnte ich einfach so tun, als ob ich die unersetzliche Abgesandte des superwichtigen Kunstmagazins wäre und unbedingt mit all den anderen superwichtigen Möchtegern-Menschen der Münchner Kunstschickeria plaudern musste. Zumindest der Wein und die Häppchen waren so hervorragend, als handelte es sich tatsächlich um einen superwichtigen Empfang.

Wie im Millionendorf München üblich, gab es sogar den obligatorischen Moment, in dem mir unerwartet ein alter Bekannter über den Weg lief: Bernd Feldhorst, ein Kommilitone aus meinem Kunstgeschichtsstudium. Seit dem Examen vor knapp fünfundzwanzig Jahren kreuzten sich unsere Wege in schöner Regelmäßigkeit alle paar Jahre. Schon zu Studienzeiten war mir der dank seiner verblüffenden Ähnlichkeit mit Pierce Brosnan zu Recht als einziger »Beau« unter den Studenten angehimmelte Bernd jedoch etwas suspekt gewesen. Welcher gutaussehende Mann ab knapp zehn Gramm Hirn im Kopf mit einigermaßen gesundem Hang zu Erfolg und vor allem zum Geldverdienen studierte schon freiwillig Geisteswissenschaften?

Damals lag der Frauenanteil unter den Studierenden bei geschätzten neunzig Prozent, während er unter den Dozenten gegen null tendierte. Das heißt, für Männer existierten zwar durchaus hervorragende Karriereaussichten, allerdings schien dabei als wichtigstes Auswahlkriterium der Punkt »mangelnde Attraktivität und Ausstrahlungskraft« zu existieren, was nahezu jeder der Lehrenden mehr als hundertprozentig durch fehlendes Charisma und fast schon indiskutable äußere Erscheinung unter Beweis stellte.

Die Sommerfeste unseres seinerzeit noch in einer alten Schwabinger Vorstadtvilla mit verwunschenem Garten residierenden Instituts galten dagegen als interessanter Heiratsmarkt. Karrieregeile unbeweibte Juristen, BWLer und Mediziner gingen dort regelmäßig unter den als besonders anziehend gerühmten Kunsthistorikerinnen auf Brautschau, sodass der Spruch kursierte: »Wer im fünften Semester noch keinen Doktor abbekommen hat, muss ihn leider selbst machen«.

Von all dem hatte sich Bernd schon damals unbeeindruckt gezeigt. Er sah blendend aus, hatte was auf dem Kasten und machte auch noch Karriere – ausgerechnet als Kunsthistoriker an der Uni!

Das hatte mich jedoch, wie gesagt, stutzig werden lassen. Zwar war der Remington-Steele-Hype der Achtziger auch an mir nicht spurlos vorübergegangen, aber Bernd war als Liebhaber dennoch nicht mein Typ gewesen. So hatte ich belustigt verfolgen können, wie die Mitstudentinnen bei seinem Auftauchen dahingeschmolzen waren wie der Südpol dank Erderwärmung. Vom Wortwitz und von der Selbstironie des Serienhelden war er zwar Lichtjahre entfernt gewesen, das aber schien keiner der anderen Frauen aufgefallen zu sein, oder sie hatten es nicht wahrhaben wollen. Doch einerlei, wie beherzt sie ihn angeschmachtet oder heimlich umschwärmt hatten, er hatte keine von ihnen erhört, jedenfalls nicht zu meinen Zeiten am Institut.

Auf einem der berühmten Sommerfeste hatte ich damals Detlef kennengelernt, der BWL mit Schwerpunkt Marketing studiert hatte und obendrein sehr attraktiv gewesen war. Damit hatte er alle Kunsthistoriker auf einen Schlag ausgestochen, wie gutaussehend oder intelligent diese auch gewesen sein mochten.

Nach der gescheiterten Beziehung mit Detlef und den wenig rosigen Aussichten als freiberufliche Kunstjournalistin sah ich das inzwischen anders. Bernd offenbar nicht, denn zu mehr als zu einem knappen Lächeln und dem noch knapperen Small Talk von wegen »Schön dich zu sehen« sowie dem eher rhetorisch denn wirklich ernst gemeinten »Lass uns mal auf einen Kaffee gehen, hier ist meine Karte« hatte er trotz schwacher Dichte an wirklich wichtigen Menschen keine Zeit.

Wie immer hatte ich natürlich keine Karte dabei. Ich besaß ja auch keine. Was hätte ich schon Beeindruckendes als Titel oder Beruf draufzuschreiben? »Sitzen gelassene Ex-Ehefrau und unterbezahlte Texterin«?

»Feldhorst & Feldhorst. Kunstberatung« las ich auf Bernds und schloss mit detektivischem Spürsinn aus der dezenten Doppelung des Namens, dass mittlerweile die passende Frau zu Bernd existierte, natürlich ebenfalls vom Fach und bestimmt ebenso wie er promoviert. Es gab eben Menschen, denen gelang alles im Leben – beruflich wie privat.

Doch keine Sorge! Bald würde auch ich zum Klub der Auserwählten gehören, wie mein aktueller Auftrag aus Düsseldorf und die zauberhaften Sträuße meines mysteriösen Blumenkavaliers bewiesen. Also landete Bernds protzig-nichtprotzige Visitenkarte gleich beim Nachhausekommen am frühen Freitagmorgen achtlos in der Ablagekiste auf meinem Schreibtisch.

Mit den hinreißenden Sonnenblumen neben mir auf dem winzigen Küchenbalkon, dem sonnengelben Sonnenschirm über dem Kopf und einem azurblauen Himmel vor Augen schwelgte ich am späten Vormittag weiter in dem Gefühl, es liefe alles bestens für mich. Die dezente Aufforderung meines anonymen Verehrers von wegen Zukunftsplanung und Erstrahlen »über die ganze Welt« im Hinterkopf, tippte sich der Text zur neuen Ausstellung nahezu von selbst. Gelegentlich musste ich meinen Flow nur kurz unterbrechen, um ein Aspirin einzuwerfen oder mir noch einen Espresso mit frisch gepresstem Zitronensaft zuzubereiten. Voller Begeisterung über meine eigene Wichtigkeit hatte ich am Abend zuvor wohl doch ein oder höchstens zwei Gläser Wein zu viel getrunken, was meinem Kopf nicht so recht gefiel.

Selbst der Anruf von *Apotheke Plus*, zu anderen Zeiten heiß ersehnt, lockte mich dieses Mal kaum aus der Reserve. Vor allem, weil mir der von sich selbst am meisten gelangweilte Redakteur wieder so herrlich unspektakuläre Themen wie »Hitzewallungen in der Stillzeit und im Klimakterium« oder »Nächtliche Heißhungerattacken – was tun?« anzubieten hatte. Angesichts meiner kurz bevorstehenden Karriere im Kunstsektor wurden wir uns nach längerem Hin und Her – natürlich wollte er beide Texte am liebsten bis vorgestern – einig, dass ich mich gnädigerweise nur zu Hitzewallungen schriftlich äußern würde. Den Heißhunger musste er anderweitig stillen lassen. Meine kostbare Zeit war nun einmal beschränkt. Ich brauchte Freiraum, um mich auf die zu erwartenden Beiträge über die hochgradig wichtigen Events in der Münchner Kunstszene vorzubereiten.

Zufrieden mit meiner erstmals erfolgreich bewiesenen Standhaftigkeit – auch eine freie Mitarbeiterin war eine Mitarbeiterin, die bei der Auftragsvergabe mit entsprechendem Respekt behandelt werden sollte –, setzte ich um kurz nach drei am Nachmittag endlich den Schlusspunkt unter meinen Bericht für *Kunst aktuell*. Genau der richtige Zeitpunkt, ehe mein von zu viel Alkohol, Koffein und saurer Zitrone sowie der unerwarteten Mittagshitze arg lädierter Kopf vollends streikte. Höchste Zeit für eine Pause und vor allem einen kleinen Imbiss nebst eisgekühlter Cola. Das würde meine geschwächten Lebensgeister wiederbeleben. Den Manuskriptausdruck würde ich nach einer wohlverdienten Pause im *Lohner & Grobitsch* unweit des Alten Messegeländes noch einmal durchlesen und dann pünktlich um siebzehn Uhr an den zuständigen Redakteur in Düsseldorf mailen.

Bestens gelaunt summte ich »Chain Reaction« vor mich hin, bedauerte kurz, dass mein Kavalier erst aus der dritten und nicht aus den vorangegangenen beiden Strophen zitiert hatte, löste meinen provisorischen Schreibtisch auf dem Balkon auf und warf mehr aus Gewohnheit denn aus wirklichem Interesse einen Blick auf mein Smartphone. Sieben WhatsApp-Nachrichten blinkten auf. Sechs davon von Ute.

Schlagartig war mir klar, was passiert war. Wie hatte ich nur vergessen können, dass die beste aller Freundinnen heute aus dem Urlaub zurückkehrte und ich sie am Flughafen abholen sollte? Kaum wollte ich mir ausmalen, in welcher Laune sie dort über eine Stunde auf mich oder wenigstens auf eine Nachricht von mir gewartet hatte. Reichlich kleinlaut tippte ich rasch etwas von »furchtbar dringendem Auftrag«, »megawichtig für meine weitere Karriere« und »ich bin untröstlich« ins Handy. Im nächsten Moment klingelte mein Telefon.

Ute klang überraschend fröhlich.

»Wie gut, dass du nicht pünktlich am Flughafen gewesen bist. Du hättest nur umsonst gewartet. Wir hatten zwei Stunden Verspätung, und es dauert wohl auch noch mehr als eine Stunde, bis das Gepäck endlich da ist. Wenn du jetzt losfährst, reicht das locker. Bis gleich. Danke dir.«

Das war also noch einmal gut gegangen. Vor Erleichterung fiel mir ein ganzer Steinbruch vom Herzen. Hastig stürzte ich ein Glas Leitungswasser hinunter und verschlang an der Spüle stehend eine Banane. Dabei klappte ich zwar den Laptop noch einmal auf, entschied jedoch, dass mein Artikel über die Ausstellungseröffnung so, wie er war, bestens war für *Kunst aktuell*, und drückte kurz entschlossen auf Senden.

22

War Utes gut erholte Nachurlaubslaune ansteckend, oder lag es an meinen derzeitigen beruflichen wie auch privaten Erfolgen – aufwendige Blumengrüße von einem Unbekannten zu erhalten musste ich einfach als lang verdientes Resultat meiner wundervollen Ausstrahlung betrachten –, jedenfalls befand ich mich das ganze Wochenende über in einer selten oder zumindest lange nicht mehr erlebten Hochstimmung, die mich regelrecht berauschte. Am Flughafen musste ich zwar noch mehr als eine halbe Stunde warten, bis meine Freundin mir braun gebrannt ihren riesigen Koffer entgegenschob, dennoch fielen wir uns fröhlich lachend in die Arme. Hunger, Durst, Dröhnkopf und Übermüdung rückten schlagartig in den Hintergrund.

»Du glaubst nicht, was ich dir alles zu erzählen habe«, riefen wir uns nahezu einstimmig zu. Der Höflichkeit halber – und unseren in Jahrzehnten festgefahrenen Freundschaftsriten zufolge – überließ ich Ute den Vortritt. »Wenn einer eine Reise tut, hat er was zu erzählen«, hatte schon Großmutter Gerda weise festzustellen gewusst. So hörte ich auf dem Weg zum Parkhaus wie auch während der ganzen Rückfahrt Utes minutiösen Bericht über die skurrilen Juristentypen auf dem Kongress in Washington.

»Anscheinend ist es ein Naturgesetz, dass Anwälte überall auf der Welt glatt rasierte, gut verheiratete, langweilige Familienväter sind«, resümierte sie ihre wichtigste, wenn auch nicht neue Erkenntnis, bevor sie verschwörerisch schmunzelnd nachsetzte: »Allerdings sind sie trotzdem jederzeit für ein Abenteuer zu haben und raunen dir an der Bar ihre Zimmernummer ins Ohr.«

»Du hast dich doch nicht etwa auf so eine plumpe Anmache eingelassen?«, protestierte ich halbherzig, weil ich genau wusste, dass Ute nur auf das Stichwort gewartet hatte, um gespielt entrüstet zu erwidern: »Glaubst du etwa, ich hätte es schon derart nötig, auf Kongressen für eine Nacht einen x-beliebigen Kollegen abzuschleppen? Gleich beim Frühstück am nächsten Morgen ignoriert er mich dann geflissentlich, weil er gekriegt hat, was er wollte. So ein Typ hält uns Frauen sowieso für eine total überschätzte Spezies, erst recht, wenn sie sich in seine Gefilde vorwagen und ihm beruflich Paroli bieten wollen.«

»Wie hat er ausgesehen und wie ist er im Bett gewesen?«, konterte ich ihre Tirade.

Treffer! Auch das hatte Ute hören wollen und nutzte die Strecke bis zum Petueltunnel, um mir jedes Detail eines »wahnsinnig smarten, sehr gebildeten und äußerst charmanten Frank aus Boston« zu schildern. Sein einziges Manko war der Ehering an der rechten Hand, den er ebenso wenig während ihrer gemeinsamen nächtlichen Eskapaden abzulegen pflegte, wie er die Familienfotos auf seinem Laptop oder Smartphone vor ihr hatte verbergen wollen.

»So eine glückliche Familie, wie aus dem Bilderbuch«, schloss Ute leise seufzend ihre Schilderungen. »Natürlich ist damit sofort klar gewesen, dass es nur bei einer Affäre bleiben würde und keine Chance auf eine gemeinsame Zukunft besteht. Ich bin wohl immer nur die Frau für gewisse Stunden.«

Alarmiert, weil ich mir einbildete, nicht nur Bedauern, sondern sogar echte Enttäuschung aus ihrer Stimme herauszuhören, sah ich zu ihr hinüber.

Zu meiner großen Erleichterung grinste Ute jedoch breit, bevor sie süffisant nachsetzte: »Mehr hätte ich auch gar nicht von ihm haben wollen, denn nach der zweiten Nacht hat er mich nur noch gelangweilt.«

»Ute!«, mahnte ich, woraufhin sie in lautes Lachen ausbrach.

»Ach, Liebes, du fällst auch jedes Mal wieder drauf rein! Wir sind doch nicht die Hauptfiguren in irgendeinem pseudolustigen Chicklit-Roman, in dem es nur um die Suche nach Mr. Right geht. Außerdem habe ich dir eben schon gesagt, dass ich es nicht nötig habe, mich auf solche Geschichten einzulassen. Ich kenne meinen Wert. Der smarte Frank hat mir abends an der Bar immer nur ganz höflich zwei, drei Cocktails spendiert, dabei einige jugendfreie Komplimente gemacht und ist pünktlich um elf auf sein Zimmer verschwunden. Allein natürlich und auch ohne jeden Hinweis auf die Etage, in der er genächtigt hat. Ebenso wie all die anderen smarten Anwälte, die an der Tagung teilgenommen haben. Höchstens so einen schmierigen, fetten Texaner hätte ich abschleppen können, aber der ist mir zu unappetitlich gewesen. Bestimmt ein Trump-Wähler. Seine Haare haben ausgesehen, als hätte er denselben Friseur. Die Tour mit Rena an der Ostküste habe ich außerdem noch vor mir gehabt, und damit wäre Torschlusspanik erst recht völlig fehl am Platz gewesen.«

»Wen hast du noch kennengelernt?«

Ich schaltete einen Gang runter, um von der Autobahn abzubiegen. Bald war nur noch Schritttempo möglich. Mittlerweile steckten wir im besten Freitagabend-Feierabendverkehr. Außerdem waren immer noch Sommerferien und viele Familien auf dem Weg in den Süden. Die nächste halbe Stunde ging nahezu nichts mehr. Rechter Hand leuchteten die roten Ziegeldächer gelb getünchter Wohnblöcke im milden Abendsonnenlicht. Der Himmel färbte sich golden. München war dabei, sich pünktlich zum Wochenende in seinen besten Sonntagsstaat zu hüllen.

»Real ist wieder nur eine halbe Fußballliga dröger Familienväter am Start gewesen«, ließ Ute die Katze nur vorsichtig aus dem Sack.

»Und virtuell?«, hakte ich nach, wohl wissend, dass das Internet keine Kontinente oder Grenzen kannte und Ute also auch aus den USA weiter lustig Profile nach links oder rechts wischen und auf Gelegenheiten zu *matches* hoffen konnte.

»Mal schauen«, gab sie sich erstaunlich zugeknöpft. Ein flüchtiger Blick zur Seite genügte mir, um zu wissen, dass trotz Endlosstau vorerst nicht mehr aus ihr herauszulocken war.

»Was macht dein Rosenkavalier? Hat er wieder Blumen spendiert?«, wechselte sie geschickt das Thema, als sich die Autoschlange endlich wieder langsam in Bewegung setzte und ich meine volle Aufmerksamkeit auf das Einscheren nach links richten musste.

»Zweimal sogar. Die Fotos habe ich dir doch gleich brav gewhatsappt«, erwiderte ich, als wir uns mitten im Kriechverkehr des Mittleren Rings befanden, und war einen Moment versucht, ihr doch das Geheimnis mit den computergetippten Grußkarten zu offenbaren. Nur so hätte ich ihr meine Theorie mit dem falschen, da mit einer handgeschriebenen Grußkarte versehenen dritten Strauß erklären können.

»Oh, Gott, ich bin ja falsch gefahren!«, stellte ich stattdessen erschrocken fest. Ganz in meine Grübelei versunken, war ich instinktiv meiner gewohnten Strecke gefolgt. Ute wohnte allerdings auf der rechten Isarseite und nicht wie ich auf der linken. Schon am Autobahnende hätte ich in die entgegengesetzte Richtung abbiegen müssen. Eilig überschlug ich die voraussichtliche Zeit, die uns meine Unachtsamkeit kosten würde, bis Ute mitsamt Gepäck bei sich zu Hause eintrudeln würde.

Zum Glück prustete sie jedoch fröhlich los. Ein gutes Zeichen für den Stand ihres Erholungsgrads, den weder Flugverspätung noch Schneckentempo bei der Gepäckausgabe merklich hatten herunterschrauben können.

»Ich komme einfach mit zu dir«, beschloss sie pragmatisch. »Meine Wäsche kann ich auch bei dir waschen. Außerdem sollten wir in den morgigen Tag reinfeiern. Dein Kleiner wird achtzehn. Es wird dir guttun, den schicksalsträchtigen Tag nicht mutterseelenallein zu verbringen.«

Gerührt, weil Ute tatsächlich daran gedacht hatte, dass Leon am nächsten Tag erstmals fern von mir in ein neues Lebensjahr wechseln und dieses Mal sogar die Schwelle zum Erwachsenenleben überschreiten würde, traten mir Tränen in die Augen.

»Wir machen was ganz Besonderes, nur für dich«, versprach die beste aller Freundinnen und zwinkerte mir fröhlich zu.

23

Tatsächlich gelang es uns, nicht nur einen wunderschönen Tag, sondern gleich ein wundervolles Wochenende miteinander zu verbringen, trotz Utes Wäscheberg und Jetlag. Nach unserer Odyssee auf der Rückfahrt vom Flughafen am Freitagnachmittag ergatterten wir für abends sogar kurzfristig einen Tisch im *Marais Soir*, einem schicken Franzosen wenige Straßenecken von meiner Wohnung entfernt. Das unverschämte Glück war wohl der Ferienzeit geschuldet. Entsprechend gut gelaunt gönnten wir uns ein ausgedehntes fünfgängiges Menü mit den passenden Weinen und um Mitternacht Leon zu Ehren natürlich Champagner.

»Auf die beste Mutter der Welt, die Leon je hat kriegen können«, hob Ute ihr Glas.

»Auf die beste Freundin, die ich je habe kriegen können«, gab ich das Kompliment selig lächelnd zurück.

Mit einem albernen Selfie dokumentierten wir für das Geburtstagskind fern von uns die Szene auf WhatsApp, woraufhin prompt ein noch alberneres Selfie von Leon im beunruhigend leicht bekleideten Tarzan-Look mit Carola im nicht weniger beunruhigenden knappen Jane-Outfit an einem unverschämt paradiesischen Strand irgendwo in Florida zurückkam.

»Das ist wie Urlaub«, rief ich begeistert, als Ute und ich uns am Samstagnachmittag am Staffelsee auf unserer Picknickdecke in der Sonne lümmelten. Endlich schien der Sommer Deutschlands Süden erreicht zu haben, zumindest tat er an diesem Tag so. Kurzerhand hatten wir deshalb in der Früh, oder vielmehr eher gegen Mittag, weil Ute ihren Jetlag und ich den neuerlichen Weingenuss büßten, beschlossen, ihre Wäsche noch einen Tag länger liegen zu lassen. Davon würde sie auch nicht schmutziger werden. Gute Gelegenheiten dagegen galt es zu nutzen. Also entschieden wir, baden zu gehen.

Mehr als die Zehen streckte ich letztlich zwar nie ins Wasser, aber allein schon das Gefühl, theoretisch einfach losschwimmen zu können, reichte mir. Gemeinhin brauchte ich Südseewassertemperaturen, um mich tatsächlich einmal in einen oberbayerischen See zu wagen. Andererseits fand ich Außentemperaturen von mehr als fünfundzwanzig Grad schon wieder unerträglich. Kein Wunder, dass man mich in unseren Breitengraden so gut wie nie wirklich schwimmen sah. Trotzdem genoss ich es, am Ufer zu liegen und die fröhliche Stimmung um mich herum auszukosten. Gab es etwas Schöneres, als völlig entspannte Mitmenschen, die angesichts von zwei, drei warmen Sommertagen sofort so taten, als befänden sie sich nicht in Oberbayern, sondern an der Riviera? Das Quietschen der Kinder, die einander nass spritzten, war Musik in meinen Ohren, solange ich nur nichts von dem eisigen Nass abbekam.

»Wie groß schätzt du die Chance, dass uns dein Blumenkavalier hierher gefolgt ist und sich hinter irgendeinem der Zeitung lesenden Herren in neckischen Badeshorts verbirgt?« Ute setzte sich auf der Decke kerzengerade auf und nahm die Menschen auf der Liegewiese in Augenschein.

»Wenn er sich mir zeigen will, wird er das schon tun«, erwiderte ich und blieb ostentativ auf dem Bauch liegen.

»Bist du überhaupt nicht neugierig, wer hinter den Blumen steckt?«

»Warum? Er wird sich schon noch zu erkennen geben.«

»Du hast Nerven!« Ute schüttelte den Kopf. »Ist doch naheliegend, dass er sich nicht allein aufs Blumenschicken beschränkt, sondern dich auch sonst beobachtet. Schließlich will er was von dir. Also solltest du dich besser mal umschauen, wer sich in deiner nächsten Umgebung auffällig unauffällig herumdrückt.«

»Willst du mir etwa schonend beibringen, mein heimlicher Verehrer wäre in Wahrheit ein gestörter Stalker, der nicht davor zurückschreckt, mir hier im neonfarbenen Herrentanga aufzulauern?«

Ich setzte mich ebenfalls auf und begann mit nervösem Herzklopfen, unauffällig das zu mustern, was sich als Vertreter der männlichen Spezies in nächster Nähe von uns ohne weibliche Begleitung auf der Liegewiese tummelte.

»Heutzutage muss frau mit allem rechnen, gerade in unserem Alter«, stocherte Ute weiter in der Wunde. »Aber mach dir keine Sorgen. Dein Fall dürfte jenseits der hirnkranken Psychopathen liegen. Für den tun es im Zweifelsfall die fertigen Blumengebinde vom *Rewe*. Rainers Blumenapotheke ist da eindeutig zu teuer.«

Das fand ich zwar alles andere als beruhigend, andererseits wollte ich mir die Illusion von dem charmanten Galan hinter den kostspieligen Blumenarrangements auch nicht zerstören lassen. Also beschloss ich nur zu gern, Utes Argumentation zu folgen und die Idee mit dem Stalker gleich wieder ins Reich der Denktabus zu verdrängen. Stattdessen kniff ich die Augen zusammen, um mir ein schärferes Bild vom derzeitigen Angebot am See zu verschaffen.

Auch wenn ich nach wie vor keine genaueren Vorstellungen vom möglichen Aussehen meines Blumenkavaliers hatte und insgeheim weiter hoffte, er würde sich noch lange auf das Schicken der Blumen beschränken, weil mir das vollauf genügte, wollte ich Ute das Feld nicht allein überlassen. Ich kannte meine Freundin. Hatte sie sich einmal eine Vorstellung von jemandem gemacht, hielt sie daran fest. Die Statur meines Traumprinzen aber wollte ich selbst bestimmen.

Bald jedoch kam ich zu der Erkenntnis, dass es keine gute Idee war, ausgerechnet auf der Liegewiese eines oberbayerischen Badesees nach dem möglichen Blumenkavalier Ausschau zu halten. Das führte nur zu erschütternden Ergebnissen, weil sich selbst diejenigen an den selten gewordenen heißen Tagen noch in Badeshorts zwängten, die angesichts des unübersehbaren Fasses an der Vorderseite ihres Leibs besser zu einer Bierkutscherschürze gegriffen hätten. Von den drei Herren, die mir in nächster Nähe spontan ins Auge sprangen, gehörten zwei eindeutig in die Kategorie »Ist mir doch wurscht, wie ich aussehe, Hauptsache, ich gefalle mir selbst!«. Auch altersmäßig rangierten sie jenseits meines Interesses. Der Dritte, der sowohl von der Figur als auch vom Alter her passabel gewesen wäre, erwies sich zu meiner Enttäuschung allerdings doch in Begleitung. Mit der langbeinigen, braun gebrannten Dame, die sich zielsicher seiner Decke näherte, würde ich es nicht aufnehmen können – und auch nicht wollen, denn bei genauerem Hinsehen erspähte ich erstaunlich viele Runzeln in ihrem Gesicht und ebenso viele Falten an ihrem Körper.

Einen Lidschlag lang hegte ich den seltsamen Wunsch, Bernd Feldhorst auf einem der Handtücher zu entdecken. Natürlich ohne seine Kunstberatungsehefrau und Geschäftspartnerin. Im nächsten Moment verdrängte ich den Gedanken mit aller Kraft. Womöglich bewies er gewisse Minderwertigkeitskomplexe meinerseits. Bislang ließ schließlich alles, was ich ähnlich nonchalant wie er als berufliche wie private Erfolge auf der Visitenkarte hätte mitteilen können, auf sich warten. Was wollte ich überhaupt von ihm? Schon vor fünfundzwanzig Jahren hatte ich beschlossen, dass er mir einfach zu schön war für ein ernsthaftes Interesse meinerseits.

Von unserer Begegnung hatte ich Ute bislang nichts erzählt, ebenso wenig von der unerwartet großen Chance mit der Vertretungs-Titelstory für *Kunst aktuell*. Noch war Ute jedoch mit anderem beschäftigt.

»Wollen wir hoffen, dein Rosenkavalier hat heute Besseres zu tun, als sich faul am Staffelsee in der Sonne zu räkeln«, beendete sie zu meiner Erleichterung ihre Spurensuche quer über die bunten Handtuchterritorien. »Das hier wünscht man wirklich niemandem als Kavalier, nicht einmal, wenn er dir täglich Rainers gesamte Blumenapotheke zum Geschenk macht oder sämtliche deiner Wege mit Rosen pflastert.«

»Lass uns lieber deine virtuellen Angebote studieren«, schlug ich vor. »Mir scheint, da herrscht derzeit die weitaus bessere Auswahl.«

»Zumindest die größere«, stellte Ute klar, sobald sie ihr Smartphone gezückt und die entsprechende App geöffnet hatte.

»Von wegen durchschnittlich alle elf Minuten verliebt sich heutzutage einer digital.« Ihre gute Urlaubslaune war leider verflogen. Oder lag es an der aufkommenden Müdigkeit? In unserem Alter brauchte man sicher mehr als einen Tag, um den Jetlag zu verarbeiten. Nach einer halben Stunde konzentrierten Begutachtens und Wischens hauptsächlich nach links kapitulierten wir auch vor den dürftigen Angeboten im Netz.

»Du hast eben noch nie zum Durchschnitt gehört«, versuchte ich mich an einem missglückten Trost, wie ich an Utes nach unten hängenden Mundwinkeln erkannte. »Davon abgesehen gibt es sicher auch bei diesen Portalen eine Sommerflaute. Das erklärt das schwache Angebot.«

»Du meinst, selbst schuld, wer zur Haupturlaubszeit auf Partnersuche geht?« Ihre Reaktion bewies, wie gründlich auch dieser

Trostversuch danebengegangen war. »Natürlich, all die spannenden Traummänner sonnen ihre Luxuskörper derzeit in der Karibik oder fahren ihre schnittige Jacht vor Monte Carlo spazieren.«

»Männer dieser Liga suchen ohnehin nicht auf solchen Portalen«, gelang mir der nächste sichere Tritt ins Fettnäpfchen. Hastig bemühte ich mich um Schadensbegrenzung. »Warum setzt du dich eigentlich so unter Druck? Du kommst doch seit Jahren bestens allein klar.«

»Du meinst, eine wie ich kriegt sowieso keinen mehr ab?«

»Bei der beschränkten Auswahl musst du dir mehr Zeit zugestehen«, versuchte ich zu retten, was zu retten war. »Davon abgesehen ist dein derzeitiges Profil einfach zu austauschbar. Versuch es doch mit deinem echten. Du hast nichts zu verbergen, wie du gerade erst in Amerika festgestellt hast. Wer weiß, was aus diesem smarten Frank und dir geworden wäre, wenn ihr euch nicht ausgerechnet als Juristenkollegen bei einem Kongress über den Weg gelaufen wärt? Nach allem, was du auf der Habenseite zu verbuchen hast, bringt dir Ehrlichkeit in jedem Fall die besseren Chancen ein, gerade im Bereich der wirklich interessanten Männer. Die wollen Frauen, die etwas darstellen. Nur schön zu sein langweilt auf Dauer.«

Statt meinen Einwand wie gewohnt abzuschmettern, schien Ute tatsächlich ins Grübeln zu geraten.

»Tja, wer weiß. Frank wäre es vielleicht gewesen, wenn er nicht Jurist und obendrein verheiratet wäre.« Versonnen glitt ihr Blick in weite Ferne. Gerade als ich sie daran erinnern wollte, wie leicht man heutzutage dank moderner Kommunikationsmittel den Atlantik überwindet, klärte sie die Lage. »Amerikaner liegen mir nicht so recht. Außerdem hänge ich einfach zu sehr an München, um für einen Mann in Amerika alles aufzugeben. In Zukunft probiere ich es mit Ehrlichkeit. Mit dem gefakten Profil werden mir sowieso nur geschichtslose Youngster präsentiert. Die wirklich guten Typen wollen wohl auch bei einer Frau eine gute Geschichte und wischen die jungen, aalglatten Models weg.«

»Halt mich auf dem Laufenden«, bat ich, insgeheim erleichtert, dass sie die Sache anscheinend ernst nahm.

»Ab sofort lege ich die ersten Dates grundsätzlich in eine Espressobar«, fuhr sie grinsend fort. »Falls mir mein Gegenüber doch zu borniert oder gesetzt erscheint, bin ich da im Zweifelsfall schnell wieder raus. Und außerdem kann ich leichter abschätzen, ob jemand Lebensart besitzt oder nicht. Wer nach zwölf Uhr noch Cappuccino bestellt, ist gleich weg von der Liste.«

»Und Latte macchiato geht für einen Mann sowieso nicht«, pflichtete ich amüsiert bei.

»Stimmt. Absolut unmännlich, geräuschvoll am Strohhalm zu saugen wie ein Tattergreis im Altenheim an der Schnabeltasse oder mit dem langstieligen Löffel in der aufgeschäumten Milch rumzuquirlen.«

»Absolut indiskutabel«, stellten wir unisono fest, imitierten wie auf Kommando synchron die entsprechenden Gesten, bevor wir uns albern kichernd in die Arme fielen.

Von einigen Badegästen fingen wir uns dafür Kopfschütteln bis missbilligendes Augenbrauenhochziehen hinter den eulenhaften Sonnenbrillen ein, insbesondere von dem Herrn mit der sonnenverdörrten Gespielin zwei Decken weiter.

»Lass uns einen Pakt schließen«, erklärte Ute, nachdem sie sich wieder einigermaßen beruhigt und das Handy in ihre Tasche gestopft hatte.

»Welchen? Niemals wieder auf Männer ohne Benimm hereinzufallen? Da bin ich sofort dabei.« Neugierig musterte ich meine Freundin. »Ganz egal, wie die Sache mit dem mysteriösen Blumenkavalier auch ausgehen mag, ist Detlef ein für alle Mal raus aus dem Spiel, und auch Dirk hat keine Chance mehr.«

»Schade, dabei ist Dirk der erste Öko mit nachhaltigem Stil.«

»Aber zugleich viel zu anstrengend«, erwiderte ich. »Trotz allem Umweltbewusstsein habe ich auch ein Recht auf Lebensfreude, damit ich nicht eingehe wie eine Primel.«

»Davor möge dich für alle Zeiten dein Blumenkavalier bewahren. Jetzt aber mal im Ernst.«

Zur Bekräftigung rückte Ute die Sonnenbrille zurecht. Ich richtete meinen Panamahut geschickter aus, damit die verschwitzten Haarsträhnen nicht allzu leicht darunter sichtbar wurden. Den Zustand meiner Frisur unter der Kopfbedeckung wagte ich mir gar nicht erst auszumalen. Ohnehin gab es gerade Wichtigeres.

»Angesichts der unerwarteten Schwierigkeiten, den passenden Partner für unsere zweite Lebenshälfte zu finden, sollten wir uns eine Frist setzen«, hob Ute an und hatte plötzlich ihre offizielle Juristinnenmiene aufgesetzt, die mich grundsätzlich einschüchterte. Noch mehr aber taten das ihre weiteren Worte. »Wenn wir bis Ende des Jahres keine geeigneten Kandidaten in Aussicht haben, erklären wir uns für unabhängig von der männlichen Hälfte der Menschheit und heiraten uns.«

24

Noch mehr als Utes Vorschlag irritierte mich ihre unerwartet ernste Miene.

»Ist das jetzt ein Antrag?«, hakte ich sicherheitshalber nach. Einen solchen stellte ich mir anders vor. Immerhin hockten wir gerade dürftig mit Bikinis bekleidet auf meiner schmuddeligen Picknickdecke am Badesee. Außerdem lag mir derzeit nichts ferner, als mich von Neuem an jemanden zu binden, und sei es meine beste Freundin, die ich weiter für diese bewährte Rolle eingeplant hatte und nicht als meine neue Lebensabschnittsgefährtin. Unsicher blinzelte ich sie durch die getönten Gläser meiner Sonnenbrille an.

Sie wirkte nicht im Mindesten erstaunt ob meiner Frage, sondern erwiderte in vollem Ernst: »Angesichts meines Einkommens und meiner zu erwartenden Altersversorgung ist das aus deiner Sicht in jedem Fall eine Win-win-Situation.«

Einen Moment schnappte ich nach Luft. Hatte ich es nicht immer gewusst? Die größten Feinde der Frauen waren die Frauen selbst. Warum sonst schlüpften sie bei der erstbesten Gelegenheit sofort in die männliche Perspektive? Natürlich lag es auf der Hand, wem in der Beziehung einer erfolgsverwöhnten Juristin und einer weniger vom Erfolg verwöhnten Geisteswissenschaftlerin welcher Part zustand. Dennoch hakte ich nach: »Und aus deiner?«

Wahrscheinlich sollte ich Ute auch noch dankbar dafür sein, dass sie mir die Antwort schuldig blieb und es stattdessen auf einmal eilig hatte, ins Wasser zu kommen.

Während der restlichen Zeit am Staffelsee wie auch beim abendlichen Besuch im Biergarten und am folgenden, leider verregneten Sonntag mieden wir beide geflissentlich das Thema, vermutlich aus demselben Grund: Es war einfach zu niederschmetternd, dass ich Ute im Falle einer Heirat meinerseits nicht viel mehr zu bieten hatte als meine Vier-Zimmer-Altbauwohnung, die Detlef mir nach der Scheidung mitsamt der bescheidenen Gewinnbeteiligung an der Agentur als »Versorgungsausgleich« überlassen hatte. Selbst meine eventuell demnächst bevorstehende Karriere als feste Freie von *Kunst aktuell* für die Münchner Kunstszene schätzte Ute finanziell nicht sonderlich attraktiv ein, wie sie nach meinem kurzen Bericht über die Vernissage und die von mir verfasste Titelstory offenbarte.

Warum aber wollte sie sich dann überhaupt an mich binden? Beste Freundinnen waren und blieben wir in alle Ewigkeit. War ihre Angst vor drohender Einsamkeit im Alter schon jetzt so verzweifelt, dass sie nach dem dürren Strohhalm einer gesetzlich festgeschriebenen Verbindung mit mir greifen wollte?

»Mach dir nur nicht zu viel Stress«, riet sie mir, nachdem ich meine Tätigkeit bei dem Düsseldorfer Kunstmagazin als den möglichen Beginn weiterer lukrativer Aufträge auch für andere Zeitungen und Zeitschriften skizziert hatte. »Mein Gehalt reicht bequem für uns beide, vor allem, weil wir dank deiner abbezahlten Eigentumswohnung nur noch die laufenden Kosten zahlen müssen.«

Dass sie mir nicht einmal mehr Entwicklungspotenzial für die nähere Zukunft zutraute, enttäuschte mich. Also erzählte ich ihr jetzt auch nichts mehr von der Begegnung mit Bernd. Nicht, dass sie mir am Ende noch vorhielt, dass Männer im Gegensatz zu

Frauen durchaus etwas Gewinnträchtiges mit ihrem Kunstgeschichtsstudium anzufangen wussten.

Als kleiner Vorgeschmack auf unser Dasein als Paar widmete ich mich stattdessen voller Elan der Bewältigung ihrer Wäsche, während sie ganz Karrierefrau ihren Laptop an meinem Schreibtisch installierte und sich den wichtigsten E-Mails widmete. So harmonisch sich das bei unerbittlich gegen die Fensterscheiben trommelnden Regentropfen auch anließ, atmete ich insgeheim dennoch auf, als sie abends um kurz vor acht beschloss, sich nebst frisch gewaschenem und gebügeltem Gepäck von mir in ihre Wohnung chauffieren zu lassen.

Endlich wieder allein in meinen eigenen vier Wänden, fühlte ich mich allerdings auch nicht besser. Zwar versuchte ich mich in diversen Yogaübungen, aber weder Fisch noch Pflug noch Sonnengruß halfen gegen meine innere Unruhe. Ebenso wenig das Schauen meines Lieblingsfilms *Chocolat*, der mich sonst immer binnen Sekunden zwar einerseits zum tiefen Griff in die Schokoladenschublade verleitete, mir aber andererseits stets auch Ausgeglichenheit und innere Ruhe bescherte.

Mehr als ein Mal war ich an diesem Sonntagabend jedoch versucht, angesichts der rapide dahinschmelzenden Schokovorräte *Monsieur Claude und seine Töchter* einzulegen. Der aber würde mich angesichts der Heiratsthematik nur noch weiter aufwühlen. Also entschied ich mich um kurz nach halb elf, trotz Dunkelheit und doch irgendwo im Hinterkopf lauernder Furcht vor dem verkappten Blumenkavalier-Stalker die Regenpause zu einem Spaziergang um den Block zu nutzen.

Was sollte mir schon passieren?, sprach ich mir Mut zu, als ich den riesigen Klinkerkasten des berühmten Männerwohnheims aus den Zwanzigerjahren vis-à-vis der Grundschule passierte und kurz danach an einem nicht weniger monströsen Mietwohnungskasten aus den frühen Dreißigerjahren entlangflanierte. Der *Tat-*

ort im Fernsehen war zu Ende. Ausreichend Hundebesitzer bevölkerten die Straßen. Selbst die üblichen Treffpunkte zwielichtiger Gestalten auf dem baumbewachsenen Gollierplatz verloren angesichts des spätabendlichen Trubels ihre Schrecken. Ein Stalker würde es schwer haben, mir bei dem regen Spaziergängeraufkommen unauffällig zu folgen.

Unbeabsichtigt – oder lenkten mich doch innere Gedanken, die ich mir noch nicht so recht eingestehen wollte? – landete ich wenige Minuten später vor Rainers Blumenladen. Im selben Moment wusste ich, was ich am nächsten Morgen tun würde: Rainer wegen der Identität meines Blumenkavaliers zur Rede stellen. Utes Ultimatum, dem ich nicht sofort eindeutig widersprochen hatte, ließ mir keine andere Wahl. Eine gewiefte Juristin wie sie legte mir mein Schweigen sofort als Zustimmung aus. Angesichts dessen waren Gefühle wie Scham und Blamage Rainer gegenüber überflüssiger Luxus, den ich mir nicht leisten konnte. Ich musste ihn dazu bringen, mir den Namen zu verraten. Wenn es sein musste, gegen ein Abendessen in einem Restaurant seiner Wahl. Was war schon ein Essen mit einem Selbstdarsteller wie ihn gegen die Möglichkeit, der Hochzeit mit Ute zu entgehen?

Mein Blick fiel auf das dunkle Schaufenster. Hatte Rainer vergessen, die Nachtbeleuchtung einzuschalten? Überhaupt wirkte sein Laden irgendwie leer. Ich formte mit den Händen einen Trichter um meine Augenpartie, presste die Nase gegen die Glasscheibe, um trotz der Straßenbeleuchtung in meinem Rücken besser ins Innere der Ladenräume zu sehen.

Außer dem Kassentisch, leeren Blumenvasen und ebenso leeren Regalen war da nichts.

Irritiert trat ich einen Schritt zurück, ließ meine Augen über die gesamte Breite seiner Geschäftsräume gleiten. Dabei erspähte ich ein kleines Schild an der Eingangstür, gleich oberhalb der Hinweise auf die Öffnungszeiten.

Neugierig ging ich näher.

Betriebsurlaub!

Rainer erdreistete sich, seinen Blumenladen bis zum zehnten September zu schließen.

Mir fiel buchstäblich die Kinnlade herunter. Im Widerschein der Straßenlampe auf der Glasscheibe konnte ich mich selbst beobachten.

Mit Rainers vorübergehender Ladenschließung wurde nicht nur meine Geduld auf die Probe gestellt, was die Identität meines heimlichen Rosenkavaliers betraf. Überhaupt war damit für die nächsten drei Wochen jede Aussicht auf neuen Blumenzauber zerstört.

Wie sollte ich das überstehen?

25

Es dauerte nur bis Montagmorgen kurz nach halb zehn, bis ich begriff: Die vorübergehende Schließung von Rainers Blumenladen war nicht nur eine herbe Enttäuschung, was meine künftige florale Versorgung betraf. Sie musste auch als schlechtes Omen verstanden werden.

Schon das Klingeln des Telefons hörte sich unheilvoll an. Wer rief um diese Zeit an? Gerade erst war ich vom Walken zurück, hatte mich beziehungsweise meine diversen Sehnen ausgiebig gedehnt und meine Seele yogatechnisch mit dem Pflug gestreichelt, anschließend die morgendlichen WhatsApps meiner Kinder beantwortet sowie meiner Freundin Ute einen guten Start in den Nach-Urlaubsalltag gewünscht. Bestens gelaunt befand ich mich also auf dem Weg zum Bad und musste kurzerhand zum Telefon auf meinem Schreibtisch im Schlafzimmer umschwenken.

Flüchtig streifte mein Blick den Ablagekorb neben dem Laptop. Obenauf lag noch die dezente Visitenkarte aus feinem Büttenpapier, auf der in Golddruck »*Feldhorst & Feldhorst. Kunstberatung*« prangte. Rief Bernd tatsächlich schon an, um mit mir den locker in Aussicht gestellten Plausch »auf eine Tasse Kaffee« zu vereinbaren? Sicher hatte ich ihm bei der Vernissage mit meinem coolen Understatement-Outfit imponiert. Da kam die unbekannte Frau Feldhorst wohl doch nicht mit. Wahrscheinlich suchte er dringend eine erfahrene Kunstexpertin wie mich. Oder ihm war klar geworden, wie sehr er mich schon seit den mehr als fünfundzwanzig Jahre zurückliegenden Studienzeiten mochte. Voller Verwunderung stellte ich fest, wie gut mir der Gedanke gefiel. Dabei hatte ich bis letzten Donnerstag keinen einzigen müden Gedanken mehr an ihn verschwendet.

Lächelnd säuselte ich »Kramer, hallo« ins Telefon, um im nächsten Moment insgeheim meine eigene Dummheit zu verfluchen. Wie sollte Bernd mich anrufen können? Ich hatte zwar seine Karte mit den Kontaktdaten, von mir aber hatte er nichts.

Als ich stattdessen die näselnde Stimme des Redakteurs von *Kunst aktuell* am anderen Ende der Leitung vernahm, ahnte ich Ungemach. Etwas musste mit dem Start meiner hoffnungsvollen Karriere in der Kunstszene schiefgelaufen sein. Das verhieß bereits sein Ton. Im nächsten Moment wusste ich es: Statt Freitagnachmittag einfach auf »Senden« zu drücken, hätte ich noch einmal einen flüchtigen Blick auf meinen Text werfen sollen. Die zehn Minuten hätte Ute nach dem ganzen Verspätungs- und Gepäckmalheur auch noch überstanden. Mir jedenfalls wären dann bestimmt die von mir im Manuskript mit Rot markierten falsch geschriebenen oder komplett verdrehten Namen, Berufsbezeichnungen und mit dicken Fragezeichen markierten Leerstellen aufgefallen. Locker hätte ich die mit irgendwelchen Floskeln füllen können. Ebenso hätte ich gesehen, dass die Bildunterschriften noch unvollständig waren, wie überhaupt die Vermerke auf die Bildauswahl nebst den entsprechenden Copyright-Hinweisen noch komplett fehlten.

»Das hat nicht einmal mehr Praktikantenniveau«, blaffte der Düsseldorfer Zeitschriftenmensch. »Glücklicherweise steht uns ab morgen der München-Korrespondent einer überregionalen Tageszeitung als Vertretung für unsere bisherige Mitarbeiterin zur Verfügung. Unter diesen Umständen werden wir natürlich auf eine weitere Zusammenarbeit mit Ihnen verzichten. Wir brauchen Profis, die uns Arbeit abnehmen, keine Laien, die uns zusätzlich welche bereiten. Vielen Dank, Frau Kramer.«

So schnell können Träume platzen. Das Letzte, was ich von *Kunst aktuell* vernahm, war das Klicken in der Leitung. Hoffentlich waren sie mit dem Überweisen des Honorars so schnell wie mit dem Entschluss, die jahrelange, wenn auch nicht sonderlich intensive Zusammenarbeit mit mir nach dem ersten Patzer zu beenden. Wahrscheinlich, tröstete ich mich, hatten sie ohnehin von Anfang an versucht, diesen wichtigen »München-Korrespondenten einer überregionalen Tageszeitung« für eine Mitarbeit zu gewinnen und mich nur als Notlösung bei Laune gehalten.

Meine Augen wanderten über den sündhaft teuren Abendoverall, der als Reminiszenz an den einzig Erfolg versprechenden Abend meiner Blitzkarriere vor dem Kleiderschrank hing. Ohne den Auftrag aus Düsseldorf hätte ich mir den nie geleistet. Überhaupt hatte ich schöne Erinnerungen an die unterhaltsame Vernissage letzte Woche, die ich sonst nie hätte besuchen können. Unter anderem hatte ich Bernd wiedergetroffen, wenn auch nur flüchtig. Aber immerhin lang genug, um in die Gunst seiner Visitenkarte zu gelangen. Von den anderen unterhaltsamen Begegnungen mit ähnlich unwichtigen Menschen wie mir ganz zu schweigen. Auf diese Seite der Geschichte sollte ich mich konzentrieren. Die Chance als feste freie Kunstredakteurin war ohnehin vertan, zumindest bei *Kunst aktuell*. Jetzt galt es, das Beste aus dem Trümmerhaufen meiner Existenz als freie Journalistin und Texterin zu retten.

Manche Dinge sind vergänglich, andere bleiben. So wie wohl auch meine Beiträge für *Apotheke Plus*. Zwar rangierten sie intellektuell auf einer deutlich weniger anspruchsvollen Stufe als die für das Kunstmagazin, dafür sicherten sie mir seit einigen Jahren schon sehr zuverlässig einen Großteil meines Einkommens. Ein schwacher Lichtblick, den ich viel zu oft unterschätzte, was ich ab sofort ändern würde.

Ich sah aus dem Fenster. Der Regen vom Vortag war Geschichte, ebenso der morgendliche Frühdunst, der mir eben beim Walken durch den Westpark eine erste, viel zu frühe Ahnung von Herbst beschert hatte. Hinter dem heller werdenden Wolkengebirge schälte sich die Sonne heraus. »Auf Regen folgt Sonnenschein«, hatte schon meine Oma gewusst. Das galt nicht nur fürs Wetter.

Selbstbewusst reckte ich die Nase in die Luft und beschloss, unter die Dusche zu hüpfen, um mir den Schweißgeruch abzuwaschen. Danach würde ich mir wieder meinen Arbeitsplatz auf dem Balkon herrichten und mich mit neuem Schwung auf das spannende Thema »Hitzewallungen in der Stillzeit und im Klimakterium« stürzen. Nur einen kurzen Moment bedauerte ich meine vorschnelle Absage der »nächtlichen Heißhungerattacken« vom letzten Freitag. Das wäre auch ein Stoff ganz aus meiner persönlichen Erfahrungswelt gewesen, aber vielleicht ließe sich das nachher mit einem kurzen Anruf in der Redaktion wieder zurechtbiegen.

Es dauerte nicht lang, und ich begann unter der Brause trotz der schlechten Nachrichten vor mich hin zu summen. Zunächst ganz leise, dann wurde es von allein immer lauter, bis ich letztlich beim Einseifen aus voller Seele, dafür umso falscher »Chain Reaction« durchs dunstverschleierte Schlauchbad schmetterte und im Takt dazu mit den Füßen auf den Wannenboden stampfte.

Erst beim Abfrottieren kam mir in den Sinn, wie fatal es wäre, wenn ich mich jetzt tatsächlich in einer Kettenreaktion befände. Mit Liebe und Sex wie in Diana Ross' Lied hatte das leider gerade gar nichts zu tun. Wohlweislich hatte mein Blumenkavalier nur die unverfänglicheren Zeilen zitiert. Eine Kettenreaktion würde in meinem Fall bedeuten, dass eine schlechte Nachricht nicht allein käme.

Halt!, rief ich mich selbst zur Ordnung. So zu denken hatte ich mir doch abgewöhnen wollen. Die Blumen des großen Unbekannten hatten mir dabei in den letzten Wochen hervorragende Unterstützung gewährt.

Trotzdem sollte ich vielleicht auf Orakel umschulen, wie ich keine fünf Minuten später feststellte. Kaum hatte ich mir nach dem Eincremen ein Handtuch um die nassen Haare geschlungen und mir ein luftiges Sommerkleid übergestreift, klingelte von Neuem das Telefon.

»Im Zuge von internen Umstrukturierungen werden wir in Zukunft keine weiteren Textaufträge mehr außer Haus vergeben«, teilte mir der stets etwas verklemmte Redakteur der Apothekenkundenzeitschrift ähnlich näselnd wie sein Düsseldorfer Kunstkollege mit, ebenfalls ohne sich mit Begrüßungsfloskeln aufzuhalten.

Höflichkeit war offenbar out, erst recht, wenn es um Gespräche mit Freelancern und das Überbringen von Hiobsbotschaften ging. Warum Männer dabei automatisch in diese Art zu reden verfielen? Diese Überlegung blockierte mich derart, dass ich darüber völlig vergaß, nach dem unlängst erst erhaltenen Auftrag zu den Hitzewallungen zu fragen. Ebenso wenig war ich imstande, meiner Empörung angemessen Luft zu verschaffen, wie armselig eine solch formlose Absage einer langgedienten, stets zuverlässigen und zu allen Themen, selbst den absurdesten, bereiten Mitarbeiterin wie mir war.

»Selbstverständlich sehen wir Ihrem Text über die Hitzewallungen noch mit Freude entgegen«, ersparte er mir auch schon das beinahe aus dem Blickfeld geratene Nachhaken. Was für eine Heuchelei! Als ob die *Apotheke Plus*-Leute freudig lächelnd klatschen würden, wenn sie die Mail mit meinem Text erreichte. »Dafür erhalten Sie natürlich noch das bislang übliche Honorar.«

»Was soll das heißen?«, platzte ich heraus, ehe ich mein Gehirn hatte einschalten können.

Ein kluger Schachzug, wie sich sofort herausstellte. Nach einem verlegenen Räuspern fühlte er sich bemüßigt, zuzugeben, dass er erst die halbe Wahrheit gesagt hatte. Tatsächlich bestand »unter Umständen im Einzelfall nach sorgfältigem Abwägen tatsächlich noch die Möglichkeit«, mich auch künftig trotz der besagten Umstrukturierungen mit Textaufträgen zu bedenken.

»Allerdings nicht mehr zu den bislang üblichen Sätzen«, wie er eine Spur zu hastig nachsetzte.

Da also lief der Hase lang. Letztlich wollten sie vor allem die ohnehin schon recht bescheidenen Honorare für Freie noch weiter nach unten drücken.

»Das werde ich mir gegebenenfalls überlegen«, beendete ich nun meinerseits leicht näselnd das Gespräch.

Mein erster Impuls war, das Telefon wütend gegen die Wand zu schleudern, mein zweiter, den teuren, inzwischen gut ausgelüfteten Overall in eine Tasche zu packen und im Geschäft zurückzugeben. Die Ledersohlen der Schuhe sahen eindeutig getragen aus, weshalb sie für eine Retoure nicht mehr infrage kamen. Zumindest für eine ehrliche Haut wie mich. Deshalb verwarf ich die Idee auch gleich wieder, für den einmal getragenen Overall mein Geld zurückzuverlangen. Ohnehin war kaum mehr als eine Dreiviertelstunde vergangen, seit ich beschlossen hatte, mir für alle Fälle die guten Erinnerungen aus der leidigen Affäre mit dem teuren Overall und der verpatzten Kunstgeschichte zu bewahren.

Wieder einmal versank mein Blick in den Blumen auf dem Tisch, die ich einem mir unbekannten, großzügigen Kavalier verdankte. Die Sonnenblumen machten sich im einfallenden Licht noch besser, aber auch das Gelborange der Gerbera und Dahlien war von zauberhaft aufmunternder Wirkung. Und schon spürte ich, wie sich meine Stimmung besserte. Blumen waren wirklich die beste Medizin.

Nach den unerfreulichen Telefonaten mit den beiden näselnden Redakteuren fiel es mir auf einmal schwer, einen Mann hinter den aufbauenden Grüßen zu vermuten. Ob nicht vielleicht doch eine Frau dahintersteckte, die mir nichts anderes als Mut machen wollte, unbeirrt meinen Weg weiterzugehen und mich in meinem Dasein als neuerdings gänzlich alleinstehende Frau und Mutter zweier flügge gewordener Kinder den weiteren Herausforderungen des Lebens zu stellen? Aber wer? Außer Ute fiel mir auf Anhieb kein weibliches Wesen aus meinem Freundes- oder Bekanntenkreis ein, dem ich das zutrauen würde.

Nach dem Vorschlag mit dem Heiraten war ich bei Ute auf alles gefasst. Andererseits kannten wir uns schon zu lang, genauer gesagt seit Kindergartentagen. Längst hatten wir andere Kommunikationsmöglichkeiten gefunden, um uns gegenseitig beizustehen und in den Wirren des Alltags aneinander aufzurichten. Blumengeschenke, noch dazu aus Rainers überteuertem Laden, waren da überflüssig.

Wie aus dem Nichts pfiff ich »Glory Days« vor mich hin und beschloss, das Schreiben meines Beitrags über Hitzewallungen auf den späteren Nachmittag zu verschieben. Stattdessen wollte ich mir auf den Schreck mit den unerquicklichen Telefonaten hin etwas Schönes gönnen. Blumen hatte ich noch, außerdem hatte Rainer die nächsten drei Wochen geschlossen, und etwas anderes als seine hundertprozentig fair angebauten und nachhaltig erzeugten Blumen konnte ich mir schon allein Dirk zuliebe nicht leisten. Für teure Shoppingstreifzüge durch die Stadt fehlte mir nach der Pleite mit meiner nicht einmal richtig begonnenen Kunstredakteurinnenkarriere allerdings das nötige Kleingeld.

Grübelnd streifte ich durch die viel zu leere Wohnung, gönnte mir eine Runde durch Leons einst so muffelige, nun ungewohnt gut durchlüftete Jungshöhle und landete in Monas schon viel zu lang viel zu aufgeräumtem Zimmer.

Wie schnell die aufreibenden Jahre mit den beiden Goldstücken Vergangenheit geworden waren! Was hatte ich mich einst danach gesehnt, endlich aus dem Gröbsten mit ihnen heraus zu sein und statt lästige Mamataxifahrten oder Mamakrankenpflegedienste zu absolvieren, wieder mehr Zeit für mich zu haben. Nun hatte ich viel zu viel Zeit für mich.

Auf einmal musste ich schwer schlucken. Schniefend griff ich nach der Taschentücherbox im Regal. Und erhaschte dabei einen Blick auf die von Mona zurückgelassenen Bücher.

Mona schien die Tochter einer anderen Mutter, zumindest, was ihre Lektürevorlieben betraf. Sie hatte überwiegend bluttriefende oder nervenzerreißende Psychothriller verschlungen. Alles nichts für mich. Aber es brachte mich auf die Idee, was ich mir jetzt gönnen sollte: ein gutes Buch. Das ging immer. Erst recht, seit ich wusste, welch großartige Entdeckung mein Vater mit dem Romanlesen gemacht hatte. Gönnte ich mir da jetzt etwas Anregendes, konnte ich ihm das bei meinem nächsten Besuch als Tipp weitergeben. Doppelte Freude war also garantiert. Letztlich war es sogar dreifache Freude, denn der Gang in die Buchhandlung würde weitreichende Folgen haben. Das aber wusste ich in diesem Moment noch nicht.

26

Fast noch schöner als das Lesen selbst ist die Vorfreude darauf. Und die begann für mich bereits mit dem Betreten meiner Lieblingsbuchhandlung, die sich glücklicherweise nur wenige Gehminuten von meiner Wohnung entfernt befand. Schon der Geruch nach Gedrucktem war für mich eine paradiesische Verheißung, der Blick auf den prominent im Eingangsbereich aufgebauten Tisch mit den Neuerscheinungen der Beginn eines großen Abenteuers, an dessen Ende die schwierige Entscheidung für neuen Lesestoff stand.

Überraschenderweise war ich an diesem Montag trotz schönstem Sommerwetter nicht die Einzige, die gegen Mittag ihren Weg in die Buchhandlung gefunden hatte. Kaum betrat ich den bis unter die Decke gemütlich mit dunklen, gut gefüllten Regalen bestückten Laden, erspähte ich neben zwei aufgeregt miteinander flüsternden Damen in der Krimiecke Svenjas Vater Kai bei den teuren Kunstbüchern. Ganz in die Betrachtung eines Bildbands versunken, lehnte er an einem der mit bunten Kunstpostkarten dekorierten Pfeiler. Die Konzentration auf das Buch stand ihm bestens. Meinen flüchtigen Gruß registrierte er darüber gar nicht. Enttäuscht wandte ich mich dem ausladenden Tisch mit den aktuellen Empfehlungen zu.

Wieder einmal war es ein Sommer des Hellblaus, zumindest war das die vorherrschende Farbe der Buchcover. Ebenso gab es einen Hang, alte Schwarz-Weiß-Fotos in das Hellblau einzubinden. Weiß leuchteten die Buchstaben der Titel darüber hervor. Aus dieser Einheitsgestaltung stieß mir ein Buch ins Auge. Interessiert nahm ich es in die Hand und blätterte es auf. Ein Buch über die Olympischen Spiele 1936.

»Das wird Sie ganz bestimmt interessieren. Schon als ich es geordert habe, musste ich an Sie denken.« Meine Buchhändlerin tauchte neben mir auf und begrüßte mich überschwänglich.

Wir waren in etwa gleich alt, allerdings schien sie mit der nahenden Fünfzig weniger Probleme zu haben als ich, was ihr Hang zu gedeckter, praktischer Kleidung, bequemen, flachen Schuhen sowie der ebenso praktische Kurzhaarschnitt und die schreiend grüne Lesebrille auf der Nase verrieten.

»Olympia ist eigentlich nicht so mein Thema«, erwiderte ich und wollte es weglegen. »Außerdem ist mir gerade mehr nach einem schönen Sommerroman. So etwas wie Elizabeth Strouts *Mit Blick aufs Meer*.«

»Das über die Olympischen Spiele müssen Sie auf alle Fälle lesen«, beharrte sie. »Es ist ganz anders, als Sie denken. Es geht vor allem um die Menschen, die damals in Berlin lebten.«

»Dem kann ich nur zustimmen.« Kai klappte den Bildband zu und schlenderte lässig zu uns herüber. »Ein sehr lesenswertes Buch.«

So laut hatten wir uns doch gar nicht unterhalten? Verwundert, dass er dennoch wohl jedes Wort unseres kurzen Gesprächs verstanden hatte, schaute ich ihn an. Wie schon letztens beim Gemüsehändler trug er auch heute weder einen smarten Anzug noch weißes Businesshemd oder Krawatte und handgenähte Lederschuhe. Stattdessen steckte er in einer ausgewaschenen Jeans, die nur noch eine rudimentäre Ahnung ihres früheren Blautons besaß, was entweder das Resultat tatsächlichen langjährigen Tragens oder kostspieliger Vorbehandlung war. Ein knapper Blick auf das Label bestätigte mir Letzteres. Zu dieser unerhörten Kostbarkeit aus Denim trug er ein hellgrünes Freizeithemd salopp halb über dem Bund hängend und die Manschetten am Unterarm locker aufgeschlagen.

Ob meines bisherigen falschen Eindrucks von ihm musste ich schmunzeln. Angesichts der Häufigkeit, in der er mir in letzter Zeit in legerer Freizeitkleidung begegnete, war wohl eher der Businessanzug die Ausnahme und das hier die Regel. War etwa sein Verlag bankrott, oder hatte er nach Svenjas Weggang in den Ruhestand gewechselt? Gegen Ersteres sprach der teure Bildband in seiner Hand, gegen Letzteres eindeutig sein Alter.

»Bei gleich zwei so überzeugten Empfehlungen sollte ich das wohl wirklich lesen«, gab ich mich eine Spur zu schnell geschlagen, was er mit einem begeisterten Nicken quittierte.

Leider kam er nicht dazu, mir seine Leseeindrücke en détail zu schildern, denn die Ladentür schwang auf, und ausgerechnet Bernd Feldhorst betrat die Buchhandlung. Was für ein Auftritt! Es dauerte nur den Bruchteil einer Sekunde, und sämtliche Frauen starrten den Mann mit der Pierce-Brosnan-Ausstrahlung an, mich selbst eingeschlossen, dabei kannte ich das doch schon aus Unizeiten. Aus dem Augenwinkel beobachtete ich, wie Kai sich als der einzig männliche Konkurrent abwandte und wieder in dem Bildband blätterte. Ein Königreich für seine Gedanken! Im nächsten Moment schämte ich mich dafür, wie simpel wir Frauen gestrickt sind. Dabei warfen wir genau das so gern den Männern vor.

Bernd war die Reaktion auf sein Erscheinen offenkundig gewohnt. Mit geübtem Blick scannte er die gesamte Ladeneinrichtung nebst anwesender Personen, bevor er sich lächelnd mir zuwandte.

»Marlene, was für ein Zufall! Wohnst du auch hier?«

»Schon lange. Und du?«

»Seit einer knappen Woche. Hast du Zeit für einen Kaffee?«

Wer hätte gedacht, wie schnell er die inhaltsleere Floskel, mit der er mich auf der Vernissage vor vier Tagen abgespeist hatte, allen Ernstes mit Leben füllte. Am wenigsten ich. Für eine Antwort ließ er mir ohnehin keine Zeit. Schon nahm er mir das Olympia-Buch aus der Hand, erkundigte sich eher rhetorisch »Darf ich das übernehmen?« und ging zur Kasse. Sichtlich verwirrt rechnete meine Buchhändlerin mit ihm ab.

»Danke«, brachte ich heiser heraus, als er mir das Buch zurückgab, und folgte ihm erschreckend duldsam aus der Buchhandlung.

Erst als wir uns wenig später im *Café Marais* gegenübersaßen, fand ich zu meiner distanzierten Haltung ihm gegenüber zurück und stellte lapidar fest: »Wolltest du eben nicht eigentlich ein Buch für dich kaufen?«

»Stattdessen sitze ich jetzt hier mit dir. Das ist ein noch viel größeres Vergnügen«, erwiderte er galant und lehnte sich auf dem Stuhl zurück, um die langen Beine übereinanderzuschlagen.

Das *Marais* befindet sich in einem weitgehend noch original eingerichteten Ladenlokal aus dem frühen zwanzigsten Jahrhundert an einer Straßenecke. Passenderweise saßen wir etwas erhöht in einem der größeren Schaufenster. Genau die richtige Bühne für Bernd, wie die Reaktionen insbesondere von weiblichen Passanten und Gästen vor und hinter den Scheiben bewiesen.

»Ich brauche deine Hilfe«, kam er nach einigen weiteren, äußerst geistreichen Bemerkungen wie »Da trifft man sich viele Jahre nicht und dann gleich zweimal innerhalb von wenigen Tagen« oder »Du hast dich wirklich nicht verändert« bis hin zu »Kaum zu glauben, dass wir derselbe Jahrgang sind« zum Punkt.

»Das hört sich vielversprechend an«, bekannte ich und orderte übermütig ein Stück Zwetschgendatschi mit Sahne zur zweiten Holunderschorle. Endlich steuerte die Unterhaltung in die richtige Richtung. »Was kann ich für dich tun?«

»Kennst du zufällig eine arbeitslose Kunsthistorikerin, die sich ein paar Euro dazuverdienen will? Ich suche jemanden für meinen Newsletter und diverse Pressetexte.«

»Nimm mich«, platzte ich eine Spur zu hastig heraus, um mich im nächsten Moment maßlos zu ärgern. Billiger und verzweifelter hätte ich mich nicht anpreisen können. Und das ausgerechnet bei Bernd!

Der aber hob nicht einmal den Blick, so beschäftigt war er mit der Milchhaube seines Cappuccinos.

»Ich bin zwar nicht arbeitslos, aber derzeit habe ich noch Kapazitäten frei«, beeilte ich mich klarzustellen.

Überrascht sah er jetzt doch von seiner Tasse auf, in die er eine gefühlte Viertelstunde lang einen völlig überhäuften Löffel Zucker eingerührt hatte.

Zu meinem Verdruss spürte ich verräterische Hitze in meinen Wangen aufsteigen. »Worum geht es denn genau bei deinem Newsletter und diesen Texten?«, setzte ich so ruhig wie möglich nach, um mir einen einigermaßen glaubwürdigen Anstrich von Professionalität zurückzuerobern, und schlug nun ebenfalls lässig die Beine übereinander. Zugleich fächelte ich mir mit der Getränkekarte Luft zu.

»Das ist keine große Sache, reine Info an unsere Kunden sowie einige Texte, die einer unserer festen Mitarbeiter für die Pressearbeit verwenden kann. Das hat bislang meine Frau übernommen, aber derzeit hat sie keine Kapazitäten dafür frei.«

Er nippte an seinem Cappuccino. Gebannt beobachtete ich, ob es ihm gelang, den obligatorischen Milchschaumbart an der Oberlippe zu vermeiden. Natürlich. Er war ja ein Mann von Welt – und ein Bernd Feldhorst noch dazu. Dem gelang alles, selbst das perfekte Cappuccinotrinken. Wie gut, dass ich mich mit einer Saftschorle zufriedengegeben hatte, sonst hätte ich da ein weiteres Feld, um mich gründlich vor ihm zu blamieren.

»Das hört sich an, als wolltest du mir unbedingt abraten, mit dir zusammenzuarbeiten.« Trotz aufsteigender Panik, weil ich gerade erst einen schwachen Funken Licht im dunklen Tunnel meiner beruflichen Existenz hatte aufblitzen sehen, der schneller verschwand, als ein Luftzug ihn hatte auspusten können, versuchte ich, amüsiert zu klingen. »Bei meinem Hauptauftraggeber herrscht derzeit Sommerflaute, deshalb wäre es wirklich gut für mich machbar. Nur zu gern helfe ich dir kurzfristig aus der Verlegenheit, schon um der alten Zeiten willen.«

Für dieses neuerliche peinliche Anbiedern hasste ich mich im selben Moment bereits wieder unsäglich. Bernd quittierte es mit einem Grinsen über den Rand seiner Kaffeetasse hinweg.

»Warum nicht? Einen Versuch wäre es wert.« Flüchtig sah er auf die Uhr, ein goldumrandetes Vintagemodell aus den Sixties, natürlich aus der Manufaktur von Glashütte. Unbezahlbar. Im Gegensatz zu mir hatte Bernd immer schon genau gewusst, was er sich wert war.

»Leider muss ich schon wieder. Komm doch morgen um elf zu mir ins Büro. Die Adresse hast du ja schon. Wenn du magst, kannst du dann auch gleich loslegen.«

Flugs winkte er der Bedienung und zückte seinen Geldbeutel, aus dem unzählige Plastikkarten verschiedenster Provenienz herausschauten.

»Alles zusammen«, erklärte er und zahlte mit einem Zwanziger. »Passt schon.«

Schmunzelnd schob er sich das Portemonnaie in die Gesäßtasche, was ihm ein leichtes Verbeugen in meine Richtung abverlangte. Unwillkürlich sog ich den Duft seines Aftershaves ein. Es roch verdammt gut.

27

Zum Glück konnte ich mich den restlichen Tag mit den Auswüchsen der Hitzewallungen für *Apotheke Plus* ablenken, sonst hätte ich wahrscheinlich die nächste Dummheit begangen und wäre wieder in die Stadt gefahren, um mir für den Termin in Bernds Büro am folgenden Tag noch ein passendes Outfit zu besorgen. Grob konnte ich mir ausmalen, welche Garderobe in einer Kunstberatung, die ihren Sitz in der Pacellistraße unweit der Nobelherberge *Bayerischer Hof* und so manch anderer nach viel Kleingeld verlangender Geschäfte und Institutionen hatte, üblich war. Fürs Erste musste ich Geld verdienen, nicht zum Fenster rauswerfen.

So beharrlich ich mich bei Bernd ins Gespräch gebracht hatte, so aufgeregt war ich, was mich bei seiner Kunstberatung wohl erwarten würde. Vielleicht war es doch keine so gute Idee gewesen, mich selbst ins Spiel zu bringen? Jetzt war es zu spät, das Angebot zurückzuziehen. Das Honorar konnte ich wahrlich gebrauchen. Außerdem wäre es höchst unprofessionell, einen Rückzieher zu machen. Dafür hatte ich mich viel zu forsch angepriesen. Also widmete ich mich nach Beendigung des spannenden Artikels über Hitzewallungen ausführlichst der Website von *Feldhorst & Feldhorst* und checkte noch einige andere Kunstberatungen zwecks Konkurrenzbeobachtung.

Letztlich wurde überall mit Wasser gekocht. Was auf den ersten Blick einschüchternd großartig klang, erwies sich bei genauerem Hinsehen als sympathisch normal. Sie alle sahen ihren Zweck darin, Unternehmen, Kanzleien, Arztpraxen sowie Privatkunden zu beraten, welche Kunst sie an ihren Wänden oder in ihren Räumen zeigen sollten. Hauptsächlich ging es um moderne, zeitgenössische Kunst, die natürlich nicht unbedingt gefallen musste, sondern vor allem zum Image der Firmen, Anwälte oder auch Sammler passen sollte. Ganz so deutlich stand das natürlich nicht auf den Seiten der Kunstberatungen, aber letztlich ging es klar daraus hervor.

Nach dem Anklicken von fünf Kunstberatungen nebst ihren Kunden-Newslettern traute ich mir ganz vermessen zu, der Herausforderung gewachsen zu sein und Bernds Kunden fachmännisch über die Kunstszene im Allgemeinen und seine Kunstberatung im Besonderen auf dem Laufenden zu halten, die geldigen Privaten ebenso wie die honorigen Kanzleien, feinen Arztpraxen und die großen Unternehmen.

Seine Referenzliste las sich zwar wie das Who is who der Stadt, der Vergleich mit der direkten Konkurrenz bewies jedoch schnell, dass das bei allen so war. Jeder, der einmal auf seinen Rat hin ein Kunstwerk gekauft oder geliehen hatte, war namentlich aufgeführt. Lediglich *Lutter, Helmbrecht & Partner* am Isartor vermisste ich. Das aber ließe sich ändern. Gute Kontakte waren in der Branche Gold wert.

Für die stand vermutlich vor allem Bernds Frau Annette, die das zweite »Feldhorst« im Firmennamen lieferte. Auf dem Foto unter der Rubrik »Team« wirkte sie sympathisch unprätentiös. Jura hatte sie laut ihrer Kurzvita studiert, wie meine beste Freundin Ute, und war wohl über Bernd in die Kunst gerutscht. Mehr gab die Homepage nicht von ihr preis. Das ermutigte mich, ihrer Rolle in der Kunstberatung keine große Bedeutung beizumessen, zumal sie laut Bernd derzeit auch als Texterin ausfiel. Seine Personalentscheidungen schien er jedenfalls allein zu treffen.

Ich klappte den Laptop zu und widmete mich zum krönenden Abschluss des doch noch gut zu Ende gegangenen Tages der Pflege meiner Sonnenblumen. Vergnügt summte ich dabei »Chain Reaction« vor mich hin, bevor ich mit »I am what I am« und »Glory Days« noch einige Runden durch die Wohnung tanzte. Es hatte gelegentlich doch etwas Gutes, allein zu wohnen.

In meine mauvefarbene Errungenschaft vom Flughafen gewandet, fühlte ich mich am folgenden Tag um kurz nach elf bestens gewappnet, die Räume in dem Fünfzigerjahre-Bürogebäude der Maxburg vis-à-vis dem Kunstgewerbeverein zu betreten, in dem sich *Feldhorst & Feldhorst* befand.

Allein die Adresse in bester Innenstadtlage und fußläufig zur Maximilianstraße verriet bereits, dass Bernd es geschafft hatte. Männer mit Köpfchen und gutem Aussehen konnten eben sogar aus ihrem Kunstgeschichtsstudium etwas machen, während wir Frauen uns dummerweise mit der erfolgreichen Jagd auf den Juristen oder BWLer zufriedengegeben hatten. Was frau langfristig davon hatte, konnte man zwanzig Jahre später sicher nicht nur an meinem Beispiel sehen. Immerhin hatte ich es wenigstens zu einer Vier-Zimmer-Eigentumswohnung in einem aufstrebenden Stadtviertel als Altersversorgung gebracht. Und zu zwei wunderbaren Kindern.

Zu meiner Überraschung ging es bei *Feldhorst & Feldhorst* trotz heller, lichtdurchfluteter, betont spärlich eingerichteter Räume mit glänzendem Fischgrätparkett und bodentiefer Fensterfront zur Straße weitaus weniger anstrengend zu als befürchtet. Die Wandflächen zierten natürlich großformatige Gemälde, dazwischen standen betont locker diverse Plastiken und Installationen. Als Seele des Ganzen entpuppte sich jedoch eine leicht übergewichtige Mittfünfzigerin mit viel zu grellem Permanent-Make-up, falschen Fingernägeln und dicker, pinkfarbener Eulenbrille auf der Nase. Sie thronte gleich neben dem Eingang an einem erschreckend aufgeräumten Plexiglasschreibtisch.

Kaum hatte ich meinen Namen ausgesprochen, strahlte sie mich an, als wäre ich der Weihnachtsmann persönlich.

»Herzlich willkommen! Bernd kommt leider erst am Nachmittag, aber das soll uns nicht hindern, dich schon mal mit allem vertraut zu machen. Ich bin übrigens Sabine. Wenn's dir recht ist, sage ich gleich du. Das ist bei uns so üblich.«

Ich kam gar nicht dazu, mich über Bernds Abwesenheit zu ärgern, wenn ich es auch stilvoller gefunden hätte, von ihm persönlich in Empfang genommen zu werden. Mit ihrer Herzlichkeit verstand es Sabine, sein Fehlen voll und ganz wettzumachen. Auf Anhieb fühlte ich mich in ihrer Gegenwart wohl.

»Bei uns so üblich« war es in jedem Fall, sich ganz natürlich zu geben. Mein schlichtes Sommerkleid passte bestens dazu, wie ich beim flüchtigen Blick auf die aus dem benachbarten Raum herbeieilenden Mitarbeiter beruhigt feststellte. Sie waren beide in meiner Altersklasse und ebenfalls studierte Kunsthistoriker. Die Frau mit der dunkelblonden Pferdeschwanzfrisur und dem unaufgeregten dunkelgrünen Wickelkleid stellte sich als Astrid vor, ihr Kollege in dunkler Jeans, schwarzem Hemd und schwarzer Nerdbrille als Horst. Sie arbeiteten als Projekt- und Kundenberater, wie sie mir erklärten. Die etwa zwanzigjährige Praktikantin Ramona hüpfte dagegen in frechen, braunen Ledershorts und sehr offenherzigem gelbem Spaghettihängerchen herum, das ihre Tattoos an den durchtrainierten Oberarmen wie auch im Nacken bestens zur Geltung brachte. Das Auffälligste war ihre grün gefärbte Punkfrisur. Die stellte sogar ihr glitzerndes Nasenpiercing in den Schatten.

Überrascht, dass es so etwas wie sie in ihrer Altersgruppe überhaupt noch gab und erst recht als Praktikantin in einer Münchner – und eben nicht Berliner! – Kunstberatung, starrte ich sie wohl einen Tick zu lange an. Frech grinste sie zurück, wobei ein glitzerndes Piercing am linken oberen Schneidezahn sichtbar wurde, und streckte mir die Hand entgegen. »Schön, dass du bei uns anfängst. Du kannst bei mir am Schreibtisch sitzen.«

Bis Bernd am späten Nachmittag eintraf, war ich nicht nur längst in den Genuss von Horsts Pastakochkünsten gekommen, mit denen er einmal in der Woche seine Kolleginnen verwöhnte, sondern hatte auch einen ersten Überblick über die aktuellen Projekte der Beratung und die wichtigsten Neuigkeiten der Szene erhalten. Es würde ein Kinderspiel sein, daraus einen interessanten Newsletter zu gestalten sowie den einen oder anderen Pressetext, zumal ausreichend interessantes Bildmaterial vorhanden war.

Meine Einarbeitung verlief so ungezwungen, dass ich Bernds Auftauchen fast schon bedauerte. Gleich auf Anhieb spürte ich, in seiner Gegenwart niemals so locker sein zu können wie ohne ihn. Zum Glück residierte er zumindest an diesem Tag hinter geschlossenen Türen und machte keine Anstalten, mich unter vier Augen sprechen zu wollen.

»Was ist eigentlich mit dem oder der zweiten Feldhorst?«, erkundigte ich mich möglichst beiläufig, als Ramona ihren Platz schon geräumt und Sabine noch einmal kurz auf einen letzten Schnack zu mir hereingeschneit kam.

»Du meinst Annette?« Umständlich rückte Sabine sich den Stuhl am zweiten Schreibtisch mir gegenüber zurecht. Nachdem sie mich eine Weile aufmerksam gemustert hatte, erzählte sie: »Die ist seit einigen Wochen in New York und San Francisco unterwegs, um neue Kontakte in der Kunstszene zu knüpfen.«

»Das klingt, als wäre sie längerfristig weg. Schickt sie regelmäßig Infos für den Newsletter? Direkte Kontakte zur jungen Szene an der Westküste machen sich gut bei den Kunden. Da drüben tut sich derzeit einiges.«

»Du kennst Bernd seit dem Studium?«, wich Sabine meiner Frage so offenkundig aus, dass ich gleich wusste, was ich von Annettes Trip in die Staaten halten durfte. Dahinter steckten wohl vor allem Kontakte zu einem bestimmten Künstler oder zumindest die Absicht, den Kontakt zu Bernd und dem gemeinsamen Münchner Büro vorübergehend ruhen zu lassen.

»Bernd und ich sind uns in den letzten Jahren immer wieder über den Weg gelaufen, zuletzt gestern in meiner Lieblingsbuchhandlung.« So knapp wie möglich skizzierte ich Sabine die Geschichte von Bernds und meiner lockeren Bekanntschaft seit mehr als einem halben Leben.

»Die Entscheidung über deine Mitarbeit ist wohl längst gefallen«, kam er um kurz nach halb sechs zu mir. »Sabine hat mir bereits erklärt, dass du genau diejenige bist, auf die wir gewartet haben, und auch Astrid und Horst waren voll des Lobes. Jetzt hoffe ich, du hast dich von den lockeren Zuständen bei uns nicht abschrecken lassen und bist ebenfalls bereit, es bei uns zu versuchen. Zumindest so lange, bis dich deine anderen Auftraggeber wieder mehr fordern.«

»Abgemacht«, erwiderte ich nur, weil mir genau genommen nichts Besseres einfiel. Mit jedem weiteren Wort hätte ich zu offensichtlich meine Erleichterung bewiesen, damit vorerst wenigstens wieder eine einigermaßen feste Einnahmequelle zu haben. Der Hang der Kundschaft zu Gemälden und Objekten renommierter, möglichst internationaler Künstler wirkte sich zudem auf angenehmste Weise auf die Bezahlung von Bernds Mitarbeitern aus. Dementsprechend fiel mein Honorar weit höher aus, als ich in meinen kühnsten Träumen erwartet hatte. Derart großzügig hatte ich Bernd nicht in Erinnerung.

»Dann also bis morgen früh um zehn, wenn dir das recht ist.«

Das klang nach einem freundlichen Rausschmiss. Offenbar hatte Bernd noch etwas vor. Zu meiner Überraschung waren wir beide ohnehin die Letzten im Büro. In Windeseile hatten sich die anderen schon vor mehr als einer halben Stunde verdrückt, um trotz nahender Deadline für ein Großprojekt bei einer Unternehmensberatung das sommerliche Wetter zu nutzen. Bernd schien sich nicht daran zu stören, überhaupt wirkte er ebenso relaxed wie seine Mitarbeiter. Nichts deutete darauf hin, dass er seine Frau in irgendeiner Weise vermisste.

»Das Kleid steht dir übrigens gut«, sagte er noch augenzwinkernd, als er dicht hinter mir die Tür abschloss. Leider konnte ich sein Gesicht nicht sehen, weil er sich zu eilig abwandte und über den Kopf nach hinten winkend in Richtung Lenbachplatz davonlief, als müsste er über die Strecke einen neuen Rekord aufstellen. Ich folgte ihm in einem weitaus gemesseneren Schritt, was vor allem der Tatsache geschuldet war, dass der Keilabsatz meiner Wedges ungewohnt hoch war und deshalb damenhafte Schritte von mir verlangte.

Das schenkte mir Zeit, um die vielen neuen Eindrücke und – zugegeben – vor allem Bernds unerwartetes Kompliment zum Abschied zu verdauen. Als ich die U-Bahn-Station am Stachus erreichte, war ich mir allerdings schon nicht mehr so sicher, ob er das mit dem Kleid wirklich so gemeint oder nicht einfach nur der Höflichkeit halber gesagt hatte. Sei's drum, beschloss ich. Der Tag war viel zu gut verlaufen und der Sommerabend zu lauschig, um sich mit solchen Grübeleien aufzuhalten.

28

Auch ein blindes Huhn wie du findet mal ein Korn«, kommentierte Ute eine knappe Stunde später meinen Bericht über meinen neuen Job und schenkte meinem mauvefarbenen Sommerkleid einen neidischen Blick. Ich hatte lediglich die Wedges an den Füßen mit bequemen flachen Zehentrennern getauscht.

»Auf dein neues Dasein als Klatschsammlerin der Kunstszene.«

Grinsend hob Ute ihren Bierkrug. Nur zu gern stieß ich mit ihr an. Sollte sie ruhig lästern. Sich mit den Ehestreitigkeiten und Familienfehden ihrer Mandanten zu beschäftigen war nicht viel besser, zumal es dabei häufig um übelsten Klatsch und Tratsch ging, der in wahren Rosenkriegen und dem Enterben der eigenen Kinder gipfelte. Dagegen war der Tratsch aus der internationalen Kunstszene harmlos.

Ute und ich saßen uns im Biergarten gegenüber, weil wir wie so ziemlich alle anderen in der Stadt Gebliebenen unbedingt den unerwartet lauschigen Sommerabend nutzen wollten.

Zum Glück hatten wir noch jeweils eine Portion Leberkäse mit Kartoffelsalat zu unserem Radler ergattert. Anscheinend kam es zusehends aus der Mode, seine eigene Brotzeit mitzubringen, was früher einmal den Charme der Biergärten ausgemacht hatte. Unter den missgünstigen bis empörten Blicken unserer

Banknachbarn, die essenstechnisch leer ausgegangen waren, verspeisten wir das karge Mahl ähnlich andächtig, als handelte es sich um ein Gericht aus der Sterneküche, dabei schwamm der Kartoffelsalat in der Essigtunke, und der Leberkäse schien aus Altbeständen des letzten Sommers zu stammen. Wenigstens war das Bier kühl und erfrischend. Und das, was Ute und ich uns kaum zwei Tage nach ihrem seltsamen Heiratsantrag zu erzählen hatten, sowieso.

»Das Greenhorn hat in der Kanzlei inzwischen übrigens eine saubere Bruchlandung hingelegt«, begann Ute die Schilderung ihrer jüngsten Erlebnisse aus der Kanzlei mit unverkennbarer Schadenfreude, die nach wenigen Sätzen, in denen es um einen haushoch verlorenen Prozess und ein falsch kalkuliertes Angebot der Schadensregulierung ging, in der hämischen Schlussfolgerung gipfelte: »Das haben die klugen Herren von *Lutter, Helmbrecht & Partner* davon, wenn sie mehr auf die persönliche Lebenssituation und das Geschlecht denn auf die fachliche Eignung der neuen Partner achten. Wer beim morgendlichen Rasieren noch mehr als ein halbes Dutzend Pickel aufkratzt, sollte eben nicht zu früh mit Verantwortung konfrontiert werden. Dazu sind die Schultern eindeutig noch zu schmal und das Rückgrat zu weich, denn natürlich hat der hoffnungslos überschätzte Youngster auch gleich versucht, die Schuld auf einen anderen abzuschieben. Absolut dilettantisch, wenn du mich fragst. Aber das Schärfste kommt natürlich noch.«

»Er nimmt eine mehrmonatige Elternzeit für das dritte Kind?«, warf ich ein und hing meiner Freundin gespannt an den Lippen. An Tagen wie diesen, an denen selbst ich Erfolgserlebnisse zu verbuchen hatte, genoss ich den Tratsch aus der ehrwürdigen Kanzlei am Isartor, noch dazu, wenn meiner besten Freundin damit die überfällige Genugtuung widerfuhr.

»Das kommt bestimmt noch. So einer wie der steht natürlich

unter dem Pantoffel seiner Liebsten, die trotz Kinder- und Putzfrau schon mit den ersten beiden Kindern völlig überfordert war, aber heutzutage müssen sich solche Schnepfen ja fortpflanzen wie die Karnickel. Die leisten sich Kinder und einen SUV wie andere früher ihren Porsche und die diamantbesetzte Blondine auf dem Beifahrersitz.«

Utes Grinsen wurde geradezu triumphal. Eine vermutlich zweimonatige Elternzeit des Weicheis von Kollegen war eindeutig viel zu wenig, um Ursache dafür zu sein.

»Sag schon«, drängte ich, zumal mein Radler leer war und ich Nachschub holen wollte, solange die Schlange am Ausschank so kurz war wie gerade jetzt.

»Natürlich hat man mich gebeten, die Kohlen aus dem Feuer zu holen und die Geschichte geradezubiegen.«

»Was du natürlich abgelehnt hast.«

»Was ich natürlich tun werde, schon allein, um sowohl dem hochnäsigen Greenhorn wie auch den alten Säcken von Partnern zu beweisen, dass ich von Anfang an die bessere Wahl für den Job gewesen wäre. Und für den Einstieg in die Kanzlei sowieso.«

»Den sie dir dann aber bestimmt doch wieder nicht anbieten werden.« Manchmal verstand ich nicht, wie naiv Ute trotz jahrzehntelanger Erfahrung als Juristin und Karrierefrau noch war. »Und wenn, solltest du genug Stolz aufbringen, es abzulehnen. Sie hatten ihre Chance. Jetzt bist du diejenige, die sich bitten lässt.«

»Wir werden sehen«, wich sie mir aus und zückte ihr Smartphone. »Was sagst du übrigens zu dem hier?«

»Du hast ein Match? Gratuliere!« Froh, weil damit zumindest die Chance bestand, dass sich Utes fixe Idee mit der Hochzeit Ende des Jahres erledigte, beugte ich mich vor. Den Hinweis, dass sich damit meine Theorie, mit ihrem echten Profil hätte sie die besseren Chancen, gleich von selbst bewahrheitete, verkniff ich mir. Dank der tief stehenden Sonne, die ihre letzten Strahlen genau auf Utes Handyscreen warf, sah ich ohnehin kaum mehr als die groben Umrisse eines mit hoher Wahrscheinlichkeit männlichen Wesens jüngeren Jahrgangs und mit sportlicher Figur. Den Rest fantasierte ich mir dazu. Utes Suchkriterien kannte ich schließlich inzwischen aus dem Effeff.

»Schaun mer mal«, gab sich Ute im nächsten Moment wieder erstaunlich zugeknöpft. »Wir treffen uns morgen Mittag um halb zwei auf einen Espresso in der *Kulisse* im Schauspielhaus. Da hab ich notfalls immer die Ausrede, schnell wieder ins Büro zu müssen. Und falls er hält, was sein Profil verspricht, können wir uns auf abends verabreden, sodass mir genug Zeit bleibt, mich entsprechend vorzubereiten.«

»Halt mich unbedingt auf dem Laufenden.«

Erst als ich mich kurz darauf vor der leider doch wieder länger gewordenen Schlange am Bierausschank einreihte, fiel mir auf, dass Ute und ich zwar schon fast zwei Stunden zusammensaßen, bislang aber noch kein Wort über meinen Blumenkavalier verloren hatten. Nicht einmal Rainers Betriebsurlaub hatte ich erwähnt, der mir vor zwei Tagen noch als schlechtes Omen erschienen war, geschweige denn meine Blamage bei *Kunst aktuell*.

Die zumindest hatte sich bestens wettmachen lassen, wie man an meinem neuen Job bei Bernd sah. Wenn ich Glück hatte, blieb es bis zum September also nur bei einer betriebsurlaubsbedingten Blumenpause als einzige schlechte Nachricht. Die konnte ich verkraften. Meine Lektion mit der »So tun als ob«-Philosophie hatte ich inzwischen verinnerlicht. Schon das Summen der in den Karten zitierten Lieder reichte, um mir gute Laune zu verschaffen und mich wieder voller Zuversicht in die Zukunft blicken zu lassen.

»Marlene?«, hörte ich eine männliche Stimme dicht hinter mir fragen.

War das möglich, oder suchten mich jetzt schon am helllichten Abend mitten vor der Schanktheke eines herkömmlichen Biergartens Halluzinationen heim?

Verdutzt fuhr ich herum und sah tatsächlich in Bernds Gesicht. Er stand so nah, dass mir seine grünen Augen, die dank einiger willkürlicher brauner Sprenkel besonders lustig wirkten, sofort auffielen. Ebenso fiel mir auch der goldene Siegelring an seinem linken kleinen Finger auf, den er gerade mitsamt der Hand lässig in den Taschen seiner Hose verschwinden lassen wollte. Der war mir in den letzten Tagen glatt entgangen. Dabei war er ein deutlich sichtbares Zeichen seines auch sonst sehr sichtbaren Erfolgs. Unwillkürlich richtete ich mich gerade auf und stellte mein rechtes Bein leicht vor, was mir, wie ich dank Trainings vor dem heimischen Spiegel wusste, ein überraschend vorteilhaftes Aussehen verschaffte.

»So ein Zufall«, war allerdings passenderweise das Klügste, was ich zunächst zu erwidern wusste, bevor ich ähnlich gescheit nachsetzte: »Die Welt ist wirklich ein Dorf. Da haben wir uns jahrelang nicht mehr gesehen, und jetzt laufen wir uns nahezu stündlich über den Weg.«

»Wenn man neuerdings nur wenige Straßen auseinander wohnt, ist das wohl kaum überraschend.« Sein Lächeln wurde ähnlich breit, wie man das von Pierce Brosnan aus fiesen Rollen wie dem »Schneider von Panama« kannte. Zeitgleich sah ich ihn herrlich verrückt mit Meryl Streep über eine winzige griechische Insel tanzen und Abba-Songs schmettern.

Was hatte er gerade gesagt? Ihn jetzt zu treffen wäre kein Zufall gewesen? Mamma mia! Gegen solche Sprüche war ich doch eigentlich seit Jahren immun, noch dazu, wo ich neuerdings für ihn arbeitete. Wahrscheinlich hatte ich das Radler eben zu schnell getrunken und zu wenig dazu gegessen. Zusammen mit der ungewohnten Sommerwärme und dem anstrengenden Tag in

Bernds – jawohl Bernds! – Kunstberatung war das alles eindeutig zu viel.

Während ich eifrig versuchte, meine immer wilder werdenden Fantasien zu zügeln, beeilte Bernd sich, meine beiden Radler zu bezahlen. Selbstverständlich übernahm er es, seinen sowie Utes und meinen Krug an unseren viel zu eng besetzten Tisch zu tragen. Mir wurde blümerant. Was hatte er vor? Morgen musste ich ihm doch in der Pacellistraße wieder unverfänglich gegenübertreten. Ich brauchte den Job und vor allem das Geld!

»Ute kennst du sicher noch«, sparte ich mir die Vorstellung, als unsere direkten Banknachbarn, ein übergewichtiges Pärchen in schweißgetränkten Schlabber-T-Shirts mit pseudolustigen Sprüchen wie »Mein Bauch gehört mir« und »Eins geht immer noch« empört schnaufend einige Zentimeter beiseiterutschten, damit Bernd und ich uns Ute gegenübersetzen konnten.

Weil ich nicht zu dicht an ihn heranrücken wollte, stärkte ich die nächste halbe Stunde notgedrungen die Oberschenkelmuskulatur meines rechten Beins, um die in der Luft schwebende dazugehörige Hälfte meines Gesäßes auszubalancieren. Ein äußerst schmerzhaftes Unterfangen, einzig dem Prinzip geschuldet, niemals etwas mit dem Chef anzufangen, eine Gefahr, der ich als jahrzehntelange Freiberuflerin nie wirklich ausgesetzt gewesen war.

»Du hast mir also nachspioniert?«, griff ich seine Andeutung von vorhin betont neckend auf, nachdem wir miteinander angestoßen hatten und ich Utes eindeutige Verstimmung ob des unerwarteten Neuzugangs an unserem Tisch mit einem besänftigenden Handzeichen quittiert hatte. »In unserer Abmachung zu unserer Zusammenarbeit ist bislang nicht von gemeinsamen Freizeitaktivitäten die Rede.«

»Du stalkst deine früheren Kommilitoninnen nicht zufällig mit teuren Blumensträußen?« Nun doch interessiert, musterte Ute Bernd. Sie hatte ihn noch nie sonderlich gemocht, was auf

Gegenseitigkeit beruhte. Vergeblich versuchte ich, sie unter dem Tisch gegen das Schienbein zu treten, um sie darauf hinzuweisen, wie unangebracht ich die Bemerkung fand. Angesichts meiner schwierigen Sitzweise ein akrobatisches Abenteuer. Kein Wunder, dass es gründlich danebenging. Ich erwischte das eiserne Tischbein. Eine schmerzhafte Erfahrung.

Bernd badete unterdessen genüsslich in der Verwirrung, die er mit seinem Auftauchen gestiftet hatte. Selbst die Dicke am Tisch schräg gegenüber in dem für ihre Körbchengröße viel zu knappen Spaghettiträgerhemdchen mit den viel zu blonden Locken schenkte ihm ihre volle Bewunderung und Ute und mir vernichtende Blicke. In dem schwarzen Hemd und der lässigen schwarzen Chino mit den sonnengebräunten nackten Füßen in schwarzen Wildleder-Mokassins sah Bernd verteufelt gut aus, was sein schwarz-grau meliertes Haar und das kantige Gesicht, in dem das freche Lausbubengrinsen Dauererscheinung war, noch unterstrichen. Vermutlich würde er niemals einer Frau mit ihrem Body-Mass-Index mehr als höfliche Beachtung schenken. Eine These, die er gleich mit einem verboten charmanten Augenaufschlag in ihre Richtung zunichtemachte. Am liebsten hätte ich ihn erbost in die Seite geboxt. Leider fehlte mir der Platz, um gegen ihn auszuholen.

»Im Büro hatten wir heute kaum Zeit füreinander«, konzentrierte er sich zu meiner Freude endlich ganz auf mich. Ich bemühte mich, den Ehering an seiner Rechten zu ignorieren und im Geist das zweite Feldhorst von seiner Visitenkarte zu streichen. Annette war weit weg und nach Sabines Anspielungen derzeit ohnehin mehr an dem Knüpfen außerehelicher Kontakte als an der Vertiefung ehelicher Gefühle interessiert.

»Du warst derart in deine Einarbeitung vertieft, dass ich dich keinesfalls stören wollte«, fuhr Bernd fort. »Es freut mich, wenn dir der Newsletter und unsere sonstigen Pressetexte interessant genug erscheinen, um dich damit künftig etwa zwei Wochen im

Monat zu befassen. Ich hatte schon meine Bedenken, nachdem ich weiß, für wen du sonst so tätig bist. Übrigens ist der Textchef von *Kunst aktuell* ein guter Freund von mir.«

Ich hielt die Luft an. Bernd war also dick mit dem Düsseldorfer Schnösel. Das änderte die Situation schlagartig. Bestimmt hatte der ihm brühwarm von meinem peinlichen Patzer mit der Titelstory berichtet. Der Rest dessen, was Bernd noch erzählte, drang nur mehr durch einen dicken Wattebausch in mein Ohr.

»Hast du dir gut überlegt, ob du die Arbeit bei Bernd zeitlich gut unterbringst?«, riss Ute mich aus meinen Grübeleien. »Es klingt sehr aufwendig, was da alles zu tun ist, und du hast ja noch andere Auftraggeber. Dein Tag hat nur vierundzwanzig Stunden, genau wie bei allen anderen. Mehr als Ranklotzen geht nicht, auch nicht als Freiberuflerin, die natürlich keine festen Arbeitszeiten kennt.«

Verschwörerisch zwinkerte sie mir zu und lächelte dann unschuldig in Bernds Richtung. »Als Anwältin kann ich euch sowieso nur raten, die genauen Details eurer Zusammenarbeit schriftlich zu fixieren, selbst wenn ihr nur auf Honorarbasis miteinander arbeitet. Ich erspare euch den Hinweis, wie oft gerade aus falsch verstandener Freundschaft üble Streitigkeiten entstehen.«

Als wir uns zwei weitere Radler, eine Riesenbrezen und einen scharfen Radi später auf dem Heimweg befanden, wunderte ich mich Ute gegenüber laut, dass sie Bernd trotz ihrer vielfältigen Warnungen nicht vergrätzt hatte.

»Gib zu, du kannst ihn immer noch nicht ausstehen«, schloss ich meine Litanei der Vorwürfe an sie. »Deshalb passt es dir nicht, dass ich jetzt für ihn arbeite.«

»Mir passt nicht, wie er vor dir seinen falschen Remington-Steele-Charme ausspielt. Früher wusstest du genau, warum du besser auf Distanz zu ihm bleibst.«

»Früher musste ich mir auch noch nicht mühsam meinen Lebensunterhalt mit tausenderlei Jobs verdienen. Nach der Pleite mit dem Kunstmagazin und dem Zurückrudern der Apothekenkundenzeitschrift bin ich dankbar, Bernd im richtigen Moment getroffen zu haben.«

»Stopp!«, rief meine beste Freundin und packte mich am Oberarm. »Irgendwie fehlen mir da gerade zwei, drei Kapitel aus deinem aktuellen Roman, dabei habe ich doch nur Radler getrunken. Also, raus mit der Sprache: Was heißt hier Pleite mit *Kunst aktuell* und Zurückrudern von *Apotheke Plus?*«

Wie hatte ich das vergessen können? In puncto bisheriger Jobs war sie tatsächlich nicht auf dem neuesten Stand. So knapp und so harmlos wie möglich fasste ich für sie zusammen, was sich bei meinen bisherigen Hauptauftraggebern ergeben hatte.

»Zum Glück ist Bernd mit seinem Angebot rechtzeitig auf der Bildfläche erschienen«, war alles, was Ute dazu zu sagen hatte.

Schweigend gingen wir zwei Straßenecken lang nebeneinanderher. Am Zebrastreifen bei der Kreuzung zu meiner Straße stellte sich Ute in den Lichtschein der orangen Straßenleuchte. Einige degenerierte Falter und Fliegen in Monsterformat umflatterten unsere Gesichter, angelockt von dem süßen Atem, den wir dank der Zitronenlimo im Radler ausstießen. Verächtlich schlug ich sie weg.

»Du musst dir viel stärker deines Marktwerts bewusst sein«, ermahnte Ute mich, »nicht nur privat, sondern auch beruflich. Gerade, weil Bernd mit der Tour kam, dass er den Typen von *Kunst aktuell* kennt und sich wahrscheinlich einbildet, dir jetzt mit seinem Angebot einen riesengroßen Gefallen zu tun, ist es wichtig, dass du die Bedingungen klar benennst, unter denen du bereit bist, für ihn zu arbeiten. Du hast es nicht nötig, dich zu billig zu verkaufen, erst recht nicht an den Pierce-Brosnan-Verschnitt aus verflossenen Studienzeiten. Auf Almosen bist du nicht angewiesen.«

»Natürlich hast du recht«, gab ich gerührt zu. Wieder einmal war ich ihr dankbar, wie sehr sie sich für mich einsetzte. Das qualifizierte sie eindeutig für die im Raum stehende Heirat.

»Trotzdem keine Sorge«, betonte ich dennoch meine Eigenständigkeit und streckte mich ein wenig, um mit ihr auf Augenhöhe zu sein. »Ich habe das alles im Griff und kann abschätzen, wann eine Zusammenarbeit keinen Sinn macht.«

»Wie man bei dem Kunstmagazin gerade bestens sehen konnte«, platzte sie unbarmherzig heraus.

»Shit happens«, erwiderte ich nur und winkte einem heranbrausenden Taxi. Ute musste noch nach Hause kommen. Ihr Auto sollte allerdings besser stehen bleiben. Vier Radler waren eine schlechte Grundlage zum Fahren, selbst in einer mondhellen Sommernacht und selbst wenn sie im Zweifelsfall die beste Anwältin der Welt war.

Mit quietschenden Reifen kam der beige Mercedes direkt vor unseren Füßen zu stehen. Galant öffnete ich Ute die hintere Tür.

»Wenn ich eins in den letzten Wochen gelernt habe, dann ist es, wieder stärker darauf zu vertrauen, dass alles gut wird. Man muss nur mehr Geduld haben. Bis dahin tue ich gern einfach schon mal so, als ob alles längst bestens wäre, und wie man sieht, funktioniert das glänzend. Binnen eines Tages habe ich einen neuen Job und damit meine drängendsten Probleme gelöst.«

»Ein sehr optimistischer Ansatz.« Utes Blick verriet Skepsis. »Hat dir das dein Blumenkavalier verklickert?«

»Nur indirekt. Aber schaden tut's jedenfalls nicht. Die gute Laune, die ich dank der Blumen habe, kann ich in vollen Zügen genießen. Wenn's hinterher dann mal nicht mehr ganz so rosig aussehen sollte, habe ich wenigstens das gehabt.«

»Oh, ich sehe schon, Fontane lässt grüßen. Oder war es Goethe? Ach, egal. Hauptsache, du hast deine Freude, ganz gleich, ob die kleine für zwischendrin oder die ganz große für später.«

29

Utes Misstrauen Bernd gegenüber entpuppte sich als gegenstandslos. Schon am nächsten Tag klärten wir in einem fairen, professionellen Gespräch die Eckpunkte unserer Kooperation. Sabine fertigte darüber ein Protokoll an, das wir beide unterschrieben.

Die Vorbereitung meines ersten Newsletters für *Feldhorst & Feldhorst* nahm mich derart in Anspruch, dass ich fortan von früh um neun bis weit nach achtzehn Uhr in den Räumen in der Pacellistraße verweilte und danach meist völlig erschöpft aufs heimische Sofa sank. Vielleicht nahm ich es mit meiner Einarbeitung zu genau, aber natürlich informierte ich mich gründlichst über alle erwähnten Künstler und ihre Werke sowie über die Projekte, in deren Rahmen sie bei *Feldhorst & Feldhorst* in Erscheinung traten. Es gelang mir gerade noch, einige Seiten im Olympia-Buch zu lesen, bevor ich während der Fernsehnachrichten einschlief. Meine sportlichen Aktivitäten beschränkten sich auf einige Dehnübungen und mein tägliches Entspannen mit dem Pflug rücklings auf dem schmalen Wohnzimmerteppich.

Mona wurde in ihren WhatsApps immer muffiger, weil ich ihr beschämend wortkarg Beistand für die bevorstehenden Klausuren und den latenten Ärger mit ihrem Freund spendete, dabei legte sie sonst doch so viel Wert auf ihre Selbstständigkeit. Leon dagegen genoss es offensichtlich, dass wir nur mehr kurz miteinander skypten. Dabei blieb zu meiner Erleichterung nie Gelegenheit, Carola halbnackt durchs Bild huschen zu sehen. Langsam wurden wir wohl alle drei erwachsen und nabelten uns voneinander ab, ein Vorgang, den Detlef mir nie zugetraut hatte.

Trotz der vielen Arbeit empfand ich die Atmosphäre in der Kunstberatung als derart wohltuend, dass ich darüber sogar das endgültige Verwelken der Sonnenblumen und Gerbera aus dem letzten Blumenstrauß meines heimlichen Verehrers mit Humor ertrug. Selbst, dass wegen Rainers Urlaubs vorerst kein blühender Nachschub in Aussicht stand, stürzte mich nicht in eine Krise.

»Spendiert euch Bernd Drogen, oder was geht da bei der Arbeit in der Kunstberatung genau ab?«, fragte Ute mich leicht gereizt, als wir nach einigen Tagen endlich einmal wieder ausführlicher miteinander telefonierten. Ihr Match in der Espressobar war also eine herbe Enttäuschung gewesen, sonst wäre sie besser drauf, vermutete ich sofort.

»Ich wusste gar nicht, wie quälend lang selbst Espressotrinken sein kann, zumindest in der falschen Gesellschaft«, lautete ihr knappes Resümee auf meine Nachfrage. »Mr. dreimal dA – durchschnittliches Aussehen, durchschnittliches Auftreten, durchschnittliche Ausstrahlung – war einfach nur sterbenslangweilig.«

»So viel also zum Thema ehrliche Profile«, konnte ich mir als Kommentar nicht verkneifen und dachte an ihre noch nicht lange zurückliegende eigene Unaufrichtigkeit.

»Zum Glück haben andere Mütter auch noch Söhne«, erwiderte sie und verzichtete bis auf Weiteres wohlweislich darauf, mich über neue Dates oder Matches auf dem Laufenden zu halten. Angesichts meiner eigenen Zufriedenheit vermisste ich das nicht einmal.

So verstrich der August. Einige Male waren die Abende tatsächlich noch lauschig genug, um sie im *Café Vorhölzer* hoch über den Dächern der Maxvorstadt oder auf der Terrasse des *Ella* am Lenbachhaus mit direktem Blick auf die Propyläen am Königsplatz zu verbringen, wohin mich Bernd gern einlud.

»Lass uns gemeinsam einen Sundowner genießen«, pflegte er vorzuschlagen, nachdem wir meist die Letzten aus der Crew seiner Kunstberatung waren, die die geschmackvollen Räumlichkeiten in der Pacellistraße verließen. Gern nahm ich das an, verstand er es doch, mir in den zwei, drei Stunden, die wir uns bei kühlen Cocktails und leichten Speisen gegenübersaßen, amüsante Einblicke in die nationale und internationale Kunstszene zu geben. Sogar seinen Freund, den Textchef von *Kunst aktuell,* nahm er auf die Schippe, allerdings verkniff ich mir allzu lautes und schadenfrohes Lachen, denn mittlerweile hatte der mich überraschend für eine kleinere Geschichte angefragt. Wahrscheinlich war der »München-Korrespondent einer überregionalen Tageszeitung« als Ersatz für die langjährige Mitarbeiterin auf Dauer doch zu teuer. Oder ich war für ihn wieder interessant geworden, weil sein Freund Bernd erwähnt hatte, dass ich jetzt für ihn textete. Mir war es einerlei. Hauptsache, ich profitierte in Form von weiteren Aufträgen davon.

Meine Zurückhaltung beim Lästern über den Düsseldorfer Kollegen fiel Bernd nicht auf. Wie die meisten Männer berauschte er sich daran, bei der Erklärung der Welt im Allgemeinen und im Besonderen das große Wort zu führen. So hatten wir eine vor allem in seinen Augen geistreiche Unterhaltung, zu der ich nichts weiter beisteuern musste als ein gelegentliches »was du nicht sagst«, »sehr interessant« oder »sehe ich genauso«.

Auch wenn er seine in den USA weilende Frau nicht erwähnte, benötigte ich kein Psychologiestudium, um zu merken, wie sehr ihn ihre Abwesenheit insgeheim schmerzte. Logisch, dass er seinen Angestellten in der Kunstberatung gegenüber Abgeklärtheit demonstrierte. Die Ehegeschichten ihrer Chefs gingen sie nichts an. Bei mir als »alter« Studienkollegin aber ließ er die Maske fallen. So schnell, wie er die Hugos und Aperol Spritz hinunterkippte, war offensichtlich, dass er sich vor der Heimkehr in die leere Wohnung fürchtete. Das konnte ich ihm nachfühlen. So lange war ich einem ähnlichen Zustand nicht entwachsen, nur dass mir das Geld und die Gesellschaft gefehlt hatten, ihn auf die gleiche Art zu bekämpfen wie er.

Ob Bernd vor seiner Annette auch so große Reden geschwungen hatte wie jetzt vor mir? Nach dem wenigen, was ich in der Pacellistraße über sie gehört hatte, vermutete ich das eher nicht. Umso mehr genoss er es, bei mir damit Eindruck zu schinden. Zwar fehlten ihm nach wie vor der Witz und die Selbstironie eines Remington Steele beziehungsweise Pierce Brosnan, aber spätestens nach dem zweiten oder dritten Aperitif und einem grandiosen Sonnenuntergang über den Dächern der Stadt im Hintergrund imponierten mir seine silbergrau gewordenen Schläfen und die lustigen Punkte in den Pupillen derart, dass ich auf altbackene Leinwandhelden pfiff. Gegen einen leibhaftigen Kavalier vor meiner Nase sah selbst George Clooney alt aus. Vom nach wie vor nicht identifizierten Blumenkavalier ganz zu schweigen. Wahrscheinlich würde der ohnehin nie aus der Deckung kommen oder ganz andere Absichten verfolgen als Bernd in solchen Momenten.

»Warum haben wir uns nur immer wieder aus den Augen verloren?«, säuselte er eines Abends alkoholschwer, als er mir mal wieder im *Ella* das Herz ausschüttete, und tastete über den Tisch nach meinen Händen.

»Wir treffen uns doch immer genau im richtigen Moment wieder«, wisperte ich zurück und neigte mich zu ihm vor, bis sich unsere Nasenspitzen fast berührten.

Erst als wenige Minuten später das Taxi, in dem wir knutschend wie Teenager auf der Rückbank saßen, Rainers immer noch in Betriebsurlaub befindlichen Blumenladen passierte, kam ich zur Besinnung. Benommen befreite ich mich aus Bernds Klammergriff und sah in die im Dunkeln zum Spiegel gewordene Scheibe des Seitenfensters.

Was tat ich hier gerade? War ich tatsächlich im Begriff, Bernd abzuschleppen? Und das, nachdem ich ihm früher im Studium eisern wie Maggie Thatcher bei sämtlichen Flirt- und Annäherungsversuchen widerstanden hatte? Gemocht hatte ich ihn zwar immer, aber mehr war da nie gewesen. Und würde auch nie sein. Dafür war mir Bernd einfach zu schön und auf seine Art zu erfolgreich und zielstrebig. Noch dazu, da ich ahnte, dass er in Wahrheit seiner Annette nachweinte und ihr bei erstbester Gelegenheit wieder zu Füßen liegen würde.

So tief konnte ich nicht gesunken sein, dass ich nun, da wir eine Geschäftsbeziehung miteinander hatten, meine sämtlichen Prinzipien in die Wüste schickte und mich als Gelegenheitsersatz für die entlaufene Ehefrau anbiederte. Dabei konnte nicht einmal ich einfach so tun, als ginge das in Ordnung. Wie pflegte Ute mir zu raten? »Du musst dir viel stärker deines Marktwerts bewusst sein, nicht nur privat, sondern auch beruflich.« Beruflich hatte ich das gerade ganz gut hingekriegt, jetzt sollte ich das auch privat tun. Und zwar sofort.

Als der Wagen vor meiner Haustür hielt, schob ich Bernd energisch von mir, bezahlte die Taxe und nannte dem Fahrer seine Adresse.

»Was hast du?« Fast schon panisch schnappte Bernd nach meinem Handgelenk, um mich am Aussteigen zu hindern. »Warte! Ich komm mit.«

»Kommst du nicht«, erwiderte ich, löste seine Finger einzeln von meinem Arm und hauchte ihm rasch einen Kuss auf die Wange. »Wir sehen uns morgen früh.«

Zum Glück tauchte er am nächsten Tag erst gegen Mittag im Büro auf. Natürlich absolut nüchtern und frisch wie aus dem Ei gepellt. Anmerken ließ er sich nichts von seiner nächtlichen Rührseligkeit, nicht einmal, als wir eine gute Stunde lang mutterseelenallein in seinem Büro an dem schicken Glasschreibtisch nebeneinander vor dem Bildschirm kauerten und Fotos für den Newsletter über das neueste Projekt in einer Steuerkanzlei auswählten. Überhaupt gab es die nächsten Tage mehr als genug zu tun, weshalb wir beide unausgesprochen auf weitere gemeinsame Sundowner verzichteten.

Erleichtert setzte ich am ersten Septemberfreitag den Schlusspunkt unter den letzten Beitrag für den Newsletter und druckte ihn noch einmal aus, um ihn zu Hause übers bevorstehende Wochenende Korrektur zu lesen. Damit war meine Zeit in Bernds Kunstberatung fürs Erste vorbei. Die Freigabe würde ich Sabine Montag telefonisch erteilen, damit sie den Newsletter per Knopfdruck an den Kundenverteiler verschickte.

»Deinen ersten Newsletter für *Feldhorst & Feldhorst* müssen wir gebührend feiern«, frohlockte Bernd und stand mit einer Flasche Prosecco und Sektflöten in der offenen Tür.

Ich musste ihn erschrocken angesehen haben, denn sofort fügte er hinzu: »Astrid und Horst sind zum Anstoßen auch noch da, und danach darfst du gleich von hier verschwinden. Vom Chefsitting bist du die nächsten beiden Wochen befreit.«

»Ich darf also wiederkommen? Wie schön!« Das sollte so unbefangen wie möglich klingen. Insgeheim hatte ich nämlich befürchtet, meine Abfuhr letztens hätte ihn stärker gekränkt, als er zugeben wollte. Bernds Eitelkeit war mir noch aus Studienzeiten gut im Gedächtnis.

»Sofern du mich gelegentlich doch noch mal auf ein Bier oder einen Absacker begleitest.«

»Kommt ganz auf die Location und den Umfang deiner Einladung an.«

»Du warst schon immer anspruchsvoll.«

»Noch nicht halb so viel wie du, sonst hätte ich es wohl längst zu einer eigenen Kunstberatung gebracht.«

Als ich mich eine Anstandshalbestunde später auf dem Heimweg in der U-Bahn befand, schloss ich für einige Sekunden die Augen. Wie aus dem Nichts schwebten die Blumensträuße der letzten Wochen an mir vorbei – Rosen, Sonnenblumen, Margeriten, Gerbera und Phlox, dazu die farblich abgestimmten Karten mit den Songtexten. Gleich hatte ich die Melodien dazu im Ohr und unterdrückte den Impuls, sie laut vor mich hin zu summen und loszutanzen. Dafür war der Rushhour-gefüllte U-Bahn-Waggon wahrlich nicht geschaffen.

Wie gut, dass der Zauber der Blumen nachwirkte, auch wenn sie selbst längst verblüht waren. Bevor ich über Bernds aufdringliches Werben nachgrübelte, malte ich mir lieber aus, wie angenehm ich mit dem Honorar die nächsten vierzehn Tage bestreiten würde. Und ich tat einfach so, als hätte es sich auch der *Kunst aktuell*-Fritze tatsächlich anders überlegt und würde mir weitere Aufträge erteilen. Auf Bernds Kunstberatung wäre ich dann nicht mehr allzu sehr angewiesen. Und auf seine Gunst erst recht nicht.

30

Vermisst du Leon jetzt doch so sehr?«, erkundigte Kai sich, als ich ihn kurz vor Geschäftsschluss beim Wochenendeinkauf im Käseladen traf. Eine offensichtliche Anspielung auf unsere Begegnung beim Gemüsehändler wenige Tage nach dem Abflug unserer Kinder.

Wie genau er sich daran noch erinnerte! Ein gutes Zeichen oder vielmehr fast schon ein Kompliment. Dass er mich gerade bei der Order nach vier daumendicken Scheiben Ziegenkäse, die tatsächlich der beste Beweis für ein mögliches Frustessen darstellen konnten, ertappte, überspielte ich lieber. »Keine Sorge. Ich habe nicht vor, das am Wochenende alles allein in mich hineinzustopfen«, knüpfte ich an seinen scherzhaften Ton an und packte den in Wachspapier eingeschlagenen Käse in meinen Einkaufskorb. »Dazu gibt's sowieso nur Rucolasalat und Cocktailtomaten.«

»Das klingt köstlich.« Kai nickte mir aufmunternd zu. »Wie wäre es als zweiten Gang mit einem feinen Rindersteak und Rosmarinkartoffeln? Das hat beides nur wenige Kalorien und spendet ausreichend Kraft, die Einsamkeit gut zu überstehen. Zu zweit würden wir das gut schaffen.«

War das jetzt eine Einladung? Womöglich zu ihm nach Hause? Erst Bernds Verführungsversuche und jetzt Kais vorsichtiges Herantasten. Das wurde ja immer besser! Da fristete ich nach dem

Auszug meines Gatten jahrelang das sprichwörtliche Mauerblümchendasein, und kaum tauchte ein heimlicher Verehrer auf, der mir überteuerte Blumen- und rätselhafte Liedtextgrüße schickte, standen auch schon die weniger heimlichen Verehrer Schlange! Ute würde vor Neid platzen. Analog funktionierte wohl immer noch besser als digital, vor allem, wenn man wie ich gerade nichts weniger suchte als eine neue Beziehung. Eine Sekunde lang schnappte ich nach Luft.

»Das klingt sehr verlockend, aber leider muss ich passen. Bei mir hat sich Besuch angekündigt.«

Im Stillen verfluchte ich Ute und ihr Bedürfnis, ihre selbst verschuldete Einsamkeit das ganze Wochenende über bei mir zu bejammern, bevor sie sich spätestens Montag wieder in absurde Dates in irgendwelchen Espresso- oder sonstigen Bars stürzte. Viel lieber hätte ich jetzt aus reiner Neugier Kais Einladung angenommen. Aber Absagen konnte ich Ute keinesfalls.

»Also wird das doch kein einsames Wochenende?«

»Sieht nicht so aus.«

Einen Atemzug lang hatte ich den Eindruck, er wäre enttäuscht. Sicher erinnerte er sich an Bernds Auftauchen in der Buchhandlung letztens und wie schnell ich ihm gefolgt war. Noch ehe ich Kai darüber aufklären konnte, dass es sich bei dem Besuch ganz harmlos um meine beste Freundin handelte, wechselte er bereits das Thema. »Wie hat dir eigentlich das Olympia-Buch gefallen? Ist doch sehr erhellend gewesen, oder? Heutzutage verliert niemand mehr ein Wort darüber, dass der olympische Fackellauf eine Erfindung der Nazis ist, wie überhaupt dieses ganze Bohei um das Entzünden des Feuers und das Einschwören der Weltjugend erstmals 1936 stattfand.«

Letztlich waren wir wohl beide froh, damit unverfänglicheres Terrain zu betreten, und tauschten uns noch über einige Aspekte des Buches aus

»Das war wirklich ein guter Tipp«, beendete ich die Unterhaltung, als wir längst wieder auf der Straße standen.

»Gern geschehen. Dann vielleicht bis zum nächsten Mal, entweder beim Esseneinkaufen oder beim Bücheraussuchen.«

Kurz winkte er mir zu, bevor er sich umdrehte und langsam gen Westen verschwand, wo zwischen den Fluchten der Mietskasernen im trutzigen Dreißigerjahre-Stil die Sonne so verführerisch rotgolden unterging, als befänden wir uns nicht mitten in der Großstadt, sondern irgendwo am Meer.

31

Zum ersten Mal bedauerte ich es tatsächlich, das komplette Wochenende mit Ute zu verbringen. Absagen aber war unmöglich. Die beste Freundin aller Zeiten näherte sich gerade in besorgniserregendem Tempo einer waschechten Midlife-Crisis. Ausgeschlossen, sie ausgerechnet jetzt im Stich zu lassen.

»Vielleicht nehme ich mir am Wochenende doch wieder die Bekanntschaftsannoncen in der *Süddeutschen* vor«, hatte sie nach einem vermutlich abermals enttäuschenden Match vor zwei Tagen erklärt, woraufhin bei mir sofort die Alarmlampen aufgeleuchtet waren.

»Lass uns Samstag zusammen im *Luitpold* frühstücken, da sehen wir die besten Kandidaten gleich in natura«, hatte ich eilig vorgeschlagen und insgeheim bereits eine Dankeskerze in Altötting entzündet, weil sie sofort einverstanden gewesen war.

»Eine gute Idee! Danach können wir uns die Architekturausstellung in der Pinakothek der Moderne anschauen und abends was kochen.«

Natürlich in meiner Küche, wie ich ihren Vorschlägen im Stillen hinzufügte, denn Ute hasste es, ihre schicke Designerküche zum Kochen zu benutzen. Die Edelstahloberfläche von Arbeitsplatte und Spüle war viel zu empfindlich, wie auch der Hightech-Induktionsherd ihrer Ansicht nach nicht den Anforderungen des Erhitzens von Speisen gewachsen war. Wozu er dann da war, wagte ich nicht zu fragen. Meinen simplen Gasherd kannte ich seit über zwanzig Jahren und wusste, dass er dem Anbraten des mit Honig beträufelten Ziegenkäses locker gewachsen sein würde. Beim Hauptgang folgte ich Kais Anregung und erstand im Biomarkt neben einem Kilo Kartoffeln zwei sündhaft teure, aber sehr gut aussehende Rinderfilets, deren Anbraten sich in meiner jahrzehntealten, unpraktisch eingerichteten Küche ebenfalls gut bewerkstelligen ließ. »Am Essen sollte man nie sparen«, hatte mir Oma Gerda beigebracht. »Was einmal drin ist im Bauch, ist drin und sollte deshalb beste Qualität besitzen.« In diesem Sinn stand dem gemeinsamen Wochenendfreizeitprogramm nichts entgegen.

Wie verabredet, fanden wir uns Samstagmorgen pünktlich um zehn auf der von riesigen, bunten Blumenkübeln umzingelten Terrasse des *Luitpold* ein. Ebenso pünktlich war die Sonne unter der frühmorgendlichen Wolkendecke hervorgeklettert und verwöhnte uns mit einem strahlend blauen Altweibersommerhimmel. Guten Gewissens schob ich mir die Sonnenbrille mit den großen Eulengläsern auf die Nase und war sicher, bis zum Mittag ein Dutzend neue Sommersprossen auf dem Nasenrücken begrüßen zu dürfen.

Wir hatten Glück und erwischten einen der kleinen roten Tische in direkter Nachbarschaft zu dem zauberhaften Blumenladen im Luitpoldblock, sodass uns der Lärm der auf der Briennerstraße vorbeizischenden Autos nicht weiter störte. Außerdem war der Tisch am Rand geschickt, um die übrigen Gäste auf der Sonnenterrasse gut im Blick zu behalten.

»Am besten schreiten wir gleich zur Tat«, kam ich direkt nach Aufgabe unserer Frühstücksbestellung bei dem herrlich altmodischen, wenn auch eine Spur zu hektischen Ober zur Sache und faltete ostentativ die *Süddeutsche* vor mir auseinander. Ute schien sich an meiner zielstrebigen Vorgehensweise nicht im Geringsten zu stören und widmete sich ihrem eigenen Zeitungsexemplar.

Ungeduldig blätterte ich bis zur Seite mit den Heirats- und Bekanntschaftsanzeigen vor. Oder vielmehr bis zu dem, was davon übrig geblieben war. Die ehemals mindestens doppelseitige Rubrik war auf eine Zweidrittelseite geschrumpft. Außerdem suchte ich die Baroninnen und Gräfinnen von und zu vergeblich, die früher mittels ihres eigenen Fotos, auf dem sie mit hochtoupiertem Haar und der obligatorischen Perlenkette zu bewundern gewesen waren, für ihre vornehmen Vermittlungsinstitute warben. Was war da los? Begab sich alle Welt ähnlich wie Ute nur noch digital auf die Pirsch nach dem Partner fürs Leben? Bang überflog ich die ersten Anzeigen, während der Ober Kaffee, Orangensaft und Croissants servierte.

Nach dem ersten Schluck Milchkaffee stand fest: Heiraten war komplett aus der Mode, zumindest auf diesem Weg und interessanterweise vor allem für Männer. Lediglich zwei Herren erhofften sich in kargen Zeilen, via Zeitungsannonce das Glück ihres Lebens zu machen. Bei Bekanntschaften waren es erfreulicherweise zwar weitaus mehr, allerdings lagen auch hier eindeutig die suchenden Damen vorn.

Blind griff ich nach dem Glas mit frisch gepresstem Orangensaft und trank die ersten Schlucke. Dabei überflogen meine Augen ungeduldig die Spalten, bis sich bittere Enttäuschung in mir auszubreiten drohte. Hatten es die Herren der Schöpfung nicht mehr nötig oder fühlten sie sich computertechnisch dem zarten Geschlecht derart haushoch überlegen, dass sie bei der Partnerinnensuche nicht mehr auf das gute, alte Printmedium vertrauten? Wie aber wollten sie je die digitalen Analphabetinnen im World Wide Web aufstöbern, wenn die einen weitaus schwächeren Hang zum virtuellen Date verspürten? Suchten da die Geschlechter am Ende nicht haarscharf aneinander vorbei?

Bei genauerem Hinsehen wurde mir zudem klar, dass der Altersdurchschnitt der suchenden Herrschaften beiderlei Geschlechts überproportional hoch lag. »Die Achtzig liegen hinter mir« verkündete ein Adam ganz stolz, während ein anderer »eine blutjunge Frau ab fünfunddreißig« suchte. Wer das für blutjung hielt, hatte selbst mindestens die siebzig überschritten.

Auch bei den Damen setzte sich der Trend zur Kukident-Generation munter fort: Eine »flotte Endsiebzigerin« war da ebenso auf der Suche nach dem Märchenprinzen wie eine »reise- und unternehmungslustige ü-65-Jährige« und der »Spätsommertraum«, der sich im Folgenden als »charmante Lady siebzig plus« definierte. Das ließ alle unter fünfzig alt aussehen, noch dazu, wenn sie sich wenig originell als »schlank, attraktiv, sportlich«, »lebendig«, »bodenständig« oder schlichtweg als »nett« beschrieben. Die »wirklich sehr attraktive Vorzeigefrau«, die ihr Alter mit neununddreißig angab, würde sich vor Zuschriften wohl kaum mehr retten können. Sie war die Einzige, die altersmäßig den Suchanfragen auf der männlichen Seite entsprach. Was aber erhofften sich die vielen weitaus älteren Frauen, die ebenfalls auf Partnersuche gingen, von der ehrlichen Altersangabe in ihren Annoncen? Meldete sich tatsächlich jemand bei der »ü-65-Jährigen« und dem ladyliken »Spätsommertraum siebzig plus«? Gab es am Ende doch die berechtigte Hoffnung auf das späte Glück? Die Heirat mit Ute war also nicht der Weisheit letzter Schluss? Darauf gönnte ich mir einen doppelten Espresso.

Je tiefer ich in die erstaunlich fantasievolle Poesie der Annoncen versank, mich von der Erkenntnis »Es muss von Herzen kommen, was auf Herzen wirken soll« trotz des fehlenden Kommas berühren ließ und mich wunderte, dass da einer tatsächlich ernsthaft fragte »Gibt es noch Frauen, die Röcke tragen oder Kleider?«, desto mehr wurde mir bewusst, wie wenig meine Freundin Ute zu dieser Art der Partnersuche passte. Dann wünschte ich ihr schon eher weitere gefakte Profile und »dreimal dA«-Langweiler beim Espressobar-Date. Hoffentlich hatte ich sie mit meinem Vorschlag, ganz old-styled Bekanntschaftsanzeigen zu studieren, nicht zu sehr verärgert. Vorsichtig lugte ich über die Zeitung zu ihr.

Meine Befürchtungen schienen gänzlich unbegründet. Genüsslich am zweiten Latte macchiato nuckelnd, studierte Ute mit breitem Grinsen die Zeitung. Als sie meinen Blick bemerkte, lächelte sie mich über den Rand ihrer schmalen Lesebrille hinweg an.

»Hast du das gelesen? ›Wenn wir uns begegnen, dann leuchten wir auf wie Kometen‹. Oder das hier: ›Hübsche Naturliebhaberin (aber nicht alternativ), beruflich erfolgreich (aber keine Karrierefrau), studiert (aber nicht eingebildet), schlank (aber keine Kalorienzählerin), gerade neunundvierzig geworden (aber sehr gut erhalten) sehnt sich nach männlicher Schulter zum Anlehnen‹.«

»Das bist du!«, entschlüpfte es mir schneller, als ich denken konnte.

32

Das mit der Naturliebhaberin hätte ich weggelassen, sonst melden sich doch nur Verschnitte deines lieben Nachbarn Dirk«, konterte Ute nach einer ersten Schrecksekunde, die mich schon befürchten ließ, ich läge mit meiner Vermutung richtig und sie hätte die Annonce tatsächlich aufgegeben. Lässig schob sie sich das schmale Brillengestell über die Stirn ins locker aufgesteckte Haar. In ihrer tiefschwarzen Mähne blitzte der goldene Rand hell auf. Ich atmete erleichtert durch.

»Dirk wäre gar keine so schlechte Partie für dich«, warf ich ein.

»Vielleicht komme ich eines Tages noch darauf zurück.« Spitzbübisch zwinkerte Ute mir zu. »Wenn wir erst einmal als Ehepaar in deiner Wohnung leben, ist so ein Lover für gewisse Stunden nur ein Stockwerk obendrüber ziemlich praktisch.«

»Ute!«, mahnte ich hilflos und versuchte, die Vorstellung zu verdrängen, wie wir beide uns abwechselnd zu Dirk in die Wohnung unterm Dach schlichen. Ute verstand sich bestens darauf, mir Angst vor dem nahenden Jahresende einzujagen, an dem die von ihr gesetzte Frist ablief.

»Was hältst du eigentlich von dem Silberfuchs dahinten?«, wechselte ich das Thema und wies mit dem Kopf nach rechts. Ein Prachtexemplar von Sean Connery zu besten James-Bond-Zeiten saß dort mutter- und vor allem frauenseelenallein auf seinem roten Stuhl am roten Tisch und genoss den Samstagmorgenkaffee. Eigentlich hatten wir uns doch vorgenommen, die realen Heiratskandidaten im *Luitpold* unter die Lupe zu nehmen. Der weißhaarige Filmstarverschnitt in dem genau im richtigen Grad verknitterten sandfarbenen Leinenanzug schien mir der geeignete Kandidat, um Utes Interesse dafür auszutesten.

»So ein Gentleman wäre doch genau das, wonach sich unsere einsamen Herzen sehnen«, setzte ich nach.

»Diese Altersgruppe hebe ich mir auf, bis es Zeit für den Seniorentanztee ist.«

»Aber er könnte hinter dieser romantischen Anzeige von wegen ›Weingut, das wir uns innerhalb des nächsten Jahres gemeinsam kaufen‹ stecken.« Zur Bekräftigung tippte ich mit dem rechten Zeigefinger auf die entsprechenden Zeilen.

»Ich will keinen Kredit aufnehmen oder gar ein gemeinsames Unternehmen gründen, sondern eine Beziehung eingehen.«

»Vielleicht gefällt dir eher der sonnengebräunte Abenteurer drei Tische weiter? Der dürfte unsere Altersklasse sein. Die faltige Haut kommt bestimmt nur von der vielen Bewegung an der frischen Luft. Der wird dir weder ein Weingut andrehen noch langweilige Stunden am Kamin bereiten wollen. Dafür blitzt ihm die Unternehmungslust aus dem Dreitagebart. Mit dem wird es niemals langweilig.«

»Weil er jedes Wochenende in irgendeiner Steilwand hängt und mich zum Bouldern überreden will. Das funktioniert mit mir nicht. Wie du weißt, habe ich Höhenangst. Bergfexe scheiden also grundsätzlich aus.«

»Das ist mir neu.« Im Geist rechnete ich nach, wann sie sich von Markus getrennt hatte, mit dem sie sich tatsächlich einige Wochenenden lang auf Klettersteige gewagt hatte und im Winter die schwarzen Pisten von Garmisch und Kitzbühel hinuntergefegt war. In jedem Fall musste es bereits in diesem Jahrtausend gewesen sein. Die Ski hatte sie erst im letzten April Mona geschenkt.

»Wie muss ich deine plötzliche Abneigung gegen sportliche Aktivitäten in den Bergen verstehen? Als Nachwirkung deiner Match-Pleite vor zwei Wochen in der Espressobar?«

Angestrengt versuchte ich mir das Aussehen ihres damaligen Datingpartners in Erinnerung zu rufen. Leider hatte der Smartphone-Screen im Biergarten zu sehr geblendet, um mehr als breite Schultern und einen kurzen, kräftigen Hals zu erkennen, was beides auf einen überzeugten Sportler hatte schließen lassen. Was störte Ute auf einmal daran? Sie war doch selbst ein sportlicher Typ, trainierte sogar regelmäßig im Fitnessstudio und wirkte sowohl von der Figur als auch von der Kleidung her weitaus jünger als nahezu fünfzig. Zumindest, wenn sie nicht ihr seriöses dunkelblaues Fast-Sozius-bei-*Lutter, Helmbrecht & Partner*-Outfit trug. Zur Sicherheit musterte ich sie unauffällig und fand, dass sie in der lässigen hellen Bootcut-Jeans und dem schwarzen, ärmellosen T-Shirt wie etwa Mitte, höchstens Ende dreißig aussah, noch dazu, wo sie das dunkle Haar offen trug und die Lese- gegen die Sonnenbrille eingetauscht hatte.

»Vergessen wir das lieber«, winkte sie ab. »Es kann ja nicht jeder so viel Glück haben wie du und auf einen geheimnisvollen Rosenkavalier hoffen. Apropos: Was gibt es Neues von der Blumenfront?«

»Rainer macht erst übernächsten Montag wieder auf.«

»Damit rücken die nächsten Grüße also wieder in greifbare Nähe.«

»Hoffentlich.«

»Du wirst doch nicht etwa an den ernsten Absichten deines Verehrers zweifeln?« Ute lehnte sich auf dem roten Klappstuhl zurück, um die langen Beine locker übereinanderzuschlagen. »Komm nur nicht auf die bescheuerte Idee, dein Kunsthistorikerkollege Bernd wäre die bessere Alternative. Der hat nur seinen eigenen Vorteil im Sinn. Zudem fehlt es ihm an Einfallsreichtum, sonst würde er wohl kaum versuchen, zwei Fliegen mit einer Klappe zu schlagen.«

»Du sprichst in Rätseln. Das ist zu hoch für eine beschränkte Geisteswissenschaftlerin wie mich.«

»Ist doch ganz einfach.« Ute rollte mit den Augen. »Zum einen textest du jetzt günstig für seine Kunstberatung, und zum anderen kann er dich leichter anbaggern, weil du sowieso jeden Tag in sein Büro kommst.«

»Hältst du mich für derart dumm, ein solches Spiel mitzuspielen?«

Insgeheim flehte ich darum, nicht wieder knallrot anzulaufen. Es genügte schon, dass Ute alles durchschaut hatte, insbesondere Bernd und natürlich auch mich. Verzweifelt setzte ich nach: »Außerdem kennst du ihn nicht richtig.«

»Mit Typen wie ihm habe ich auf Mandantenseite täglich zu tun. Apropos: Was macht eigentlich seine Frau?«

»Welche Blumen haben jetzt im Spätsommer überhaupt Saison?«, versuchte ich mit einer Gegenfrage von dem heiklen Bernd-Thema abzulenken. Zum Glück stieg sie darauf ein, weil sie die Geschichte wohl doch interessanter fand.

»Rainer wird deinem Kavalier sicher das Passende empfehlen«, überspielte sie ihr mangelndes Wissen auf dem Gebiet der Pflanzenkunde. »Was dein unbekannter Verehrer wohl dazu sagt, dass du neuerdings Heiratsannoncen studierst? Womöglich sitzt er längst hier auf der Terrasse und beobachtet dich, damit er die Farben des nächsten Straußes auf dein Lieblings-Sommeroutfit abstimmen kann. Hast du dich schon einmal umgeguckt, wer von den einsamen Herren auf der Terrasse auffällig oft zu unserem Tisch herübersieht? Los, mach schon! Nicht, dass du die Chance deines Lebens verpasst.«

Gegen meinen Willen befolgte ich ihren Vorschlag und ärgerte mich im nächsten Augenblick schwarz über mich selbst. Die plötzliche Hitze in meinem Kopf signalisierte mir, dass sich meine Wangen nun doch wieder puterrot gefärbt hatten. Eilig sah ich in die andere Richtung und hoffte inständig, Ute wäre meine peinliche Veränderung entgangen.

Zum Glück kannte sie Kai nicht und konnte deshalb nicht nachvollziehen, was mich derart aus der Fassung brachte: Zwei Tische hinter dem sonnengebräunten Bergfex saß er, im sonnigen Samstagmorgenlicht atemberaubend gutaussehend und äußerst charmant lächelnd – aber leider nicht in meine Richtung, sondern zu seinem nicht weniger gutaussehenden Gegenüber, einer höchstens fünfunddreißigjährigen Blonden!

Eins musste ich ihm zugestehen: Ein Kind von Traurigkeit war er nicht, so schnell, wie er sich über meine Absage gestern Abend vor dem Käseladen getröstet hatte.

Leider zog es meinen Blick immer wieder zu ihm hinüber, nur um voller Neid festzustellen, dass seine Auserwählte in einer für mich unerreichbaren Liga spielte. Was aber hatte ich bei einem Mann wie ihm erwartet? Sein Geld verdiente er mit einem Verlag für ein hochpreisiges Hi-Fi-Magazin. Das war so edel, dass es hauptsächlich im Abonnement vertrieben wurde. Einmal hatte er mir auf einem Elternabend eine Ausgabe geschenkt. Als ich sah, dass darin Musikanlagen im Gegenwert meines Jahreseinkommens als Texterin angepriesen wurden, hatte ich sie ins Altpapier befördert.

Seine heutige Begleiterin mochte aus dem erlesenen Kreis der Abonnenten stammen. In jedem Fall verfügte sie über das nötige Kleingeld, um ohne mit der fachmännisch gefärbten Wimper zu zucken den Empfehlungen seiner Redaktion zur Verbesserung des Hi-Fi-Sounds im heimischen Wohnzimmer zu folgen. Ihre ausgesuchte Kleidung und der geschmackvolle dezente Schmuck am leicht gebräunten Hals waren Understatement pur. Einen Talbot-Runhof-Overall, wie ich ihn mir nur einmal im Leben leisten konnte, gönnte sie sich locker als Weekendoutfit. Die Art, wie sie ihr langes, wallendes Loreley-Haar beiläufig aus dem Gesicht strich, bewies mir, dass sie durchaus um ihre Wirkung auf ihre Umwelt wusste.

Vertraulich legte sie die schmale Hand auf Kais Arm und schenkte ihm einen Blick, der mich um Fassung ringen ließ. Zwar sah ich die beiden nur im Profil, das aber genügte mir, um das beseelte Lächeln auf seinem Gesicht zu erkennen.

Auf einmal fiel es mir wie Schuppen von den Augen: Sie war der Grund für seine üppigen Einkäufe beim Gemüsehändler! Bestimmt kredenzte er ihr später außerdem das Rinderfilet an Rosmarinkartoffeln, zu dem er mich angeblich hatte bitten wollen. Aber warum lud er mich überhaupt ein, wenn er eine solche Frau an der Hand hatte? Vielleicht wäre ich die Notlösung gewesen, weil sie zunächst abgesagt hatte und jetzt überraschenderweise doch wieder zur Verfügung stand.

Warum beschäftigte mich das eigentlich? Für mich war er nur ein flüchtiger Bekannter aus Leons verflossener Schulzeit. Sollte er sich mit der Bonzenlady ruhig luxuriös vergnügen. Ich war diejenige, die ihm einen Korb gegeben hatte. Ebenso hatte ich Bernd abblitzen lassen, den es nach einem Ersatz für seine in der amerikanischen Westküstenkunstszene abgetauchten Gattin verlangte. Bewies das nicht meinen von mir in Utes Augen sträflich unterschätzten Marktwert?

Mein mysteriöser Blumenkavalier schien sich dessen eher bewusst zu sein als ich selbst. Warum sonst legte er so viel Geld für die fantastischen Blumensträuße aus Rainers Floristenboutique auf den Tisch und krönte sie obendrein mit ausgesuchten Songtextzitaten? Bestimmt würde er mir gleich zu Beginn der übernächsten Woche wieder mit einem wundervollen Gebinde und geheimnisvollen Liedzeilen das Herz erfreuen.

Was grübelte ich also über Männer wie Kai und Bernd? Noch dazu, da ich im Gegensatz zu meiner Freundin Ute mein Solodasein gerade in all seinen Vorzügen auskostete! Beruflich ging es voran, finanziell besserte sich meine Lage zusehends, meine Kinder waren selbstständig, mein Ex bestens versorgt. Warum tat ich also nicht einfach so, als wäre alles in bester Ordnung? Denn das war es offensichtlich längst!

»Lass uns zur Pinakothek gehen, bevor ich an der derzeitigen Männerwelt vollends verzweifele«, schlug ich Ute vor. »Bestimmt sind die Chancen in der Architekturausstellung höher, einen geeigneten Kandidaten für deine Partnersuche aufzuspüren, als hier im *Luitpold.*«

»Zumindest besteht noch Hoffnung, dass dort der Altersdurchschnitt sinkt«, erwiderte Ute und bedeutete dem Ober, zahlen zu wollen. »Oder hast du schon jemals einen Architekturbegeisterten gesehen, der älter als Mitte fünfzig war?«

»Du meinst, ab der Lebensmitte werden alle Männer zu knorrigen Modernitätsverachtern? Eine interessante These.«

In meinem Kopf begann es zu rattern. Ad hoc fielen mir in der Tat nur jüngere Architekten der Moderne ein, was aber einfach daran liegen mochte, dass ich kaum welche kannte.

»Besser, wir verlegen unsere Mittagspause nach dem Ausstellungsbesuch ins *Café Vorhölzer* auf der Dachterrasse der TU«, erwiderte Ute. »Da gibt's ausreichend junge, hippe Architekten.«

»Ist das dein neues Jagdprofil?«

Skeptisch folgte ich ihr am Bierbrunnen vorbei durch den menschenleeren Innenhof der Bayerischen Landesbank zur Pinakothek der Moderne. Irgendwie war mir, als könnte ich mit dem Tempo, in dem Ute ihre Vorstellungen von dem idealen Mann änderte, nicht mehr Schritt halten.

33

So froh ich war, mich für eine Weile von Bernds schicker Kunstberatung und vor allem von der Nähe zu ihm erholen zu können, so sehr vermisste ich bald schon den Rhythmus der vergangenen beiden Wochen, der mich morgens regelmäßig ins Büro in der Innenstadt geführt hatte. Der lockere Austausch mit Sabine und den anderen fehlte mir, insbesondere beim ersten Espresso nach meiner täglichen Walkingrunde und den ausgiebigen Dehn- und Yogaübungen. Wahrscheinlich war ich nicht fürs Alleinleben geboren. Bevor mich diese Erkenntnis in eine Krise stürzte, beschloss ich, auf der Stelle etwas dagegen zu tun, und griff nach meinem Smartphone.

Acht neue WhatsApps! Mein Herz hüpfte vor Freude. Sofort öffnete ich die App. Und schnappte im nächsten Moment leicht enttäuscht nach Luft. Mona hatte sich offenkundig derart an meine letzten, leider etwas knappen Nachrichten gewöhnt, dass sie mir in ebenfalls rekordverdächtig wenigen Sätzen und dafür mit umso mehr albernen Emoticons von ihren unlängst gründlich vergeigten Klausuren an der Uni und der Trennung von ihrem Freund berichtete.

Mir zerriss es das Herz. Wie hatte ich sie nur so vernachlässigen können? Natürlich war sie schon immer eher ein Papakind gewesen. Wie aber konnte sie mir jetzt derart entgleiten? Unbedingt musste ich sie sofort ganz *old-fashioned* anrufen und mein Versäumnis ausbügeln.

Zum Glück erwischte ich sie gleich. Nach einstündigem intensivem Mutter-Tochter-Telefonat, in dem wir erst einige Minuten miteinander weinten, bevor wir am Ende viel miteinander lachten und lästerten, schien die Welt zumindest in unserer Beziehung wieder in Ordnung. Mein pragmatisches Kind hatte mir bei der Gelegenheit gleich das Versprechen für eine gemeinsame Shoppingtour bei ihrem nächsten München-Besuch aus den Rippen geleiert. Wenn sie schon wieder an neue Jeans und Schuhe dachte, befand sie sich tatsächlich auf dem Weg der Besserung. Das beruhigte mein Mutterherz zutiefst. Es ging eben doch nichts über das Gefühl, in puncto Familie mit sich und seinen Lieben im Reinen zu sein.

Als ahnte Detlef meine rührselige Stimmung, behelligte er mich just in dem Moment telefonisch, als ich mich nach einigen Minuten im Pflug auf dem Boden gedanklich wieder etwas von Mona gelöst hatte. Erbarmungslos kippte er im selben Moment, in dem ich »Hallo« in den Hörer hauchte, seinen Redeschwall über mir aus. Mit Mühe filterte ich einzelne Stichworte wie »erster Schultag«, »was für ein Wahnsinn« und »bald dreht sie völlig durch« heraus. Ich atmete einmal tief durch, erinnerte mich an das bevorstehende Datum und an damit verbundene eigene Erlebnisse und beschloss, ihm einmal gründlich in die Parade zu fahren. Wer, bildete er sich ein, zu sein, und vor allem wen, bildete er sich ein, in mir zu sehen? Ich war seine Ex-Frau, die fast zwei Jahrzehnte lang vergeblich versucht hatte, ihn am Durchdrehen zu hindern! Davon abgesehen hatte ich im Gegensatz zu ihm eine ähnliche Aufregung wie er jetzt bei seinem Patchworkkind Julia hautnah bei der Einschulung unserer beiden gemeinsamen Kinder erlebt. Und zwar ohne dass er sich damals großartig eingebracht hätte, ganz zu schweigen davon je in Versuchung geraten war, ob dieser Ereignisse durchzudrehen. Dabei war er ihr leiblicher Vater. Das alles brauchte ich jetzt nicht ein drittes Mal mit der Tochter seiner Gefährtin Jutta durchzumachen, noch dazu, wenn er sich bei mir darüber auslassen wollte, wie maßlos sie es mit dem Befüllen der Schultüte übertrieb und wie sehr er darauf achtete, nur vernünftige Spielsachen und vollwertige Süßigkeiten hineinzustopfen.

»Es ist nicht dein Kind«, schloss ich meine Tirade. Zufällig streifte mein Blick die Uhr. Mitten am Vormittag. Unglaublich, dass er mich um diese Zeit von seiner Agentur aus anrief. Früher hatte er Telefonate mit mir während der Arbeitszeit für undenkbar erklärt. Nicht einmal, als Mona als Elfjährige wegen einer akuten Blinddarmentzündung mit Blaulicht ins Krankenhaus gekommen war, hatte ich bei seiner damaligen Vorzimmerdame Erfolg und war zu ihm durchgestellt worden. Auch Leons spektakulärer Sturz vom Reck in der dritten Klasse, der mit einem ebenfalls spektakulären Notarzteinsatz geendet hatte, war Detlef erst viele Stunden später in bereits reichlich abgeschwächter Form erzählt worden. Wieso war ihm Juttas Kind jetzt so wichtig? Bei ihr ging es lediglich um den ersten Schultag, nicht um dringend notwendige Operationen oder Knochenbrüche und Platzwunden. Für einen Herzschlag lang war ich versucht, deswegen ein viel zu verspätetes Wutlöwengebrüll anzustimmen. Plötzlich aber war die Lust dazu auch schon wieder verpufft.

»Lass Jutta die Freude. Sie hat nur das eine Kind«, beschwichtigte ich Detlef stattdessen zu meiner eigenen Verwunderung beneidenswert gelassen.

Wie konnte es mir nur auf einmal gelingen, meine subjektiven Erinnerungen an seinen – natürlich rein objektiv betrachtet – reichlich misslungenen Vaterjob bei seinen eigenen Sprösslingen derart zu verdrängen? Kein Zweifel: Es musste an meiner neu aufgefrischten Lebensphilosophie liegen. Kaum traute ich meinen Ohren, als ich mich meine ehemalige Nebenbuhlerin derart vehement verteidigen hörte. Noch zu Sommerbeginn hätte ich mir niemals vorstellen können, ausgerechnet die Frau, die der Anlass für unsere für mich lange Zeit sehr schmerzliche Trennung gewesen war, je ihm gegenüber in Schutz zu nehmen.

Ehe ich Gefahr lief, darüber doch noch ins Grübeln zu geraten und gerade einigermaßen verheilte Wunden wieder aufzureißen, beendete ich unser Telefonat mit dem betont forschen Hinweis: »Leider muss ich Schluss machen. Es ist mitten am Arbeitstag. Ich habe wahnsinnig viel zu tun.«

34

Das mit dem »wahnsinnig viel zu tun« entsprach leider eher meinem Wunschdenken denn der schnöden Realität. Nach halbstündigem Googeln und einem Telefonat mit der Pressestelle der Villa Stuck war der neue Text für *Kunst aktuell* binnen zwei Stunden erledigt. Als ich ihn nach weiteren zwei Stunden Pause und nochmaligem kritischem Lesen perfekt korrigiert an den Redakteur mailte, brachte ich mich dezent in einem Nebensatz für einen Bericht über das bevorstehende Galeriewochenende *Open Art* ins Gespräch. Postwendend sagte er mir ab. Der Vorbericht sei längst erschienen und ein Nachbericht überflüssig. Damit hatte ich ab sofort bis zum nächsten Einsatz bei *Feldhorst & Feldhorst* in zwei Wochen nichts Konkretes zu tun.

Tapfer markierte ich zwar an sonnigen Tagen auf meinem winzigen Hinterhofbalkon die fleißige Texterin, die ab spätestens halb zehn Uhr morgens ihren Laptop traktierte. Dabei winkte ich geschäftig Dirk zu, der meinen »Arbeitsbeginn« stets mit einem Nicken von seinem offenen Küchenfenster aus registrierte.

Statt meine Finger jedoch zielführend und vor allem einnahmesteigernd über die Tasten tanzen zu lassen, überwachte ich in Wahrheit lediglich mit Argusaugen mein Mailpostfach, ob sich nicht doch irgendeine unverhoffte Textanfrage dorthin verirrte. Selbst zu einem Beitrag für *Apotheke Plus* über Schwerhörigkeit im Alter oder Panikattacken an der Supermarktkasse zu stark gemindertem Honorarsatz wäre ich bereit. Leider aber flatterte nicht einmal derart Bescheidenes herein. Sogar Spam-Nachrichten oder irgendwelche Lebenszeichen von Ute blieben aus, und Detlef traute sich nicht einmal mehr, mich via Mail oder SMS zu behelligen. War ich von aller Welt vergessen?

Um die Pausen zwischen meiner grob geschätzt im Dreiminutentakt getätigten Kontrolle des Mailpostfachs zu füllen, chattete ich zwischenzeitlich mit Leon in Orlando via WhatsApp und likte brav seine unzähligen Disneyfotos auf Instagram. Kommentare zu seinen Aufnahmen der Freizeitaktivitäten mit Carola, die beide spärlich bekleidet in der Wohnung beim Filmschauen oder Essen saßen oder amerikanisch prüde in langen Badeshorts am beneidenswert weißen Strand sportelten, sparte ich mir. Mona dagegen schwelgte offenbar in neuem Liebesglück, wie ein Selfie mit einem attraktiven jungen Herrn mit dunklem Dreitagebart vor dem Hintergrund betörend sonniger österreichischer Berglandschaft suggerierte. Es erreichte mich nebst schlichtem Bussi-Emoticon via WhatsApp. Welch unverhoffte Freude!

»Glory Days« kam mir glücklicherweise in den Sinn, und sogleich begann ich Springsteens Hit zu singen. Wie immer zeigte das sofort Wirkung. Gut gelaunt klappte ich meinen Laptop zu. Verträumt glitt mein Blick in die unendliche Weite des auch über München nahezu azurblauen Himmels.

Nur noch wenige Tage, und Rainers Blumenladen beendete die Sommerpause. Wie lange es wohl dauern würde, bis mich Nachschub von meinem Rosenkavalier erfreute? Trotz bunt blühender Astern und Margeriten auf dem Balkon hatte ich längst Entzugserscheinungen – und dürstete nach einem neuen Ohrwurm, um meine Gesangskünste zur Steigerung meiner Laune nicht nur unter der Dusche aufzufrischen.

Um auf andere Gedanken zu kommen, beschloss ich, meinen Vater am Chiemsee heimzusuchen. Das Wetter schrie nach einer

Bootsfahrt oder einem ausgedehnten Spaziergang am See. Und nach einem guten Gespräch über Bücher. Ich war Konrad noch eine neue Empfehlung schuldig. Das Olympia-Buch hatte ich durch. Was für eine gelungene Mischung aus großer und kleiner Geschichte! Das würde ihm gefallen. Kurzerhand packte ich mein Exemplar als Mitbringsel ein, kündigte mich telefonisch bei ihm an und entschied, noch rasch einen Blumenstrauß zu besorgen. Auch wenn Rainers Laden geschlossen war, gab es auf dem Weg nach Prien ausreichend Gelegenheiten, um eine bunt blühende Überraschung für Konrad zu erwerben.

Bevor ich wenig später im Auto Tasche und Handy auf den Beifahrersitz warf, checkte ich ein letztes Mal meine Nachrichten. Zu meiner Überraschung entdeckte ich die Sprachnachricht einer unbekannten Nummer. Neugierig presste ich das Handy aufs Ohr und hörte sie ab.

Kai! Was für eine Stimme! Ihr rauchiger Klang jagte mir einen Schauer über den Rücken. Derart tief und sexy hatte ich sie gar nicht in Erinnerung. Oder sprach er mit Absicht so verführerisch? Kurz blitzte sein Anblick von letztem Samstag vor mir auf. Der luxuriösen Blonden gegenüber sprach er gewiss nur mit dieser betörenden Stimme. Hatte er sich etwa verwählt und aus Versehen meine statt ihrer Nummer erwischt? Aber wie kam er überhaupt an meine?

Die habe er auf einer der letzten Klassenlisten von Svenja und Leon gefunden und hoffe, sie stimme noch, erklärte er nach der Begrüßung in einem Ton, der ein kleines Erdbeben in meinem Leib verursachte. Die Erwähnung unserer Kinder schloss eine Verwechslung der Handynummern aus. Er meinte tatsächlich mich. Wie kam ich zu der Ehre? Gebannt lauschte ich weiter.

Nachdem er mit seiner letzten Einladung keinen Erfolg gehabt habe, wolle er sein Glück noch einmal bei mir probieren, fuhr er fort und ließ ein nervöses Auflachen hören.

»Dieses Mal spare ich mir den Versuch, dich bekochen zu wollen, und schlage ein richtiges Restaurant vor. Magst du karibische Küche? Was hältst du von der *Caribbean Embassy* an der Alten Messe Freitagabend um acht?«

Wow! Das klang vielversprechend. Karibisch war gut, die *Caribbean Embassy* sogar ausgezeichnet. Und alles andere als billig. Das ließ durchaus ernste Absichten vermuten. Wie kam es nur zu diesem Sinneswandel? So angestrengt ich mich bemühte, hatte ich doch gleich die luxuriöse Blonde aus dem *Luitpold* vor Augen und sah das Strahlen in seinen Augen, mit dem er sie betrachtet hatte.

So geschmeichelt ich war, als ich mir ausmalte, wie eifrig er in seinen Unterlagen nach alten Klassenlisten unserer Kinder gesucht hatte, um an meine Nummer zu kommen, blieb da doch ein merkwürdiges Gefühl. Streng genommen ein Anflug von Beleidigtsein. Wahrscheinlich hatte die kühle Blonde am Freitagabend keine Zeit oder mochte kein karibisches Essen.

Inzwischen kannte ich meinen Marktwert, insbesondere so kurz vor Wiedereröffnung von Rainers Blumenladen und der berechtigten Hoffnung auf weitere Blumengrüße meines geheimnisvollen Kavaliers. Ich wusste also, was ich mir schuldig war. In jedem Fall keine überstürzten Zusagen. So eilig, Kai wiederzusehen, hatte ich es nicht. »Willst du gelten, mach dich selten«, pflegte schon Großmutter Gerda zu raten. Kurz sah ich auf die Uhr, verstaute mein Handy in der Tasche und beschloss, erst einmal den Tag mit meinem Vater zu genießen. Später würde ich mir in Ruhe überlegen, wie ich am geschicktesten auf Kais Einladung reagierte.

35

Du hast ja die Gardinen abgehängt«, fiel mir gleich beim Betreten von Konrads Wohnzimmer auf, bevor ich die fehlende Decke auf dem Esstisch und die auffällige Reduzierung der bunten Samtsofakissen bemerkte. Obwohl die Möbel noch dieselben waren, wirkte das Wohnzimmer heller und moderner.

»Wie verlangte schon der gute, alte Goethe? Mehr Licht!« Stolz lächelnd wippte Konrad auf den Fußspitzen.

Voller Anerkennung registrierte ich, dass er den Wunsch des alten Dichters zu mehr Helligkeit leicht abgewandelt auch auf seine Kleidung übertragen hatte. Statt dunkler Hose, weißem Hemd und förmlicher Krawatte trug er lässige beige Baumwollhosen sowie ein dunkelgrünes Poloshirt. Nicht einmal ein Halstuch hatte er sich umgebunden. Zum gefühlt ersten Mal in meinem neunundvierzigjährigen Erdendasein sah ich den Halsansatz meines Vaters!

Hätte ich es nicht besser gewusst, würde ich eine Frau hinter der Veränderung vermuten. Bei einem knapp Achtzigjährigen, noch dazu einem so kopfgesteuerten Ingenieur wie meinem Vater, schied diese Möglichkeit aus. Wahrscheinlich steckte die neue Lebensfreude dahinter, die er durch das Lesen von Büchern und den unbeschwerteren Kontakt zu mir gefunden hatte. Wie schön, dass damit mein Blumenkavalier indirekt auch auf ihn so positiven Einfluss hatte. Ob ich jemals die Gelegenheit bekäme, es dem großen Unbekannten persönlich zu erzählen?

Über die mitgebrachten Blumen freute sich Konrad, als handelte es sich um eine Rosenzüchtung eigens für ihn, dabei hatte ich letztlich mangels Alternativen einen Fertigstrauß beim Supermarkt in Prien erstanden.

»Der gute Wille zählt, und das Schönste ist sowieso dein Besuch. Nur zu gut weiß ich noch, was es heißt, mitten im Berufsalltag zu stecken und mit jeder Minute haushalten zu müssen, gerade jetzt, wo du den neuen Job in der Kunstberatung angefangen hast«, erklärte er und umarmte mich, was er noch nie von sich aus getan hatte. Ich musste ihn so verdutzt angesehen haben, dass er auflachte.

»Schau mich nicht so an, Liebes, auch ein alter Mann wie ich ist gelegentlich noch lernfähig und begreift, wie engstirnig er sich bislang verhalten hat. Besser spät als nie, sage ich nur. Lass uns den Tag miteinander genießen. Das Wetter ist wie geschaffen dafür.«

Das taten wir auch und steckten dieses Mal schon gleich beim Mittagessen am See in einem anregenden Gespräch, das wieder einmal von unserer Lektüre ausgelöst worden war. Konrad hatte das Olympia-Buch zwar leider schon gelesen, das aber hatte den Vorteil, dass wir uns gleich darüber austauschen konnten.

»Mein Vater ist damals extra nach Berlin gefahren«, erzählte er. »Das muss ein großes Abenteuer gewesen sein.«

»Schade, dass Opa mir davon nichts mehr erzählt hat.« Ein seltsames Gefühl beschlich mich, weil ich mir im Stillen ausrechnete, wie nah 1936 und überhaupt die ganze Nazizeit dadurch an mein eigenes Dasein heranrückten.

»Weißt du, was du als Nächstes unbedingt lesen musst?«

Kaum hatten wir mehr als eine Stunde intensiv über Olympia und insbesondere über das wenige, was wir beide über Konrads Eltern, also meine Großeltern, aus der Zeit wussten, geredet, überraschte er mich mit einem neuen Lektüretipp. Meinen sonst in jeglicher Hinsicht auf Zurückhaltung bedachten Vater derart aufblühen zu sehen, war die allerschönste Freude. Dafür würde ich notfalls sogar die Bibel lesen und hinterher auch darüber ein spannendes Gespräch mit ihm führen.

»Was?«, fragte ich also voller Freude zurück.

»Die Berlin-Krimis von Volker Kutscher. Die spielen Ende der Zwanziger- und zu Beginn der Dreißigerjahre. Eine hervorragende Ergänzung zum Olympia-Buch.«

»Du liest sogar Krimis?«

»Warum nicht?«, konterte er und setzte mir in den nächsten fünf Minuten voller Inbrunst auseinander, warum sich gerade bei diesen die Lektüre ganz besonders lohne.

»Was ist eigentlich los mit dir?«, konnte ich mir doch nicht verkneifen nachzuhaken, als er mich am späten Nachmittag zu meinem Auto begleitete. Es parkte in der Einfahrt vor seiner Garage. »Erst fängst du an, Romane zu lesen, dann entrümpelst du das Wohnzimmer, und jetzt schwärmst du mir sogar von Krimis vor. Du bist wie ausgewechselt.«

»Findest du?«

Verblüfft registrierte ich sein leichtes Erröten. Das war derart rührend, dass ich ihm spontan um den Hals fiel.

»Tu mir einen Gefallen und bleib so«, bat ich.

»Nur zu gern, Liebes«, erwiderte er und küsste mich auf die Wange. Auch das hatte er noch nie zuvor von sich aus getan, zumindest nicht mehr, seit ich erwachsen war.

»Übrigens würde ich dich gern mal wieder in München besuchen«, erklärte er, als ich bereits im Auto saß. »Du musst mir zeigen, wo sich diese Kunstberatung befindet, und überhaupt noch ein wenig mehr Einblick in dein Leben geben. Passt es dir nächste Woche?«

Sein neu aufgeblühtes Interesse an mir und meinem Leben tat gut. Zugleich war ich mir sicher, er hätte selbst die größte Freude daran.

»Wie wär's mit Mittwoch?«

»Prima!«

36

Auf der Rückfahrt drehte ich das Radio voll auf und sang enthusiastisch selbst die albernsten Sommerhits mit. Kurz vor dem Autobahnende brauste ich prompt ganz besonders rasant in die altbekannte Radarfalle. Dank meines intelligenten Gesichtsausdrucks war der Schnappschuss fürs Protokoll sicherlich besonders gut gelungen. Und unverschämt teuer obendrein. Dennoch ließ ich mir davon nicht die Laune verderben und sprang kurze Zeit später fröhlich die Treppen zu meiner Wohnung im dritten Stock hinauf.

Schon am letzten Absatz erspähte ich die Überraschung. Sogleich verlangsamte ich meine Schritte. Konnte das sein? Es war doch erst Donnerstag und Rainers Blumenladen noch geschlossen. Dennoch stand da eindeutig ein in leuchtendes Pink eingeschlagener Blumenstrauß.

Die letzten Stufen nahm ich schwungvoll im Zweierpack und hob freudig den Blumenstrauß hoch. Dahinter kippte ein dickes Hochglanzheft um. Ein aufwendig gestalteter Projektbericht von *Feldhorst & Feldhorst*. Grob erinnerte ich mich, mit Astrid darüber geredet zu haben, wie bedauerlich es wäre, dass sie kein Exemplar mehr für mich hätten. Also hatte die umtriebige Sabine doch noch eines aufgetrieben. Gleich erspähte ich auch die eindeutig von ihr geschriebene Grußkarte. Ihre Art, die Buchstaben mit Kringeln zu verzieren, war einzigartig. Genauso wie ihre Vorliebe für Pink, das auch die Farbe des Einwickelpapiers war.

»Herzlichen Dank für Deine spontane Unterstützung.
Wir freuen uns schon alle auf die nächste Newsletter-Redaktion mit Dir.
Viele Grüße – das gesamte Team von Feldhorst & Feldhorst«

Was für eine nette Überraschung! So aufmerksam hatte sich noch kein Auftraggeber bei mir bedankt. Geschmeichelt balancierte ich den voluminösen Strauß nach dem Aufsperren der Tür in die Küche. Längst hatte ich meine bescheidene Auswahl an Blumenvasen an der Spüle deponiert und drapierte in einer von ihnen die aus pinken Dahlien und Hortensien sowie weißen Margeriten und Kamillen nebst Schleierkraut bestehende Pracht. Auf dem Esstisch im Wohnzimmer kam sie bestens zur Geltung.

Je länger ich die Blumen betrachtete, desto deutlicher spürte ich, wie sie auch ohne die mysteriösen Songtextgrußkarten des großen Unbekannten ihre Wirkung entfalteten. Oder waren das die Nachwirkungen des gelungenen Nachmittags am Chiemsee? Jedenfalls überkam mich der unbändige Drang, einfach loszutanzen und mich mit Gloria Gaynors »I am what I am« durch die leere Wohnung treiben zu lassen.

Im Flur erspähte ich das Blinken des AB. Im selben Moment fiel mir Kais Essenseinladung ein. Tatsächlich hatte er versucht, mich auch via Festnetz zu erreichen. Seine Nachricht klang ein wenig enttäuscht. Die tiefe Stimme verlor darüber jeden Anflug von Rauchigkeit und Sexappeal. Unerklärlicherweise erfüllte mich das mit Genugtuung. Ich hatte ihn mit meiner Verzögerungstaktik erfolgreich aus der Reserve gelockt. Via WhatsApp tippte ich ihm eine knappe Entschuldigung. Ein dringender Auswärtstermin ließe mich erst jetzt antworten, und leider könne ich morgen Abend nicht.

»Wie wär's mit Freitag nächster Woche?«, endete ich salopp und drückte auf den grünen Pfeil zum Senden.

In der nächsten Sekunde ärgerte ich mich. Das war ein Eigentor! Statt einen feurig würzigen Abend mit ausgesuchten Köstlichkeiten in Kais sicherlich amüsanter Gegenwart zu genießen, würde ich morgen einsam auf dem heimischen Sofa versauern und mindestens eine Woche lang der verpatzten Gelegenheit nachtrauern.

Es kam noch schlimmer. Eine knappe halbe Stunde später hatte ich Kais noch enttäuschendere Antwort auf dem Handyscreen: Ab nächster Woche sei er leider für geraume Zeit geschäftlich unterwegs und könne zu seinem aufrichtigen Bedauern keine Zusage für einen späteren Termin anbieten. Er hoffe, ich bliebe ihm dennoch gewogen. Er melde sich, sobald er seine Rückkehr absehen könne.

»Aufgeschoben ist nicht aufgehoben«, bemühte ich schweren Herzens ein weiteres Mal den unendlichen Zitatenschatz meiner Großmutter und hätte mich meiner eigenen Blödheit wegen am liebsten stante pede selbst zum Mond geschossen. Kai reagierte darauf nur mehr mit einem augenzwinkernden Emoticon, was ich in dem Moment alles andere als emotional empfand.

Ganz so einsam und verloren verbrachte ich das Wochenende zum Glück trotzdem nicht, auch wenn Ute sich anderweitig vergnügte. Freitagabend lud mich meine frühere Verlegenheitssexbeziehung Dirk aus der Dachwohnung unerwartet ins Kino ein, passenderweise in eine französische Komödie, was uns anschließend noch einen rotwein- und gefühlsseligen Sommerabend auf meinem winzigen Balkon bescherte.

Leider war der Wein derart schwer oder Dirk derzeit derart labil oder beides zusammen, dass er nach Mitternacht sein Glück versuchte, mich ein weiteres Mal zu verführen. Nicht einmal die Beobachtung, dass der aktuelle Blumenstrauß auf meinem Esstisch wohl kaum aus Rainers nachhaltigem Blumenhandel stammen konnte, was ihm nach dem dritten Glas klar geworden war, hielt ihn davon ab. Dennoch trotzte ich dem markanten Geruch seines Sandelholz-Aftershaves und der verführerischen Glätte seiner wohlgepflegten Männerbrust. Selbst als er angesichts der vor dem Mond aufziehenden Wolken ganz pathetisch »Die Liebenden« von Schwerenöter Bert Brecht zitierte, ließ ich mich nicht erweichen.

Wer selbst bei mehr als zwei Promille noch germanistenfreundliche Liebeslyrik statt schmachtender Songtexte aufsagte – und das noch nicht einmal nuschelnd –, kam als mysteriöser Blumenkavalier nicht infrage. An Alternativen zu meinem geheimnisvollen Verehrer, mochten sie noch so sattelfest in Poesie sein, war ich derzeit jedoch nicht im Geringsten interessiert. Also blieb für Dirk trotz romantischem Verweis auf den Flug der Kraniche nur der Gang nach oben in sein eigenes Bett.

»Vorbei ist vorbei«, komplimentierte ich ihn entschieden hinaus. »Du wirst dein Glück bei jemand anderem sicher nachhaltiger finden als bei mir.«

Ein Versprechen, das ich mir in diesem Moment genauso wenig glaubte wie er.

37

Wie tief Dirk meine Zurückweisung beleidigt hatte, las ich daran ab, dass die verschossenen Vorhänge vor seinen Fenstern das gesamte sonnige Wochenende über zugezogen blieben. Ebenso wenig drangen andere Lebenszeichen aus seiner Wohnung.

Gerade als ich anfing, mir ernsthaft Sorgen zu machen, und mit dem Gedanken spielte, ihn auf eine Versöhnungspasta einzuladen, begegneten wir uns Montagfrüh bei den Mülltonnen im Hof. Voller Schwung beförderte er einen riesigen Stapel Zeitungen – natürlich eine ganze Wochenladung *taz* wie auch mehrere Ausgaben des aufmüpfigen *Freitag* und aus reinem Lokalpatriotismus einige der *Süddeutschen* – in den blauen Container und beobachtete genau, was ich unterdessen an Abfällen in der braunen Biomülltonne entsorgte.

Zum Glück waren es hauptsächlich Obst- und Gemüseabfälle aus dem Biosupermarkt, den ich dank des großzügigen Newsletter-Honorars von Bernd wieder regelmäßig aufsuchte. Die weniger umweltverträglichen Blumen aus der Kunstberatung sollte ich nach ihrem Verblühen wohl besser bei Nacht und Nebel wegwerfen, um mir keine Rüge einzufangen.

»Du hattest wohl ein lektürereiches Wochenende«, versuchte ich mich an einem halbwegs unverfänglichen Kommentar.

»Lesen hat noch keinen dümmer gemacht«, gab er misslaunig zurück und trottete ohne weiteren Gruß davon.

Die Verweigerung meiner Bettlaken hatte ihn tiefer getroffen als beabsichtigt. Was Ute dazu sagen würde? Dass uns damit wahrscheinlich auch ihre im Falle unserer Hochzeit letzte Aussicht auf Sex im Alter verwehrt bliebe?

Es sollte mir egal sein, entschied ich. Im Gegensatz zu Dirk hatte ich die letzten Tage nicht in abgedunkelten Räumen bei einsamem Zeitungsstudium verbracht, sondern war erst am Samstag mit Birgit und Alexander, die ich noch aus der Kindergartenelterninitiative kannte, per Fahrrad zu einem ausgedehnten Picknick an der Isar aufgebrochen, bevor ich mich Sonntag von Detlef und Jutta zu einem Tierpark-Besuch mit Julia hatte überreden lassen.

Dabei hatte ich mir einst geschworen, rührselige Verbrüderungsszenarien mit der neuen Flamme meines Ex tunlichst zu vermeiden. Wider Erwarten war der Nachmittag unbeschwert und ohne bissige Bemerkungen zwischen uns Erwachsenen verstrichen. Tatsächlich hatten Jutta und ich uns sogar überraschend gut verstanden, sodass Detlef gelegentlich ein verzweifeltes Seufzen entschlüpft war.

»Kommst du uns jetzt öfter besuchen?«, hatte mich die kleine Julia am Ende hoffnungsvoll gefragt. »Du bist fast so lustig wie Leon, auch wenn du keine Mickymaus mehr wirst.«

»Wenn das mal kein echtes Kompliment ist«, hatte ich erwidert und sie zum Abschied hochgehoben und mich mit ihr auf den Armen schwungvoll einmal um die eigene Achse gedreht.

»Bis hoffentlich sehr bald«, hatte sich auch ihre Mutter dem Wunsch angeschlossen.

Detlefs angespanntes Luftanhalten war mir jedoch Mahnung genug gewesen, dass ich dieses »sehr bald« besser nicht allzu wörtlich nehmen sollte. Die Harmonie des Nachmittags durfte nicht überstrapaziert werden. Dafür hatte ich ihn umso herzlicher umarmt und mit einem »Genieß dein sonniges Familienglück, so oft hattest du das ja noch nicht« erst recht in Bedrängnis gebracht.

Alles in allem lag also ein abwechslungsreiches Wochenende hinter mir, als ich mich Montag der Rückkehr des Alltags stellen musste. Die Aussicht, dass mich mit Rainers Rückkehr aus dem Betriebsurlaub in Kürze womöglich ein neuer bunter Blumengruß darüber hinwegtrösten würde, besserte meine Laune allerdings rasch auf. Nicht einmal die etwas unerquickliche Begegnung mit Dirk stand dem im Weg.

Vergnügt vor mich hin summend erledigte ich meine Einkäufe, besichtigte den gähnend leeren Briefkasten im Hausflur und kontrollierte höchstens stündlich mein Mailpostfach. Nachmittags walkte ich in milder Septembersonne durch den Westpark, bevor ich mich ausgiebig auf dem Wohnzimmerteppich dehnte und die Beine schwungvoll über den Kopf nach hinten warf, um im Pflug zu entspannen.

Leider aber tat sich sonst nicht viel, das heißt, streng genommen tat sich überhaupt nichts. Trotz allen vorgeschobenen Desinteresses hatte ich insgeheim fest mit dem Klingeln an der Wohnungstür nachmittags um halb fünf gerechnet!

Bis Viertel vor fünf tröstete ich mich mit Ausreden wie »einfach viel los im Laden am ersten Tag nach dem Urlaub« oder »bestimmt nicht die richtigen Blumen vorrätig« über die aufsteigende Enttäuschung hinweg, bevor ich mich um kurz nach fünf zwang, endlich in die Dusche zu steigen. Das Singen beim Einseifen und Abfrottieren würde mich weitere fünfzehn Minuten vom Ausbleiben des Blumenboten ablenken. Ebenso schenkte mir das Föhnen noch einmal so viel Aufschub. Als ich gegen zwanzig vor sechs frisch eingecremt und frisiert in mein Sommerkleid stieg, beschloss ich, einen Vorabendspaziergang durchs Viertel zu unternehmen. Ganz unauffällig konnte ich mich dabei vergewissern, ob Rainer tatsächlich schon wieder hoffentlich gut erholt in seiner exquisiten Blumenapotheke stand oder nicht.

Schon aus großer Entfernung erspähte ich die lang vermissten bunten Blumen auf dem Bürgersteig. Natürlich war bei ihm alles in bester Ordnung, wovon sich offenbar auch schon drei eifrige Stammkundinnen überzeugt hatten. Begeisterte Satzfetzen wie »auf Madeira muss es traumhaft sein« und »Surfen wollte ich immer schon mal lernen« bewiesen, dass Rainer ganz in seinem Element war, die Damen nicht nur mit seinen Blumen zu verzaubern. Begierig umringten sie ihn, als er vor seiner Tür einen wunderschönen Strauß aus gelben, orangefarbenen und hellroten Rosen band, den er mit Schleierkraut und langen Gräsern verschönerte. So schlicht das war, so betörend wirkte es selbst aus der Entfernung

Mein Herz begann schneller zu schlagen. War das der ausstehende Gruß an mich? Gerade als ich mich mit einem knappen Nicken unauffällig vorbeimogeln und so tun wollte, als wäre die benachbarte Bankfiliale Ziel meines Wegs, winkte Rainer mir strahlend zu. Zu allem Überfluss blökte er mir vor versammelter Damenmannschaft zu: »Die herrlichen Rosen sind leider für jemand anderen. Heute kam noch kein neuer Auftrag für dich bei mir an.«

Angesichts der verräterischen Hitze auf meinen Wangen verzichtete ich darauf, stehen zu bleiben und seinen Zuruf wie wohl von ihm erhofft zum Anlass für eine launige Unterhaltung über seinen mehrwöchigen Urlaub zu nehmen. Rainer schien das nicht so ganz zu verstehen. Die Damen um ihn herum waren mir jedoch dankbar, dass ich ihn ihnen kampflos überließ.

Fast hatte ich mein sicheres Zuhause schon wieder erreicht, als mich eine weitere Beobachtung von Neuem aus der frisch errungenen Ruhe brachte. Unter der Markise meines Gemüsehändlers drängten sich zwei Gestalten, die ich inzwischen ebenfalls nur zu gut kannte: Kai und die Luxusblondine aus dem *Luitpold*. Einträchtig begutachteten sie die Pfifferlinge, die in einem schmalen Korb zur Auswahl standen. Mir stockte der Atem, als ich beobachtete, wie andächtig sie ihre handverlesene Auswahl für ein vermutlich trautes Abendessen zusammenstellten. Hatte Kai nicht behauptet, diese Woche geschäftlich unterwegs zu sein?

38

Unverhofft geschieht oft«, hatte meine Großmutter gelegentlich weise die Zeitläufte kommentiert, und wie immer hatte sie auch damit recht. Vielleicht hatte mein unbekannter Blumenkavalier Rainer am ersten Nachurlaubstag nicht mit seiner Bestellung überfordern oder ganz einfach mich einen Tag länger als nötig auf die Folter spannen wollen. Jedenfalls klingelte es am nächsten Tag mittags gegen kurz nach zwölf unerwartet an meiner Tür, und noch unerwarteter war es dieses Mal Rainer persönlich, der mir den opulenten Strauß überreichte.

»Mein Laufbursche hat noch Urlaub«, erklärte er. Ich vermutete allerdings, er wollte die Gelegenheit beim Schopf packen und mal sehen, wie ich so lebte und was an mir so Besonderes war, dass jemand bereit war, weiterhin derart viel Geld in das Werben um mich zu investieren. Frech reckte und streckte er sich, um an mir vorbei einen Blick in mein privates Reich zu erhaschen. Wahrscheinlich rechnete er sogar damit, von mir hereingebeten zu werden, wenigstens auf einen Espresso oder ein Glas Wasser.

Doch ich war viel zu begierig darauf, was mich dieses Mal auf der so lang entbehrten Grußkarte erwartete. Knapper, als selbst der geschwätzige Rainer es verdient hatte, fertigte ich ihn an der Tür ab und riss anschließend bereits auf dem Weg in die Küche das gelbe Papier von dem ungewöhnlich großformatigen, schweren Blumenstrauß ab.

Dieses Mal war es ein ganzer Arm voll edelster Lilien, locker durchmischt von einigen wenigen ebenso edlen weißen Callas. Schon als Rainer mit den überlangen Blumen im Hausflur stand, hatte ich befürchtet, keine passende Vase dafür zu besitzen. Dann aber fiel mir die schlichte, kniehohe Bleikristallvase ein, die Detlef mir in einem anderen (Ehe-)Leben einmal geschenkt hatte. Seit seinem Auszug diente sie als Schirmständer im Flur.

Rasch führte ich sie wieder ihrem ursprünglichen Zweck zu und stellte fest, wie ausnehmend gut sich der Strauß auf dem Boden vor dem mittleren Fenster im Wohnzimmer machte. Um diese Zeit fiel die Sonne genau dort herein. Zufrieden zupfte ich die riesigen Blumen noch ein wenig auseinander, bevor ich mich dem eigentlichen Objekt meiner Begierde zuwandte: der farblich passenden Grußkarte.

Dieses Mal behauptete die kluge Bemerkung auf der Innenseite, uns könne nicht viel passieren, wir kämen mit allem klar. Schön gesagt! Und hoffentlich wahr.

Im Handumdrehen hatte ich die Zeilen in den Laptop getippt und wenige Sekunden später die komplette Übersetzung von David Bowies »Absolute Beginners« vor mir.

Atemlos las ich den ganzen Text, fand eigentlich jede Zeile treffend für meine aktuelle Situation. Wie mir seit den letzten Karten klar war, vermied mein heimlicher Kavalier alle Sätze, die im Weitesten als Liebesschwüre gelten konnten, dafür gefiel er sich im Zitieren von Lebensweisheiten und aufmunternden Worten. Als »völligen Anfänger« wollte ich ihn deshalb nicht sehen, eher als jemanden, der ein Meister des Understatements war, insbesondere, wenn man die Blumen und die Textzeilen miteinander kombinierte.

Mehrmals hörte ich mir Bowie via YouTube an, bis ich das Lied vollständig intus hatte. Die Wirkung blieb nicht aus. Ich fühlte mich auf ganzer Linie in meinem Sein bestärkt. Den restlichen Tag googelte ich voller neuem Schwung im Internet, was eine studierte Kunsthistorikerin mit langjähriger Texter- und Redaktionserfahrung eigentlich noch alles machen konnte, wenn sie nicht den Rest ihres Lebens damit verbringen wollte, auf die raren Aufträge eines Düsseldorfer Kunstmagazins oder den neuerlichen Texteeinsatz bei Bernds Kunstberatung in der Pacellistraße zu warten.

»Ich bin stolz auf dich«, kommentierte Ute am Abend meine knappe Zusammenfassung der ersten Suchergebnisse, bevor wir uns mit dicken Decken und einem gut gefüllten Picknickkorb zu einer der wahrscheinlich letzten Freiluftkinovorführungen des zur Neige gehenden Sommers im Westpark aufmachten.

Nahezu wortgleich lobte mich auch mein Vater, als er am nächsten Tag wie verabredet in München eintraf und die am Morgen von mir durch dreistündigen Putzeinsatz auf Vordermann gebrachte Wohnung bewunderte. Natürlich stachen ihm gleich die wunderschönen Blumensträuße auf Esstisch und Parkettboden ins Auge.

»Stell dir vor, ich habe einen heimlichen Verehrer, der mich regelmäßig mit frischen Blumen verwöhnt«, erklärte ich ihm augenzwinkernd. »Seither geht mir vieles leichter von der Hand.«

»Was für eine bezaubernde Idee!« Vergnügt musterte er die Lilien und Callas in der Bodenvase. »Eine solche Freude hast du dir wahrlich verdient.«

Von Bernds Kunstberatung in der Innenstadt war er wenig später ähnlich begeistert, auch wenn er sich weigerte, den von Sabine angebotenen Kaffee und die von Horst avisierte Führung durch die Räumlichkeiten anzunehmen.

»Ich will Sie nicht bei der Arbeit stören«, lehnte er höflich ab, worauf die beiden nicht weiter eingingen. Bernd war zu meiner Erleichterung zusammen mit Astrid bei einem Kunden, wie ich von der Praktikantin erfuhr. Ramona war die Einzige, die das

Auftauchen meines Vaters befremdlich fand. Sabine und Horst dagegen taten so, als wäre es das Normalste der Welt. Horst schlug Konrad sogar vor, sich von ihm ein Bild für zu Hause empfehlen zu lassen.

»Wenn Sie sich erst einmal an Originale in den eigenen vier Wänden gewöhnt haben, werden Sie sie nicht mehr missen wollen.«

»Darauf komme ich bestimmt bald zurück«, erwiderte mein Vater zu meiner Verwunderung. »Meine Tochter versucht schon seit Langem, mich dazu zu überreden. Aber erst einmal habe ich jetzt die Maler bestellt, um die Wände weißeln zu lassen. Mal schauen, was Sie mir dann raten.«

»Willst du dir wirklich richtige Kunst an die Wand hängen?«, fragte ich ihn kurz darauf ungläubig, als er mich auf ein leichtes Mittagessen in die *Brasserie Les Deux* einlud. Noch war es warm genug, draußen zu sitzen und unter dem dreieckigen Dach das geschäftige Treiben im Schäfflerhof zu genießen. Die meisten Geschäfte in diesem Teil der Stadt waren nicht meine Preisklasse, ebenso speiste ich nur auf Einladung im *Les Deux*. Umso mehr genoss ich es, einfach so zu tun als ob und es mir bei elsässischem Flammkuchen, der mit Sommertrüffeln verfeinert worden war, gut gehen zu lassen. Konrads Beamtenpension fiel üppig genug aus, damit ich wegen der Rechnung keine Gewissensbisse bekommen musste.

»Wird es nicht Zeit, dass ich deinem jahrelangen Drängen nachgebe?« Verschmitzt lächelnd prostete er mir mit seinem Hugo zu. »Du kannst mir doch sicher auch einige Tipps geben, welche Kunst zu mir passt.«

»Langsam machst du mir Angst«, neckte ich ihn. »Erst fängst du an, Romane und Krimis zu lesen, dann mistest du das Wohnzimmer aus, und jetzt denkst du sogar ernsthaft über den Kauf eines Bildes nach. Was Mama wohl dazu gesagt hätte?«

»Leider war ich zu ihren Lebzeiten viel zu verbohrt, um das alles mit ihr auszutesten.«

In seinen hellen Augen glitzerte es verräterisch. Zärtlich legte ich ihm die Hand auf den Arm, was er mit einem dankbaren Nicken goutierte.

»Zum Glück ist es nie zu spät, sich zu ändern.«

»Oma Gerda hätte das auch gesagt«, entschlüpfte es mir.

Im nächsten Moment mussten wir beide herzhaft lachen. Er war der Sohn meiner nie um eine Lebensweisheit verlegenen Großmutter. Es bestand Hoffnung, dass er auf seine alten Tage mit seinen weisen Erkenntnissen ihr Erbe antrat.

»Zurück zu deinen Überlegungen mit dem Bilderkauf«, wechselte ich das Thema, weil ich wusste, wie schwer er sich mit seiner Mutter getan hatte. »Das Wichtigste ist, dass du dir Kunst kaufst, mit der du etwas anfangen kannst. Du musst mit dem Bild an der Wand leben. Wenn du willst, können wir demnächst einige Künstler in ihren Ateliers besuchen. Das wird dir noch besser gefallen, als dir für einige Wochen ein Bild zu leihen. Du kannst dich mit dem Künstler unterhalten und so vielleicht einen intensiveren Bezug zu seinen Werken herstellen.«

»Das hört dein neuer Chef wohl besser nicht.«

»Das darf er ruhig hören. Erstens ist er nicht mein Chef, sondern nur mein Auftraggeber, und zweitens ist so ein Kunstkonzept, wie sein Büro es vor allem für Firmenkunden und Arztpraxen erstellt, für dich als Privatmann absolut unpassend. Du bist weder geldiger Sammler noch Unternehmer, der seine Räume repräsentativ gestalten muss. Nachher gebe ich dir einige Kataloge von Künstlern mit, mit deren Bildern du sicher etwas anfangen kannst.«

»Vielleicht solltest du auch in die Kunstberatungsbranche einsteigen und dich auf Privatleute wie mich spezialisieren, also Durchschnittsverdiener mit Durchschnittsgeschmack und vor allem Durchschnittsgeldbeutel. Du könntest sie in die Ateliers und Galerien begleiten und ihnen so die Angst davor nehmen, dass moderne Kunst nur etwas für gutbetuchte, elitäre Sammler ist.«

»Keine schlechte Idee.«

Das fand auch Ute, als ich ihr am nächsten Tag von den Erlebnissen mit meinem Vater berichtete. Den ganzen Nachmittag waren Konrad und ich in Ausstellungen und Galerien unterwegs gewesen, bis ich ihn bei mir zu Hause bekocht und ihm noch einige Kataloge mir persönlich bekannter Künstler gezeigt hatte. Selbst einen Tag später erschien mir das alles noch unwirklich. Zum ersten Mal in meinem Leben hatte sich mein Ingenieurvater intensiv mit dem auseinandergesetzt, was ich studiert und mir zum Beruf auserkoren hatte. Am Ende war die Stimmung zwischen uns derart gelöst gewesen, dass ich ihm sogar meine Texte aus *Apotheke Plus* über Darmverschluss, Hühneraugen und ausgewogene Ernährung im Seniorenalter gezeigt hatte.

»Von den neuen Wilden des einundzwanzigsten Jahrhunderts bis zur chronischen Verstopfung ist wirklich ein weites Feld. Hut ab, wie du dich da immer wieder aufs Neue in die Themen einarbeitest«, hatte er anerkennend festgestellt.

»Das Lob erscheint mir reichlich spät«, kommentierte Ute am folgenden Tag. »Hast du dir schon Gedanken gemacht, warum er sich auf einmal so radikal verändert hat? Das kommt doch wohl kaum von ungefähr.«

»Er geht auf die achtzig zu«, hörte ich mich selbst wie aus weiter Ferne sagen. »Da zieht er Bilanz und stellt wohl fest, dass er einiges in seinem Leben versäumt hat.«

Ich brauchte Utes skeptischen Blick gar nicht erst zu sehen, um zu wissen, wie wenig ich mir das gerade selbst abnahm. Längst wuchs da ein ganz anderer, geradezu unerhörter Gedanke in mir heran. Wie hatte ich nur so einfältig sein und die Hinweise derart falsch interpretieren können? Wenn ein Mann wie mein Vater, der zeitlebens freiwillig nur Fachbücher und Fachzeitschriften in die Hand genommen hatte, plötzlich anfing, zur Unterhaltung zu lesen, sich legerer kleidete, seine angestaubte Einrichtung entrümpelte und sich für Dinge interessierte, die ihm früher nicht einmal ein Achselzucken wert gewesen waren, konnte nur eines dahinterstecken: Konrad war verliebt!

Einerseits versetzte mir das einen Stich. Natürlich dachte ich an meine vor Langem verstorbene Mutter, die in meinen Augen für alle Ewigkeit die einzige Frau in seinem Leben sein durfte. Aber andererseits freute ich mich auch für meinen Vater. Was für ein Gefühl, mit Ende siebzig noch einmal Schmetterlinge im Bauch zu spüren!

Ganz zart setzte hinten in meinem Kopf die Melodie von Bowies »Absolute Beginners« ein. Ging es darin nicht um ein Liebeslied, das über Berge flog? Was für eine bezaubernde Vorstellung! Plötzlich war ich neidisch auf Konrad. Alle Welt war verliebt – nach meinem gerade erst flügge gewordenen Sohn und meiner Tochter nun also auch mein alter Vater. Nur ich stand auf verlorenem Posten.

Voller Wehmut streifte mein Blick die gigantischen Lilien und eleganten Callas. Bevor die blöde Grübelei wieder einsetzte, richtete ich mein Augenmerk lieber auf den zweiten Teil meines Vorsatzes und stellte mit einem vergnügten Augenzwinkern fest, dass ich gelegentlich ein echtes Schaf war – oder vielleicht doch nur ein »absolute beginner«, vor allem in Sachen zwischenmenschliche Beziehungen.

39

Letztlich war es egal, ob Konrad wirklich verliebt war oder ich das nur in sein Verhalten hineininterpretierte. In jedem Fall verwandelte er sich zum Positiven. Längst telefonierten wir mehrfach die Woche miteinander und lachten dabei viel. Von den Blumengrüßen meines mysteriösen Kavaliers erzählte ich ihm zwar nichts mehr, dafür von meiner »Einfach so tun als ob«-Philosophie, die er eine ähnlich gute Idee wie die »Kunstberatung für jedermann« fand.

»Wenn du Anfangskapital brauchst, sag mir Bescheid«, ermunterte er mich zu meiner großen Verwunderung sogar. »Ein bisschen was hat dein alter Herr noch auf der hohen Kante, das unters Volk gehört, bevor die Erbschaftssteuer fällig wird.«

»Da kann nur eine jüngere Frau dahinterstecken«, lautete von Neuem Utes Resümee, als ich ihr davon erzählte.

Wieder einmal ließen wir den Abend gemeinsam ausklingen. Da seit einigen Tagen das Oktoberfest die Theresienwiese wie auch die Schwanthalerhöhe und das halbe Westend in Atem hielt, hatten wir uns ins *Laimers* geflüchtet. Das gemütliche Lokal nebst winzigem Biergarten inmitten einer Vorstadtsiedlung aus den frühen Zwanzigerjahren kannten nur Eingeweihte sowie Kinofans. Praktischerweise gehörte das *Neue Rex* nämlich gleich dazu, wo Ute und ich uns später noch einen Film anschauen wollten.

Der September neigte sich unweigerlich dem Ende zu. Mit viel Regen und kühlen Temperaturen hatte der Herbst begonnen. Beste Voraussetzungen für einen entspannenden Kinoabend, vor allem, wenn wieder einmal einer dieser französischen Filme auf dem Programm stand, die Ute und ich so mochten.

»Bist du etwa eifersüchtig? Dabei ist es doch herrlich romantisch, in hohem Alter noch einmal verliebt zu sein«, erwiderte ich und kippte zur Bekräftigung den Rest meines Radlers in einem Zug hinunter.

»Mit deinem Blumenkavalier in petto hast du gut reden«, erwiderte Ute und schaute pikiert in ihr leeres Glas, als würde sie nicht begreifen, wohin das Radler so schnell verschwunden war. »Noch dazu, wo du mit Detlef wenigstens schon einmal für wenige Jahre die Illusion haben durftest, das Glück deines Lebens gefunden zu haben. Was soll ich dagegen sagen? Fast fünfzig, und noch immer ist der Frosch nicht in Sicht, den ich zum Prinzen wach küssen darf.«

»Vielleicht suchst du einfach zu verbissen.«

»Hältst du es etwa für sinnvoller, sich brav auf die Mauer zu setzen und abzuwarten, bis sich der lang ersehnte Glücksritter endlich die Ehre gibt, an mir vorbeizureiten? Das ist doch eine Haltung von vorgestern.«

»Und wenn's so ist! Hauptsache, sie funktioniert. Zu verlieren hast du schließlich nichts. Einen Versuch wäre es doch mal wert, gerade jetzt, wo du seit Wochen wie eine Wahnsinnige digital gesucht und unzählige Male mögliche Kandidaten in Espresso- und sonstigen Bars gedatet hast, ohne dass mehr als Frust herausgekommen ist. Mein Blumenkavalier ist schließlich auch von ganz allein auf den Plan getreten. Weder habe ich auf ihn gewartet noch ihn inständig hergebeten.«

»Dafür weißt du immer noch nicht, wer dahintersteckt.«

»Weil ich mir noch nicht sicher bin, ob ich es wirklich wissen will. Wenn ihm so viel an mir liegt, wird er früher oder später schon selbst versuchen, mit mir in Verbindung zu treten. Wenn nicht, ist er es ohnehin nicht wert. Wenn es überhaupt ein Mann ist.«

»Wer sollte es sonst sein?«

»So viele Alternativen gibt es da meines Wissens nicht.«

»Deine Geduld möchte ich haben.«

»Geduld ist eine Tugend.«

Schon wieder so ein Satz meiner Großmutter Gerda. Wahrscheinlich hatte Ute recht, und ich entpuppte mich gerade als absolut konservativ. Ich bedeutete der Bedienung, mir eine Holunderschorle zu bringen. Sonst würde ich den Film nachher nicht mehr in voller Länge genießen können, weil ich entweder viertelstündlich zum Klo rannte oder einschlief.

Ute musste schon jetzt. Gedankenverloren sah ich ihr nach, wie sie zu den Toiletten tänzelte, und dachte zum sicher tausendsten Mal in den letzten Wochen, dass die Männer schön blöd waren, eine Frau wie sie zu ignorieren. Sie sah nicht nur gut aus und wusste sich stilsicher zu kleiden, sie war auch noch klug und amüsant dazu. Womöglich aber war genau diese Kombi zu viel für das sogenannte starke Geschlecht.

Erneut kehrten meine Überlegungen zu mir und meiner schlichten »Einfach so tun als ob«-Philosophie zurück. Damit fuhr ich gar nicht so schlecht. Seit der Blumenkavalier aktiv geworden war, entwickelte sich für mich trotz einiger Anlaufschwierigkeiten beruflich alles durchaus zufriedenstellend. Seit einigen Tagen saß ich wieder in Bernds Kunstberatung in der Pacellistraße und stellte den nächsten Newsletter zusammen. Angenehmerweise war er selbst gerade irgendwo in Italien oder Südfrankreich unterwegs, was mich vorerst der Entscheidung entledigte, ob ich nach Büroschluss trotz fehlender Sonne weitere »Sundowner« mit ihm trinken gehen sollte oder nicht. Nebenbei blieb mir dieses Mal ausreichend Zeit, für *Kunst aktuell* eine vorerst fünfteilige Serie über Frauen als erfolgreiche Galeristinnen vorzubereiten. Den Redakteur von *Apotheke Plus* hatte ich voller Genugtuung um Geduld gebeten und war sogar dann noch hart geblieben, als er mir ein Drittel mehr als mein ursprüngliches Honorar bot, um eine Serie zum Thema »Rückenschmerzen müssen nicht sein« zu verfassen. Darauf würde ich wohl erst im Lauf des Oktobers eingehen. Zeitgleich beschäftigte mich im Hinterkopf die jüngst mit Konrad geborene Idee mit der Kunstberatung für Durchschnittsbürger. In Zeiten, in denen die Immobilienpreise nicht nur in München durch die Decke schossen und auch die Goldreserven unerschwinglich wurden, war die Idee unbestreitbar reizvoll. In irgendetwas musste auch Otto Normalverbraucher investieren. Warum nicht endlich auch einmal in Kunst?

In puncto Liebe dagegen wollte ich mir nicht erst seit den regelmäßigen Blumengrüßen meines heimlichen Verehrers – oder wer auch immer dahintersteckte – und meiner neuen Lebenseinstellung keinen Stress mehr machen. Nach den Jahren mit Detlef wusste ich, dass ich nichts versäumte, wenn ich solo blieb. Davon abgesehen hatte ich im Lauf des Sommers mehr als ein Mal Herzrasen wegen ungewohnter Avancen bekommen: Kai und Bernd hatten mir ebenso wie Dirk und letztlich sogar Rainer zu verstehen gegeben, dass sie mich attraktiv fanden. Auf dem Abstellgleis rangierte ich beruhigenderweise also noch nicht. Außerdem bewies Konrads Beispiel, dass auch in späteren Jahren noch alles möglich war und überstürzte Entscheidungen oder gar Torschlusspanik fehl am Platz waren.

Warum wollte meine toughe Freundin Ute sich meine jüngsten Erfahrungen nicht zunutze machen und weniger verkrampft suchen oder gar in Ruhe abwarten, was geschah? Ihre verzweifelten Bemühungen endeten derzeit sowohl in beruflichen wie in Liebesdingen mehr und mehr in einer Katastrophe. Bei *Lutter*,

Helmbrecht & Partner hatte sie zwar dem blasshäutigen Greenhorn mit der wachstumsträchtigen Familienplanung eines Meerschweinchens die Kohlen aus dem Feuer geholt und damit die Kanzlei vor einer ruinösen Schadensersatzzahlung bewahrt, von ihrer Ernennung zum offiziellen Sozius aber waren die alten Herren in ihren schwarzen Talaren wieder einmal in letzter Sekunde unter einem fadenscheinigen Vorwand abgerückt. Ebenso schienen die immer häufigeren Dates und Matches, die Ute virtuell aufstöberte, in immer kürzerer Zeit realiter im Desaster zu enden. Inzwischen erwähnte man in Utes Gegenwart das Reizwort »Espresso« besser gar nicht mehr, von »Partnerschaft« und »Beziehung« gar nicht erst zu reden.

»Lass uns einen allerletzten Versuch starten«, schlug sie mir nach Filmende auf dem Heimweg in der Straßenbahn vor. Es war Freitagabend, das Wochenende lag vor uns. Utes Augen funkelten unternehmungslustig. Die drei Radler hatten ihr wenig ausgemacht. Schon befürchtete ich, sie wollte mir vorschlagen, in einen der Klubs in der Innenstadt zu fahren, um wie ein fesches Girlie bis zum Morgengrauen zu feiern und darauf zu hoffen, dort doch noch wie durch ein Wunder auf den Traummann zu stoßen. Gleich zermarterte ich mir das Hirn auf der Suche nach einer einigermaßen plausiblen Ausrede, die mich weder zu spießig noch zu langweilig oder gar so alt aussehen ließ, wie ich mich angesichts der vorgerückten Uhrzeit gerade tatsächlich fühlte.

»Was hältst du davon, wenn wir uns ein spontanes Wellnesswochenende gönnen?«, erlöste Ute mich aus meiner Angst. »Jetzt, da alle Welt zur *Wiesn* strömt, kriegen wir im *Sonnenbichl* in Garmisch oder im *Bachmair* am Tegernsee ganz bestimmt kurzfristig ein Zimmer.«

40

Nach einem kurzen Telefonat am Samstagvormittag entschieden Ute und ich uns für den Tegernsee. Beide Adressen entsprachen zwar trotz Bernds großzügigem Honorar nicht ganz dem, was mein Bankkonto für spontane Wochenendtrips hergab, aber Ute erwies sich auch in diesem Punkt wieder einmal als beste aller Freundinnen und übernahm stillschweigend die Rechnung für uns beide. So räkelten wir uns samstagmittags schon mit dicken Masken auf Gesicht und Dekolleté auf einer Sonnenliege auf der Seeterrasse. Das kühlnasse Herbstwetter hatte sich gnädigerweise wieder verzogen, Das kitschige Bergpanorama vor bayrisch weiß-blauem Strahlehimmel gab sich extra für uns die Ehre.

Natürlich waren wir nicht das einzige Freundinnenpaar im Hotel und erst recht nicht auf der Terrasse. Genau betrachtet schienen nur engste Freundinnenpaare diverser Altersstufen das zu Oktoberfestzeiten in München schwer erträgliche mittlere Wiesenwochenende zu nutzen, um am Tegernsee die Seele baumeln zu lassen. Und sich über Gott und die Welt sowie vor allem den männlichen Teil in Letzterer nach Herzenslust auszutauschen. Wirkliche Ruhe herrschte kaum, dafür waren gelegentlich dezente Entzückens- wie auch Entsetzensbekundungen der Marke »Ich fasse es nicht!«, »Das ist nicht dein Ernst!« oder »Habe ich es nicht immer schon gewusst!« zu vernehmen, die irgendeine der eher quarkweißen Mumien denn weiblichen Wesen ähnelnden Gestalten auf den Liegen von sich gaben. Die Anonymität der Gesichtspackungen trug das ihre dazu bei, dass die Seelenbeichten, die frau angesichts des silbrig glänzenden Sees »ganz im Vertrauen« und »natürlich nur unter uns« ablegten, erstaunlich detailliert ausfielen. Fehlten nur noch Anschriften und Telefonnummern, und man hätte sich leicht mit Erpressungen ein kleines Zubrot verdienen können. Denn das, was da zwischen Schlammmaske und Eischneepeeling weitergegeben wurde, war gewiss nicht für die breite Öffentlichkeit bestimmt, auch wenn es im Großen und Ganzen um heutzutage eher weniger skandalöse Eingeständnisse wie das eines Seitensprungs oder einer heimlichen Abtreibung bis hin zum Bekenntnis, Swingerpartys zu lieben, ging.

Dagegen war das, was Ute mir zu gestehen hatte, erschütternd harmlos. Genau zwei Vitamincocktails für die Figur, eine Grüne-Tee-Packung für die Augen und eine halbe Pediküre am linken Fuß später ließ Ute nämlich endlich die Katze aus dem Sack. Weder war ihr Entschluss, ein Wellnesswochenende mit mir zu verbringen, spontan gewesen noch die Wahl des Hotels wirklich dem Zufall geschuldet. Beides hatte sie von langer Hand, genau genommen seit letztem Mittwoch, strategisch geplant. Der leicht zu erratende Grund war natürlich ein Mann.

»Wenn du ihn siehst, fällst du in Ohnmacht. Dagegen sind George Clooney, Daniel Craig oder Robert Downey jr. langweilige Konfirmandenjungs.«

»Wärst du dann nicht besser allein hergefahren?«, warf ich zaghaft ein. »Mit mir an der Backe wird dich dein Traummann heute Abend wohl weder im Restaurant noch später an der Bar ansprechen.«

»Hast du dich hier mal umgesehen?«, zischte sie mir empört zu. »Niemals taucht eine Frau, die einigermaßen normal ist, zur Wellness im *Bachmair* allein auf, erst recht nicht, wenn sämtliche Münchner vor dem Italienerwochenende in die Berge geflohen sind. Da kriegt selbst die letzte Büroschlampe noch irgendeine nichtsnutzige Begleitung gebacken. Alles andere würde sie als kontaktgestörtes Mauerblümchen entlarven.«

»Wie schön, dass deine Wahl auf mich als deine nichtsnutzige Begleiterin gefallen ist.«

Die sarkastische Anspielung überhörte meine Freundin geflissentlich. Stattdessen offenbarte sie mir, dass besagter Märchenprinz ein Juristenkollege aus Hamburg sei, der mit dem Gedanken spiele, als neuer Sozius bei *Helmbrecht, Lutter & Partner* einzusteigen. Würde er sie nun hier im Hotel »zufällig« treffen, würde er die Gelegenheit selbst in meiner Gegenwart nutzen, um sie anzusprechen. Zu begierig war er doch nach Insiderinformationen über die Kanzlei.

»Du kannst dich dann netterweise nach einer gewissen Zeit unter irgendeinem Vorwand verkrümeln. Fachgespräche unter Juristen langweilen dich ja sowieso.«

»Gern«, räumte ich freimütig ein, betrachtete meine Freundin auf der Liege neben mir nun allerdings mit ernsthafter Sorge. »Ist dir die Partnerschaft bei deinen demenzgefährdeten Altchefs jetzt schon so viel wert, dass du sie dir notfalls erheiraten willst?«

»Das mit den beiden Fliegen und einer Klappe hast du mir doch selbst so schön vorgeführt«, konterte sie leicht enerviert.

»Wie bitte?«

»Denk nur an Bernd und seine Kunstberatung.«

»Den will ich weder heiraten noch überhaupt je etwas mit ihm anfangen. Zugegeben, er hat mich angeflirtet. Aber nur, weil er Frust mit seiner Annette hat. Das ist überhaupt nicht ernst zu nehmen. Und das mit seiner Kunstberatung hat sich in absehbarer Zeit ebenfalls erledigt. Sobald ich mir im Klaren bin, wie ich mich mit etwas Ähnlichem selbstständig mache, ist mein Job in der Pacellistraße Geschichte.«

Letztlich erwiesen sich meine Sorgen um Ute schneller, als es ihr lieb sein konnte, als unbegründet. Der Hoffnungsschimmer am Kanzleihimmel, der sowohl Utes private wie auch berufliche Sehnsüchte endlich hätte erfüllen sollen, kreuzte zwar tatsächlich am späten Nachmittag vor dem *Bachmair* standesgemäß in einem knallroten, tiefer gelegten Sportwagen auf. Leider aber hatte er ganz klischeehaft auch die passende langbeinige Schönheit auf dem Beifahrersitz sitzen.

»Die geht vom Alter nicht einmal mehr als seine Tochter durch«, merkte Ute zähneknirschend an, als sich das Traumpaar abends zum Aperitif wenige Barhocker entfernt von uns in der Hotellounge niederließ.

Aus der Nähe betrachtet war das blonde Gift tatsächlich weitaus älter als zunächst vermutet. Botox und Lifting wirkten eben auch nur begrenzt Wunder, vor allem sorgten sie irgendwann für ein erschreckend starres Antlitz, gegen das eine gipserne Totenmaske als geradezu lebendig erschien.

»Es ist doch sympathisch, dass er sich bei der Wahl seiner Partnerin nicht im Schulhort umsieht«, entgegnete ich.

Unauffällig musterte ich ihn genauer. Es war mir ein Rätsel, wie Ute ihn je auch nur im Entferntesten mit der Ausstrahlung irgendwelcher Hollywoodbeaus hatte vergleichen können. Mit viel Fantasie konnte man eine gewisse Ähnlichkeit mit Telly Savalas konstatieren. Was bei Kojak Lässigkeit war, wirkte bei Mr.-demnächst-vielleicht-Mitgesellschafter-am-Isartor jedoch wie pure Arroganz. Der schimmernde Boss-Anzug und das unter dem weit offen stehenden Hemdkragen sichtbar werdende Goldkettchen rückten ihn gar in die Nähe zwielichtiger Kiezgrößen. So verzweifelt konnte Ute doch hoffentlich nicht sein, so jemanden ernsthaft auf die Liste ihrer Favoriten zu setzen? Im Internet hätte sie den gewiss voller Elan nach links vom Screen gefegt.

»Mir wäre er übrigens zu glatzköpfig und vom Teint her zu schweinchenrosa«, stellte ich mit einem abschließenden Blick auf seine Budapester fest. Braune Schuhe nach neunzehn Uhr – das ging gar nicht, da war und blieb ich *old-fashioned*, erst recht, wenn man angesichts seiner kostbaren Uhr am Handgelenk eine gewisse Weltläufigkeit unterstellen mochte.

»Außerdem könnte er locker noch zehn Kilo abnehmen, um besser ins Jackett zu passen. Von der erschütternden Nähe zur Seniorenermäßigung ganz zu schweigen. Altersmäßig katapultiert ihn das in hohem Bogen von der Liste der Bewerber um deine Gunst.«

Letztere Feststellung brachte bei Ute das berühmte Fass zum Überlaufen. Sie brach in ein derart auffälliges Gelächter aus, dass wir für eine gefühlte endlose Viertelstunde – in Wahrheit waren es höchstens zwei Minuten, wie mir ein Blick auf meine schlichte Armbanduhr bestätigte – im Zentrum des Interesses standen. Sämtliche Beschwichtigungsversuche meinerseits waren zum Scheitern verurteilt, ebenso die erst dezenten, dann energischer werdenden Maßnahmen des Hotelpersonals und die diversen Hilfsangebote anderer Gäste, Ute zu beruhigen.

Der sichtlich aus dem Leim gegangene Telly Savalas und seine straffe Barbiepuppe taten dagegen geflissentlich, als würden sie nicht das Geringste von Utes Anfall mitbekommen. Erst als wir nahezu zeitgleich zum Abendessen das Restaurant betraten, gab der stiernackige Glatzkopf vor, Ute zu erkennen, und grüßte sie mit einem nachsichtigen Schmunzeln.

Zu meinem großen Erstaunen verwandelte sich meine Freundin ad hoc in eine Eisprinzessin. Fast hörte ich den Frost in ihrer Stimme klirren, als sie ihn reserviert mit dem vielsagenden Namen »Doktor Muggele« ansprach und seine Begleiterin ostentativ als Gemahlin bezeichnete, was sie ihrer und seiner Verlegenheit nach ganz gewiss nicht war.

»Was fängt der Mann mit einer Geliebten im selben Alter an?«, kam Ute am Sonntagabend auf der Heimfahrt vom Tegernsee nach München noch nicht über die Begegnung hinweg. Je näher wir dem Autobahnende in Giesing kamen, desto sichtbarer nagte die Erkenntnis an ihr, sich damit einer weiteren unberechenbaren Konkurrenz gegenüberzusehen. Die jungen, unbedarften Gespielinnen konnte sie im Zweifelsfall mit ihrer Lebens- und Berufserfahrung ausstechen. Oder sie als alberne Kindergartengören der Lächerlichkeit preisgeben. Botoxgespritzte *elder ladies* dagegen waren ihr – noch – ein Buch mit sieben Siegeln.

»Auch wenn dein neuer Boss in spe ein überheblicher Kotzbrocken ist, finde ich die reife Gefährtin an seiner Seite einen durchaus sympathischen Zug an ihm«, erwiderte ich. »Das lässt doch hoffen, dass endlich auch wir Frauen mit fünfzig plus nicht mehr automatisch auf dem Abstellgleis landen. Der eine oder andere Mann entdeckt langsam, aber sicher durchaus die Vorzüge weiblicher Abgeklärtheit.«

41

Als wollte Ute plötzlich sämtliche Hebel in Bewegung setzen, die eigene Abgeklärtheit herauszuarbeiten, entschied sie Anfang der neuen Woche, sich freizunehmen, um sich einer gründlichen Überarbeitung des eigenen Typs zu unterziehen.

»Höchste Zeit, dass wir beide uns stilistisch überdenken«, stellte sie fest und wollte die am Tegernsee begonnene Wellnessbehandlung mit einer neuen Frisur bei einem der angesagten Eventfriseure sowie mit einer Shoppingtour durch die Innenstadt krönen.

»Auch beim Haareschneiden schwöre ich auf analog. An meine Haare lasse ich seit mehr als zwanzig Jahren nur Thomas von *Cuts & more*, wie du weißt. Ich brauche keine Dauerbeschallung via Flatscreen statt Spiegel, und außerdem bin ich mit meinem derzeitigen Kleidungsstil ganz zufrieden«, wehrte ich ihre Versuche ab, mich zum Mitkommen zu bewegen. »Lass uns morgen Abend lieber gemeinsam ins Theater gehen. Dreieinhalb Stunden schwermütiger Tschechow, und du weißt wieder, wie gut es dir mit all deinen Wehwehchen eigentlich geht.«

»Gib zu, du hoffst doch nur, im Foyer des Residenztheaters vielleicht deinem edlen Blumenkavalier über den Weg zu laufen.«

»Zumindest finde ich dort eher die Klientel, die von meiner Seite aus als Kandidat infrage käme. Ein bildungshungriger Theatergänger ist mir immer noch lieber als ein auf Äußerlichkeiten bedachter Karrierist.«

In der Tat hatte ich am nächsten Abend ausreichend Anschauungsmaterial vor Augen, um mir während der etwas zähen Aufführung des ausgebrannten, lebensüberdrüssigen *Iwanow* wieder einmal ein Wunschbild meines heimlichen Kavaliers zusammenzustellen. Die theater- und kulturbegeisterten Herren, deren Halbprofile ich im Dämmerlicht des Zuschauerraums studieren konnte, wären sowohl altersmäßig als auch hinsichtlich ihrer aufmerksamen Miene, mit der sie das Bühnengeschehen verfolgten, durchaus für mich in Betracht gekommen. Ihr einziger Makel war, dass sie sich durch die Bank in weiblicher Begleitung befanden. Welcher Mann quetschte sich an einem milden Altweibersommerabend auch freiwillig allein in einen Theatersessel? Zu so viel Aufopferung für die hehre Kunst waren nur Frauen fähig, die gut zwei Drittel des Publikums ausmachten und sich durchaus auch allein hertrauten.

Wenigstens kam Ute an diesem Abend unerwartet auf ihre Kosten, wie mir in der Pause in der Bar *Zur schönen Aussicht* mit dem besten Blick auf den nächtlich beleuchteten Max-Joseph-Platz und die Residenz klar wurde. Nachdem ihr ein weißhaariger Herr in Sakko und Jeans – Typ erfolgreicher Hausarzt in baldigem Vorruhestand – elegant den Vortritt in der unendlichen Schlange gelassen und sie beim Bezahlen auch noch aus der Verlegenheit des fehlenden Kleingelds gerettet hatte, war sie praktisch nicht mehr für mich ansprechbar. Amüsiert schrieb ich ihre Hinwendung zum neuen Jagdprofil Männer Mitte fünfzig plus der Tatsache zu, dass sie sich endlich auch zu einem kinnlangen Bob entschlossen hatte, der das beeindruckende Volumen wie auch das nach wie vor natürliche Schwarz ihrer Haare bestens zur Geltung brachte. Ebenso hatte sie endlich das seriöse Dunkelblau ihrer Kleidung gegen das intellektuellere Schwarz getauscht und setzte zum Abendanzug auf freche weiße Sneaker statt halbhoher Pumps. Dem Weißhaarigen mit dem leicht schiefen Lächeln schien es zu gefallen. Und ihr auch.

»Halt mich auf dem Laufenden«, wisperte ich ihr nach Ende der Aufführung zu, als ich noch vor ihr den »zufällig« auf der Treppe vor dem Eingang wartenden Sakkomenschen erspähte. Brav verkrümelte ich mich mit dem entschuldigenden Hinweis »Ich muss morgen leider früh raus«, ehe sie zumindest anstandshalber auch nur halbherzig gegen mein Verschwinden protestieren konnte.

42

Auf Utes heiß ersehnten Bericht über den weiteren Verlauf des Abends und/oder der Nacht wartete ich am nächsten Tag vergeblich. Natürlich war sie wieder in der Kanzlei und konnte unmöglich zwischen den Terminen mit Mandanten, Kollegen und den strengen alten Herren von *Lutter, Helmbrecht & Partner* am Telefon Rechenschaft ablegen. Eine knappe WhatsApp aber wäre spätestens in der Mittagspause durchaus im Bereich des Machbaren. Oder verbrachte sie die gleich wieder in Gesellschaft ihrer stolzen Theatereroberung? Dann aber hoffentlich nicht in einer der Espressobars rund um Isartor und Maximilianstraße, wo sie sich in den letzten Wochen mit ihren Datingportal-Fängen verabredet hatte. Man beziehungsweise frau konnte nie wissen, wer sich da noch an ihre Begleiter erinnerte und sie peinlicherweise in Gegenwart des Weißhaarigen mit dem schiefen Lächeln darauf ansprach.

Mit einem Anflug von Neid, weil ich weder in der Mittagspause noch in irgendeiner Espressobar ein Date in Aussicht hatte, entsorgte ich den verwelkten Lilien-und-Calla-Strauß. Der Blumenkavalier war auch nicht mehr das, was er mal war, durchzuckte mich ein weiterer, nicht eben gute Laune verheißender Gedanke, als ich den Deckel der braunen Tonne über den vertrockneten Stängeln schloss. Die letzten Sträuße hatte er sonst verlässlich spätestens dann geschickt, wenn mit dem Verblühen der vorherigen zu rechnen gewesen war, also in der Regel im Abstand von zehn bis vierzehn Tagen, abgesehen natürlich von Rainers Sommerpause in der zweiten Augusthälfte. Nun war er schon mindestens einen Tag überfällig. Trotz bester Pflege aber waren die Blumen nur mehr ein Trauerspiel gewesen, das ich schweren Herzens hatte beenden müssen.

Zu meiner eigenen Aufmunterung summte ich Diana Ross' »Chain Reaction« vor mich hin und erklomm die Treppen zurück in den dritten Stock. Durch die offene Balkontür in der Küche wehte der Lärm von der nahen Wiesn herüber. Wenn ich die Ohren spitzte, konnte ich die Ankündigung der »nächsten Hinrichtung um halb fünf« beim Schichtl hören. Das Leben tobte drei Straßen neben mir gerade eindeutig sehr ungestüm. Ein flüchtiger Blick zu Dirks verschlossenen Fenstern im Dachgeschoss bestätigte mir meine Vermutung, dass ich derzeit tagsüber die Einzige im Haus war.

Unschlüssig starrte ich meinen Laptop an, der auf dem Balkontisch auf mich wartete, allzeit bereit zu neuen geistigen Höhenflügen. Der aktuelle Newsletter für *Feldhorst & Feldhorst* war an Sabine abgeschickt, die erste Folge meiner Galeristinnenserie für *Kunst aktuell* an die Redaktion versandt. Die Rückenschmerzserie für *Apotheke Plus* konnte noch einige Tage warten. Eine kurze Auszeit im entspannenden Pflug auf dem Wohnzimmerteppich dagegen nicht. Schon streckte ich mich auf dem Boden aus, schwang die Beine über den Kopf nach hinten und atmete bewusst ein und aus.

Das Klingeln an der Tür riss mich heraus. Erschrocken schwang ich mich zurück auf die Beine. Wer konnte das sein, mitten in der Woche nachmittags um halb fünf, wenn Leon am anderen Ende des Atlantiks ganz gewiss keine Pakete des bösen Versandmultis mit dem großen A an die heimische Adresse orderte? Da gab es nur eine Möglichkeit. Atemlos stürzte ich zur Tür.

Kaum ließ ich dem Boten Zeit, sein Sprüchlein loszuwerden und mir den in eierschalenfarbenes Papier gewickelten Blumengruß zu überreichen, so eilig hatte ich es, an die neue Pracht und vor allem an die darin befindliche Karte zu gelangen.

»Wie wär's jetzt mal mit einem kleinen Trinkgeld?«, maulte der unscheinbare Bursche mit der ausgebleichten Baseballkappe und dem ausgeleierten Flanellhemd. Pflichtschuldigst kramte ich aus dem Portemonnaie auf der Flurkommode eine Zweieuromünze und komplimentierte ihn damit von dannen, auch wenn ich die Bezeichnung »kleines Trinkgeld« eindeutig zu wörtlich genommen hatte.

Der Strauß war zierlicher als der letzte. Dafür waren die Farben der Astern und Rosen umso bunter und boten einen bezaubernden Querschnitt durch die herbstliche Vielfalt. Weitaus heftiger dagegen klangen die – natürlich computergetippten – Textzeilen in der Karte, die mir eine Dampflok versprachen, sollte ich das Gleis dafür auslegen.

Uff! Das hörte sich alles andere als liebreizend an. Kaum hatte ich die Sätze gegoogelt, schmunzelte ich allerdings. »Sledgehammer« von Peter Gabriel zählte zwar nicht zu meinen Lieblingshits, dank seines eingängigen Rhythmus wie auch des aufschlussreichen Textes konnte man es jedoch durchaus als explizite Aufforderung verstehen, endlich zur Sache zu kommen, sprich: die Identität des mysteriösen Kavaliers zu lüften.

»Anruf genügt« hieß es drei Zeilen weiter im Text, er werde »genau das sein«, was ich gerade brauche. Wow! Mit den Bienen und dem Früchtekorb wurde es dann sogar noch eindeutiger im Text, was er dabei im Sinn hatte.

Mir wurde wohlig heiß. Der Kavalier schien endlich Tacheles zu reden und zur Sache kommen zu wollen. Nur zu gern würde ich das Angebot annehmen. Der Gute hatte allerdings ein entscheidendes Detail vergessen: Weder wusste ich seinen Namen, noch kannte ich seine Telefonnummer. Zur Sicherheit unterzog ich die Karte wie auch den Umschlag und das gesamte Blumenpapier einer mehrfachen Prüfung. Außer dem aus Rainers Blumenladen stammenden Blumenfrischbeutel befand sich kein weiterer Hinweis darin. Aber war das nicht schon genug? Ohne länger nachzudenken schnappte ich mir meinen Schlüssel und verließ die Wohnung.

43

Bis ich Rainers Geschäft erreichte, war ich mir über mein weiteres Vorgehen im Klaren. Ungeduldig beachtete ich im Laden weder die anderen Kunden noch Rainers Beschäftigung mit dem Zusammenstellen eines herbstlichen Straußes für eine ihn kritisch beäugende ältere Dame in sehr herbstlichem Rostrot und mit stoppelkurzem grauem Haar.

»Du musst mir einen Gefallen tun«, forderte ich Rainer ohne weitere Einleitung auf. Sein erstauntes Augenbrauenhochziehen ignorierte ich. »Richte bitte meinem Blumenkavalier aus, dass ich ihn Freitagabend um acht im *Pacific Palisades* am Schlachthof erwarte.«

»Wovon redest du?« Nachdem er die Stängel in der linken Hand auf gleiche Länge abgezwickt hatte, wickelte er in atemberaubendem Tempo einen grünen Bastfaden darum. Die rostrote Lady zog die viel zu dünn aufgemalten Augenbrauen hoch.

»Das weißt du genau. Bitte ruf den Menschen einfach an, der mir seit Wochen sündhaft teure Blumen aus deinem Laden schickt, und gib ihm die Einladung weiter.«

»Bin ich jetzt dein Liebesbote?« Rainers Grinsen wurde süffisant. Natürlich wollte er seine Machtposition auskosten. »Was habe ich davon?«

»Hast du nicht schon lange etwas davon? Immerhin hast du mir einen lukrativen Stammkunden zu verdanken.«

»Mal schauen«, erwiderte er knapp und tippte den Preis für das Herbstgebinde der Dame mit den unnatürlichen Augenbrauen in die Kasse. Stolze achtundvierzig Euro verlangte er dafür, was ihre Mundwinkel eindeutig nach unten zog. Während sie mit verkniffenem Gesichtsausdruck das Geld aus der Geldbörse kramte, wickelte er den Strauß in rostrotes Papier und überreichte ihn ihr mit einer galanten Verbeugung, die sowohl die kurzhaarige alte Lady wie auch mich zutiefst beeindruckte.

»Danke!«, sagte ich und drehte mich rasch ab, um vor der rostroten Dame mit dem ebenfalls rostroten Strauß aus dem Laden zu verschwinden. Schließlich konnte ich nicht wissen, ob Rainer sich nicht doch noch eine Bedingung für seine ungewöhnlichen Dienste einfallen ließ. Was aber kümmerte mich das? Ich war längst auf dem besten Weg, endlich meinem Blumenkavalier gegenüberzusitzen!

44

Warum hatte ich das Date mit meinem Blumenkavalier nur erst auf Freitagabend gelegt? Die Zeit bis dahin kroch so lahm wie eine Nacktschnecke über den trockenen Sand. Nicht einmal Utes überschwänglicher Bericht über ihre »zauberhaften Abende mit Mathias«, wie der weißhaarige Theaterliebhaber hieß, den sie mir Donnerstagabend weit nach neun endlich telefonisch erstattete, konnte mich von der Warterei ablenken.

Erschrocken stellte ich fest, wie unaufmerksam ich ihren Schwärmereien gefolgt war. Als ich offenbar zum dritten Mal »Ist ja ein Ding!« einwarf, reagierte Ute zu Recht beleidigt und schlug vor, mir ein anderes Mal – »aber nur, falls du es dann wirklich wissen willst« – von ihrem unverhofften Glück zu erzählen.

»Über das Wochenende sind wir übrigens in Baden-Baden«, schob sie noch gnädig nach, wobei ihre Stimme am Satzende erwartungsvoll nach oben ging, um mir letztmals die Möglichkeit zur genaueren Nachfrage einzuräumen.

Wieder verpasste ich den richtigen Zeitpunkt.

»Bis demnächst also«, beendete die beste aller Freundinnen entnervt das Gespräch und legte auf.

Sofort verspürte ich den Drang, sie zurückzurufen, um mich zu entschuldigen. Die Leitung war jedoch belegt. Bestimmt informierte sie gerade ihren neuen Traumprinzen über mein schändliches Versagen. Sie hatte ja so recht! Wenigstens hatte ich darauf verzichtet, sie mit meinem Enttarnungsplan für den Blumenkavalier zu behelligen. Damit hätte ich ihr erst recht bewiesen, was für eine schlechte beste Freundin ich war: dachte nur an mich, statt mich über ihren Superlottogewinn in Gestalt von Mathias zu freuen. Rasch tippte ich ihr eine Entschuldigungs-WhatsApp mit vielen Herzchen und noch mehr Smileys. Prompt kam von ihr ein riesiges rotes, pochendes Herz als beruhigende Antwort.

Meine Verschwiegenheit Ute gegenüber hatte allerdings zur Folge, dass ich den restlichen Abend wie die halbe Nacht damit zubrachte, mir mutterseelenallein den Kopf über die angemessene Garderobe für meinen großen Auftritt zu zerbrechen. Wenn doch wenigstens Mona greifbar gewesen wäre! Gelegentlich hatte mir meine Tochter schon wertvollen Beistand bei ähnlich wichtigen Entscheidungen gegeben. Aber auch sie schwelgte irgendwo in Südtirol im siebten Liebeshimmel, denn ihre neue Eroberung stammte aus der Gegend von Meran, wie sie mich zwischenzeitlich hatte wissen lassen.

Wieder und wieder ging ich alle Outfitvarianten durch, die ich zur Verfügung hatte. Ich wollte weder zu salopp noch zu gewollt lässig oder am Ende gar verkrampft elegant aussehen. Andererseits war das *Pacific Palisades* ein Schickimicki-Fischrestaurant, wie man es seit *Kir Royal* in München erwartete. Die äußere Wirkung zählte dort mehr als alles andere. Mein Ex Detlef, der typische PR-Mann, liebte es für die Wirkung, die man schon mit einer simplen Einladung dorthin erzielte. Wie oft hatte ich das gemeinsam mit ihm genossen! Der Unterhaltungswert war einzigartig. Und das Preisniveau ebenfalls. Genau deshalb hatte ich es auch meinem Blumenkavalier vorgeschlagen.

Die Qualität des servierten Fisches und Weins spielten in Etablissements dieser Kategorie nur eine zweitrangige Rolle. Weitaus wichtiger waren die Preise, die sich auf der handgeschriebenen Tafel an der Wand für das Dargebotene ablesen ließen. An ihrer Höhe konnte man abschätzen, wie viel man dem Einladenden wert war. Aus reinem Understatement war dabei schlicht von »Austern«, »Fischsuppe« oder »Hummer-Salat« als Vorspeisen sowie »Loup de mer«, »Dorade« oder »Lachssteak« zum Hauptgang die Rede. Daneben gab es »Surf & Turf«, also einen halben Hummer mit einem Rindersteak oder tatsächlich nur ein Rindersteak. Die Beilagen wie auch die Art der Zubereitung fielen vornehm unter den Tisch. Der wahre Kenner wusste schließlich Bescheid. Falls nicht, wollte sich niemand die Blöße geben, das durch Nachfragen offen zuzugeben. Aus eigener Erfahrung wusste ich allerdings, dass das geschmorte Gemüse im Gegensatz zum Lachssteak genau auf den Punkt gegart war, der Salat zum Hummer in der Vorspeise dagegen oft seit Stunden in der Sauce schwamm. Bier gab es natürlich nicht. Erkundigte man sich nach Alternativen zu der ausführlichen Weinkarte, pflegte die Bedienung schlicht »Champagner« anzupreisen. Erst auf weiteres Nachbohren bot sie Wasser an, was keine echte Alternative war.

Trotz alledem liebte ich das Lokal. Die Atmosphäre in dem vierseitig ummauerten Innenhof mit den Teakholzmöbeln, der weißen Tischwäsche und der ebenfalls stets weißen Blumendeko in silbernen Kugelvasen strahlte etwas Besonderes aus. Im Background dudelte Achtzigerjahre-Musik, und der halb aus der Wand ragende weiße Ferrari Daytona Spider ließ einen den leibhaftigen Auftritt von Sonny Crockett alias Don Johnson und Rico Tubbs alias Philip Michael Thomas befürchten.

Zwar lag Miami nicht am Pazifik, und Pacific Palisades verband eine studierte Nebenfachgermanistin wie ich eher mit deutscher Exilliteratur als mit amerikanischen TV-Serienhelden, aber gelegentlich musste man mit seinem unnützen Hintergrundwissen großzügig sein. In jedem Fall waren Einrichtung und Atmosphäre wunderbar retro. Es erinnerte an die viel zu lang schon verflossene Jugend, als die ganze Welt noch irgendwie sperrangelweit offen vor uns lag, die Föhnfrisuren wie angegossen saßen und die schultergepolsterten Popperjacken eine Siegesgewissheit suggerierten wie niemals mehr später im Leben. Ehrensache, dass man sich beim Betreten des Lokals ostentativ die Ray-Ban-Sonnenbrille ins Haar schob und männliche Gäste nicht nur in Sommerzeiten weiße oder wenigstens hellsilbern glänzende Jacketts sowie rosa oder zumindest lachsfarbene Seidenhemden bevorzugten, während weibliche mit knatschengen Röcken und luftigen Blusen auf Highheels übers Parkett stöckelten.

Den Blumenkavalier zitierte ich dorthin, weil ich ihn mir genau dort am liebsten vorstellte. Passte die melancholische Stimmung nicht wunderbar zu seinen zauberhaften Blumengrüßen? Davon abgesehen war das *Pacific Palisades* auch sonst wie geschaffen für jemanden wie ihn. Wer über viele Wochen, ohne mit der Wimper zu zucken, mehrere fünfzig Euro in Rainers Blumenladen investierte, bis ich endlich kapierte, was ich zu tun hatte, achtete wohl kaum darauf, was ihn ein Abend mit mir dort kostete. Sobald mir leise Zweifel kamen, verdrängte ich die zugunsten meiner »So tun als ob«-Philosophie.

Zu meiner großen Erleichterung hatte Thomas, der beste aller Friseure von *Cuts & more*, am Freitagmorgen kurzfristig Zeit, meiner Frisur neuen Schwung und meinem im Ansatz schon aschgrau werdenden Haar angemessen viel dunkelblonde Farbe mit einem Touch kühlem Rot zu verpassen. Ein kurzer Schlenker auf dem Rückweg zur U-Bahn führte mich »zufällig« bei einem hochwertigen Secondhandladen am Johannisplatz vorbei, bei dem ich – wieder eben so »rein zufällig« – ein schickes Kleid in meiner Lieblingsfarbe Schwarz ergatterte, zu dem ich auch noch die passende Handtasche im Achtzigerjahre-Style in blendendem Silbermetallic erstand.

Das Miama-Vice-Theme von Jan Hammer in Endlosschleife im Ohr tauchte ich Freitagabend München-pünktlich zur Verabredung um acht zwanzig Minuten später im *Pacific Palisades* auf. Von außen sah der niedrige rote Klinkerbau genauso schäbig aus wie die benachbarten Häuser. Allerdings ließen schon der weiträumige Parkplatz wie auch die dicken Autos, die darauf abgestellt waren, darauf schließen, dass hier ein etwas anderes Publikum verkehrte als in der heruntergekommenen Boazn fünfzig Meter weiter oder in dem traditionsreichen Wirtshaus vis-à-vis. Gespannt, was oder vielmehr wer mich drinnen erwartete, ging ich hinein.

Die Tische waren mit den üblichen Freitagabendausgehern der mittleren und höheren Semester bereits gut gefüllt, was dem Ruf und insbesondere den Preisen des *Pacific Palisades* geschuldet war. Einige gut gebräunte Ehepaare – er mit dicker Uhr am behaarten Handgelenk, sie mit ebenso dicker Perlenkette um den gelifteten Hals oder protzigem Diamantklunker am Finger – und noch mehr ältere Herren, die alles daransetzten, mindestens zehn Jahre jünger und flotter zu wirken, um ihre aufgebrezelten, deutlich jüngeren Gespielinnen von ihrer Weltläufigkeit zu überzeugen, stießen quer über die Tische feuchtfröhlich mit Champagnerkelchen an. Wo aber saß jemand allein am Tisch, vorzugsweise ein lässig-elegant gekleideter Herr mit leicht angegrauten Schläfen und tadellosem Benimm?

Insgeheim hoffte ich, er harrte längst leicht ungeduldig meines Erscheinens. Selbst in München waren zwanzig Minuten über der Zeit die äußerste Grenze für eine Verspätung. Mein Blick schweifte mindestens ebenso ungeduldig umher, wie ich mir ausmalte, dass mein Rosenkavalier nach mir Ausschau halten würde, bis sich die Bedienung, eine etwas verkniffene, knöcherne Endvierzigerin, nach meiner Reservierung erkundigte.

»Auf Kramer für zwei.« Das hörte sich an, als hätte ich ihr einen unsittlichen Antrag gemacht. Noch unmöglicher war der

Blick, mit dem sie mich musterte, weil ich die Dreistigkeit besaß, allein vor ihr zu stehen.

»Wer zahlt, schafft an«, lautete ein weiser Spruch meines Ex. Das war in dem Fall ich beziehungsweise hoffentlich mein Blumenkavalier. Huldvoll lächelnd nickte ich deshalb dem vertrockneten Klappergestell in den engen Röhrenjeans zu und versuchte anschließend, ihr einigermaßen trittsicher auf meinen zwar nicht sonderlich hohen, aber leider auch nicht sonderlich bequemen schwarzen Pumps zum reservierten Tisch zu folgen.

Der Platz war perfekt. Direkt neben dem halb aus der Stirnwand herausschießenden Daytona Spider. Einziger Makel: Noch war er unbesetzt.

45

Die Bedienung verharrte auffordernd wedelnd mit der Weinkarte in der Hand neben dem Tisch. Artig wie ein ABC-Schütze bei der Einschulung setzte ich mich.

»Aperitif?«, fragte sie in gewohnt schnippischem Ton.

Pflichtschuldig orderte ich ein Glas Champagner. Etwas anderes gab es ja ohnehin nicht. Schaden würde es nicht, wenn ich mich ein wenig auflockerte, bis der mysteriöse Herr hinter den einfallsreichen Popsonggrüßen mit floralem Beiwerk auf der Bildfläche erschien.

Kaum saß ich mit dem Rücken zur Wand und freiem Blick auf die Tür, tauchte Detlef in gewohnt hektischem Aufruhr auf. Sollte das wirklich wahr sein? Ich spürte, wie Enttäuschung in mir aufstieg. Zwar war er mir von Anfang an als möglicher Kandidat in den Sinn gekommen, letztlich aber wäre es doch zu abgegriffen, wenn er auf seine zweiundfünfzig Jahre alten Tage und ziemlich genau drei Jahre nach unserer Trennung seine romantische Ader entdecken und noch einmal so fantasievoll und vor allem ausdauernd um mich werben würde. Noch dazu, da ich von Anfang an sicher gewesen war, ihm würde es niemals gelingen, ob seiner gigantisch generösen Tat lange den Mund zu halten.

Hin- und hergerissen zwischen der Freude, ihn zu sehen, und der Ernüchterung, mir all die Wochen vergebens den großen, geheimnisvollen Unbekannten hinter den Blumengrüßen ausgemalt zu haben, sah ich ihm entgegen. Um einige Sekunden später erleichtert aufzuatmen. Unser Trennungsgrund, die mir neuerdings so überaus sympathische Jutta, folgte ihm mit einigem Abstand, in ein angeregtes Gespräch mit einem schnieken, sicherlich hanseatischen Ehepaar vertieft. Gesehen hatte ich die beiden noch nie, doch die Art, wie beflissen Detlef ihnen kurz darauf die Plätze am Tisch zuwies, und so lautstark, wie er die Magnumflasche Champagner bestellte, damit jeder im Lokal seinen Stammgaststatus mitbekam, bewiesen mir, dass es sich um wichtige Kunden seiner Agentur handelte. Als er nach einigen Anstandsminuten dann ebenso gut vernehmlich für den Rest der Gäste »eine schöne Auswahl Meeresfrüchte als Vorspeise und hinterher eine große Fischplatte von allem für alle« in Auftrag gab, fand ich die Vermutung bestätigt.

Sein prüfender Blick, mit dem er das Publikum im Lokal für seinen Auftritt scannte, traf mich. Dezent gab ich ihm durch einen Wink zu verstehen, keine weitere Aufmerksamkeit zu wollen. Daraufhin schaute er mich noch verwunderter an. Zum Glück zog Jutta ihn mit einer Frage zurück ins Gespräch mit den hellblonden Nordlichtern.

Mein Champagner kam. Wenig begeistert, niemanden zum Anstoßen zu haben, nippte ich daran.

»Wollen Sie schon bestellen?«, fragte die Bedienung leicht indigniert, weil ich immer noch allein am Tisch saß. Streng genommen störte mich das sogar noch mehr als sie. Den Abend mit meinem Blumenkavalier hatte ich mir anders vorgestellt.

»Ich warte noch«, gab ich ihr trotz ihrer säuerlich nach unten gezogenen Mundwinkel zu verstehen und schaute dem nächsten Gast, der ins Restaurant eintrat, hoffnungsvoll entgegen.

Dieses Mal war es eine üppig toupierte Rotblonde mit eindeutig aus den Siebzigern stammendem Tigeroverall, der kurz darauf ein ebenso eindeutig Achtzigerjahre-Krösus mit bis zum Bauchnabel aufgeknöpftem, geschmacklosem Hawaiihemd und dem obligatorischen Goldkettchen um den Hals folgte. Mir blieb kaum Zeit, mich über die stattliche Ansammlung an Kir-Royal-Klischees zu wundern, denn der nächste Gast kam unzweifelhaft solo und schaute sich noch unzweifelhafter suchend nach jemandem um.

War das mein Kavalier? Ich hielt die Luft an.

Schlecht sah er nicht aus, allerdings auch nicht sonderlich gut. Jeans und dunkelblaues Sakko waren etwas einfallslos, noch dazu in Kombination mit dem weißen Poloshirt und dem berühmten grünen Krokodil auf der linken Brust. Ich tippte auf Anlageberater bei der Bank oder Versicherungsbranche. Sogleich kam mir Utes »dreimal dA« in den Sinn – durchschnittliches Aussehen, durchschnittliches Auftreten, durchschnittliche Ausstrahlung. Schickte so jemand über Wochen so überdurchschnittlich originelle Blumengrüße?

Noch während ich überlegte, ob ich mein Weltbild einer intensiven Überprüfung, wenn nicht gar grundlegenden Überarbeitung unterziehen musste, fing die verknöcherte Bedienung ihn ein und geleitete ihn in den Nebenraum. Offenbar wurde er dort erwartet. Ich atmete wieder aus.

Die nächsten gefühlten zehn Minuten klebten meine Augen geradezu gebannt an der Eingangstür.

Sie schwang auf. *Er* trat ein.

Die Hände lässig in den Taschen seiner noch lässiger verknitterten hellen Hose, das dunkle Sakko weit offen und der Kragen des weißen Hemdes salopp um den gebräunten Hals flatternd kam er federnden Schrittes direkt auf mich zu. Das nackenlange, blonde Haar trug er locker aus dem Gesicht gekämmt. Die sonnengebräunte Haut betonte seine stahlblauen Augen. Charmant strahlte er mir entgegen. Nicht nur die Frauen an den umliegenden Tischen verrenkten sich die Hälse nach dem waschechten Sonnyboy.

Ich schloss die Augen. Als ich sie wieder öffnete, war die Chimäre verschwunden, und das Spiel begann von vorn.

Von Neuem schwang die Tür auf. Dieses Mal schlenderte ein dunkelhaariger, etwas smarterer Typ mit dem gewissen George-Clooney-Kopfschütteln an meinen Tisch. Beim Näherkommen blitzten seine leicht angegrauten Schläfen dezent auf, seine maronibraunen Augen zwinkerten mir verschwörerisch zu.

Wieder Cut.

In Variante drei sah ich einen Klaus-Maria-Brandauer-Verschnitt in seinen besten Out-of-Africa-Jahren mit leicht schütterem Haar, leichtem Bauchansatz und spitzbübisch nach oben gebogener Lausbubennase auf mich zuhalten, aber auch das war nicht das, was ich mir unter meinem Rosenkavalier wirklich vorstellte. Ratlos stützte ich den Kopf in die Hand, ließ meinen Blick in unbestimmte Fernen abtauchen und seufzte aus tiefstem Herzen.

»Marlene?«

Gerade als ich mich mit dem Gedanken anzufreunden begann, dass es wohl besser wäre, den ominösen Blumenspender für immer im Reich der Traumgespinste zu belassen, sprach mich jemand von der Seite an. Das heißt, nicht irgendjemand. Die Stimme war mir vertraut, allzu vertraut.

Ich zögerte einen Moment mit der Antwort. Zu wild wirbelten mir plötzlich die Gedanken im Hirn umher. Wie gut, dass ich saß, sonst hätte ich mir gegen die Schwindelattacke, die mich überfiel, Halt suchen müssen.

»Marlene?«, wiederholte er noch einmal, dieses Mal schon eine Spur drängender.

Mir blieb keine Wahl. Ich musste mich Rainer stellen, ganz egal, ob er rein zufällig im Lokal aufgetaucht war oder mit der unverschämt neugierigen Absicht, mitzuverfolgen, wie ich auf meinen Blumenkavalier reagierte, oder mit der weitaus noch unverschämteren Absicht, sich in der nächsten Sekunde als mein Blumenkavalier zu outen. Aber so weit würde er nicht gehen.

Oder doch?

46

»Überrascht?«

Das Strahlen auf Rainers sonnengebräuntem Gesicht wurde so breit, dass die gebleichten Zähne der weißblonden Haarmähne beängstigend Konkurrenz machten. Das Blau seiner Augen glitzerte wie ein endloser Ozean in der Sonne, in dessen Weiten er sich gleich mit seinem Surfbrett verlieren würde. Hoffentlich.

Ich rang mich zu einem nichtssagenden Lächeln durch.

Rainer schien das als ersten Sieg zu betrachten. Er wartete gar nicht erst auf eine Aufforderung, sondern setzte sich gleich zu mir.

Anders als im Laden trug er ausnahmsweise keine schwarze, enge Lederhose und kein weißes Satinhemd, dabei hätte das hervorragend ins *Pacific Palisades* gepasst. Stattdessen hatte er ein schwarzes Hemd, ein schwarzes Jackett und eine schwarze Stoffhose ausgekramt. Der ewige Surfer und Sonnenanbeter brauchte gemeinhin nicht viel, nur ein bisschen Wäsche zum Wechseln und die richtige Brandung, um auf seinem Board die Freiheit zu genießen. Und natürlich ein Paar Cowboystiefel. Als er meinen Blick auf das sandfarbene, überspitze Wildlederschuhwerk an seinen Füßen bemerkte, verbarg er sie verschämt in ungesund verschränkter Haltung unter dem Stuhl.

»Warum sollte es mich überraschen, dich hier zu treffen? Du magst Fisch und du magst die Atmosphäre. Es spricht also nichts dagegen, dass du auch hierherkommst.«

In meinem Innern tobte ein Kampf. Beharrlich weigerte ich mich, die offenkundige Wahrheit zu akzeptieren.

»Ich meinte das eher in Bezug auf deine Bitte von vorgestern«, erwiderte Rainer. »Wegen der Blumen und dem geheimnisvollen Unbekannten. Du weißt schon, der, der dir in den letzten Wochen regelmäßig die Blumen …«

Verständnislos sah ich ihn an.

Er wich mir aus, knetete stattdessen die kräftigen Finger. Den Betriebsurlaub im August hatte er natürlich zu einer ausgedehnten Surftour an einem sonnigen Meeresstrand genutzt, wie sein gesunder Teint verriet. Ob er beim Wellenreiten Peter Gabriel vor sich hin gesummt hatte? Oder Gloria Gaynor? Von Diana Ross und David Bowie ganz zu schweigen. Bei der Vorstellung hätte ich fast laut herausgelacht. »Der Boss« Bruce Springsteen mochte noch angehen, trotzdem passte eher etwas Rockigeres, Härteres zu Rainer, auch wenn er im Umgang mit den Blumen bezaubernd sanft und fürsorglich wurde wie eine Hebamme mit einem Neugeborenen.

Leise begann ich »I am what I am« vor mich hin zu summen und wechselte, als er mich so verdattert ansah wie eine Kuh frisch nach dem Melken, schon ein ganzes Stück amüsierter zu »Chain Reaction«, bevor ich Peter Gabriels »Sledgehammer« mit Nachdruck intonierte.

Für einen Moment schien Rainer ernsthaft zu überlegen, ob er den psychiatrischen Notdienst alarmieren sollte.

Das spornte mich weiter an. Also krönte ich das Ganze mit David Bowies »Absolute Beginners«.

Damit hatte ich ihn vollends verwirrt – und ihn als Trittbrettfahrer entlarvt. Der aus der Reihe fallende dritte Blumengruß mit der wenig originellen Karte hatte wohl von ihm gestammt. Das hätte ich mir damals gleich denken können. Als ich kurz vorher in seinem Blumenladen zugegeben hatte, den Absender der beeindruckenden Blumenpräsente nicht zu kennen, hatte ich mich verraten. Ebenso hatte er nun beschlossen, ein weiteres Mal einzuspringen, als ich ihn als Boten für meine Einladung an den rätselhaften Kavalier einspannen wollte. Die Entdeckung sollte ich ordentlich auskosten.

»Lass uns den wundervollen Abend genießen und uns etwas Schönes gönnen. Ich hab einen Bärenhunger. Zum Glück sind die Portionen hier immer sehr ordentlich. Durst habe ich auch. Am besten bestellen wir uns gleich eine ganze Flasche Champagner. Man soll die Feste schließlich feiern, wie sie fallen, und dass wir beide überraschend den Freitagabend miteinander verbringen, ist sogar noch besser als ein großes Fest.«

Ich war in meinem Element. Dass Rainer tatsächlich die Dreistigkeit besessen hatte, meine Bitte zu ignorieren und, statt den Blumenkavalier über meinen Datingwunsch zu informieren, selbst hier aufzukreuzen, sollte er bezahlen. Und zwar ordentlich. Das meinte ich in diesem Fall wörtlich.

Voller Genuss gab ich bei der verhutzelten Bedienung meine Wünsche in Auftrag, begann mit einem Dutzend Austern sowie einem bunten Salat als Vorspeise, bevor ich den Loup de mer orderte und dazu nach dem Champagner eine Flasche guten, eisgekühlten Meursault vorschlug.

Je erfreuter die Bedienung alles notierte und sich allmählich sogar den Ansatz eines zufriedenen Schmunzelns erlaubte, desto blasser wurde Rainer. Auch wenn er auf manchen oberflächlich wirkte, besaß er doch eine schnelle Auffassungsgabe und hatte rasch begriffen, worauf das Ganze hinauslief.

Andererseits schien er durchaus noch eine gewisse Hoffnung zu hegen, ich könnte den Blumenkavalier Blumenkavalier sein lassen und mich stattdessen mit ihm, dem einfühlsamen Blumenflüsterer, begnügen. Wer keinen blassen Schimmer hatte, wer ihn über Wochen mit kostspieligen Floristensträußen verwöhnte, der legte in seinen Augen vermutlich auch keinen großen Wert darauf, die wahre Identität des mysteriösen Verehrers zu entschlüsseln. Hauptsache, ein attraktiver Mann mit dem gewissen Etwas tauchte zum Blind Date auf, und Hauptsache, er bewies die entsprechende Großzügigkeit, um den Abend ganz nach den – wenn auch etwas irrwitzigen – Wünschen der Angebeteten zu gestalten.

Mit dieser Hoffnung lag er gar nicht so arg daneben. Unter der stillschweigenden Abmachung, dass wir beide voll auf unsere Kosten kamen, wenn wir so taten, als wäre er der geheimnisvolle Blumenkavalier, obwohl wir beide wussten, dass er es nicht war, verlebten wir tatsächlich einen unerwartet schönen Abend miteinander. Wenn Rainer einmal damit aufhörte, über Blumen und artgerechten Anbau und Surfen und die große Freiheit zu schwafeln, konnte er äußerst amüsant sein. Und geistreich noch dazu. Von verführerisch charmant gar nicht erst zu reden.

Als wir nach einem exzellenten Fischmenü mit noch exzellenteren Weinen gegen Mitternacht im Taxi aufbrachen, hatte ich nichts dagegen, dass er mir den Arm um die Schultern legte und mir sehr dicht auf die Pelle rückte. Sein Aftershave roch auch Stunden nach dem Auftragen noch verführerisch. Ebenso waren seine blauen Augen im Mondlicht von einer erstaunlichen Tiefe. Und seine etwas zu vollen Lippen beim Küssen angenehm weich.

Fast hätte ich in dem Moment tatsächlich meinen mysteriösen Blumenkavalier und Rainers albernen Trick zum Mond gejagt. Zum Glück erwies sich der Taxifahrer als ausgesprochener Hardcore-Fan von Peter Gabriel. Als unerwartet »Sledgehammer« aus dem Radio dröhnte, drehte er voll auf und sang lauthals mit. Dazu klopfte er den Rhythmus mit den Händen aufs Lenkrad.

Bei der Erinnerung an die Textzeilen mit der Dampflok und den Gleisen war die romantische Stimmung schlagartig kaputt.

Zumindest die mit Rainer. Denn der war gewiss nicht die Dampflok, die ich hatte haben wollen!

So sehr ich mich bemühte, so zu tun, als ob ich den Song nicht hörte und als ob ich erst recht nicht auf die entsprechenden Zeilen im Text lauerte, gelang es mir nicht. Vor meinem inneren Auge tauchten endlose Gleise auf. Es ratterte und zischte und dampfte. Ein Lachen steckte mir in der Kehle. Es erforderte größte Anstrengung, es zu unterdrücken.

Auf die Gefahr hin, meine Hoffnung auf den Blumenkavalier für immer fahren lassen zu müssen, weil ich Rainer kein zweites Mal bitten konnte, dem Kavalier eine Nachricht von mir zu übermitteln, befreite ich mich aus seinen Armen und schickte ihn nach Hause.

47

Es gibt Tage, an denen begreift man schon nach den ersten Minuten in der Senkrechten, dass man die kuscheligen Bettlaken besser gar nicht erst verlassen hätte. Spätestens in der Küche, wo man feststellt, dass die Espressobohnen leer, die Milch für den als Alternative in Erwägung gezogenen Café au Lait sauer geworden und der Joghurt fürs Müsli verschimmelt ist, weiß man zu schätzen, was man von einer weiteren Stunde Schlaf gehabt hätte. Ein Hoch auf meine weise Voraussicht, für solche Fälle zumindest eine kleine Auswahl an Teebeuteln sowie eine Packung Notfallkekse im Vorratsschrank bereitzuhalten. Damit würde ich zwar nicht den Rest des langen Wochenendes, aber zumindest die nächsten Stunden im Bett überstehen, bis mein champagnerschwerer Kopf wieder leichter geworden war.

Ich musste der Wahrheit ins Auge sehen: Leider war ich keine zwanzig mehr. Der Abend im *Pacific Palisades* steckte mir in den Knochen, weniger wegen der Enttäuschung mit Rainer als falschem Rosenkavalier als schlichtweg konditionsmäßig.

Kaum hatte ich es mir allerdings wieder allein zwischen den Kissen bequem gemacht, um mich mit weiteren Fantasien zu meinem mysteriösen Blumenspender noch einmal ins Land der Träume zu begeben, schreckte mich schrilles Telefonklingeln aus dem angenehmen Wegdämmern auf.

Mein erster Gedanke war: Ute! Wahrscheinlich hatte sie aufgehört zu schmollen und wollte mir wieder einmal von ihrer neuen Liebe vorschwärmen. Mathias war wohl endlich das Glück ihres Lebens. Wer, wenn nicht sie, hatte das verdient? Ich gönnte es ihr von ganzem Herzen.

Was sie wohl zu meiner Pleite mit dem geheimnisumwitterten Kavalier sagen würde. Bei meinem Glück in Liebesangelegenheiten war es letztlich nur logisch, dass sich die Idee, ihn zu einem Date ins Restaurant zu locken, als Schuss in den Ofen entpuppt hatte. Eigentlich geschah es mir recht, auf Rainer als unzuverlässigen Nachrichtenboten hereingefallen zu sein. Genauso, wie es ihm recht geschah, dafür eine üppige Zeche bezahlt zu haben. Bei der Erinnerung an sein verdutztes Gesicht beim ersten Blick auf die Rechnung musste ich lachen.

Zugleich war mir klar: Ich musste ebenfalls ein wahres Bild für die Götter abgegeben haben, als ich derart aufgebrezelt und mutterseelenallein im *Pacific Palisades* gesessen und gespannt wie ein Flitzebogen jedem männlichen Wesen, das eintrat, entgegengefiebert hatte. Ausgerechnet Detlef musste gestern mit einem Kunden dort auftauchen und mich in der Verfassung erspähen!

Aber was dachte ich jetzt an all die unliebsamen Erlebnisse des Vorabends? Ute quasselte mir bestimmt gerade ganze Romane auf den AB. Eigentlich interessierte es mich tatsächlich, was sie von Mathias zu erzählen hatte. Oder war es gar nicht Ute? Die war doch in Baden-Baden!, fiel mir ein. Neugierig spitzte ich die Ohren.

Eine sonore Männerstimme sprach gelassen aufs Band, wie ich aus dem Abstand von zwei Zimmern, einem halben Flur und zwei offenen Türen nach einigen Mühen feststellte. Doch nicht etwa Rainer? Auf einmal regte sich so etwas Ähnliches wie ein schlechtes Gewissen in mir, ihn gestern Nacht derart brüsk weggeschickt und mit der dicken Rechnung allein gelassen zu haben.

So viel warf seine Blumenapotheke sicherlich doch nicht ab, um das wegzustecken. Am besten, ich ging ans Telefon und entschuldigte mich bei ihm mit dem fairen Angebot, meinen Teil der Kosten unseres opulenten Gelages zu übernehmen.

So schnell es ging, hechtete ich los, schlug mir auf dem Weg zum Telefon an der Ecke meiner Flurkommode den kleinen Zeh an, stolperte auf einem Bein hüpfend über meine Pumps vom Vorabend und erreichte den Apparat in der Ladestation im Wohnzimmer trotz eines entschlossenen gewagten Sprungs zu spät.

Im selben Moment, in dem ich den Hörer in die Hand nahm, wurde am anderen Ende der Leitung aufgelegt, wie das unmissverständliche Klicken verriet. Ich sagte es schon: Es gibt Tage, an denen man sich am besten im Bett verkriecht.

Seufzend drückte ich auf »Nachrichten«, um das Verpasste abzuhören, und vernahm kurz darauf die Stimme meines Vaters.

Konrad? Eigentlich brauchte ich gar nicht erst abzuwarten, was er mir auf Band sprach. Siedend heiß fiel es mir ein: Er stand am Hauptbahnhof, wahrscheinlich umzingelt von einem Pulk grölender, oktoberfestbereiter Frauen in Dirndln und Männern in Lederhosen, und hielt verzweifelt nach mir Ausschau. Ich hatte versprochen, ihn am Zug abzuholen. Zum Glück hatte er zumindest meinen Rat beherzigt und für alle Fälle sein Handy eingesteckt. Dessen Benutzung hatte er sich bis vor Kurzem noch hartnäckig verweigert.

Stante pede rief ich ihn zurück, haspelte etwas von wegen »kurzfristig was dazwischengekommen« und »am besten fährst du gleich mit der U-Bahn zu mir« und begann parallel dazu, einhändig die gröbsten Spuren meines gestrigen Ausgehens zu beseitigen. Als ich das erneute Klicken in der Leitung vernahm, war ich mit dem schnurlosen Telefon bereits im Bad angelangt, stopfte die Schmutzwäsche in den Korb und stieg in die Dusche.

Natürlich gab es nur kaltes Wasser. Haarewaschen entfiel also, was mir wegen des dadurch überflüssig gewordenen Föhnens einen Zeitgewinn von fünfzehn Minuten bescherte. Berücksichtigte ich, dass mein Vater am letzten Wiesnsamstag sicherlich einige Minuten brauchte, bis er am Hauptbahnhof überhaupt in einen der übervollen U-Bahn-Waggons gelangte, blieben mir noch grob geschätzt fünf Minuten, bis er vor der Tür stand.

Jeans und Bluse mussten genügen, ebenso tuschte ich mir nur schnell die Wimpern und zog die Lippen flüchtig mit meinem lieblingsroten Lippenstift nach. Im selben Moment klingelte es auch schon an der Tür.

»Papa, wie schön!«, riss ich sie betont munter auf. Und erstarrte.

Konrad war nicht allein. Neben ihm stand eine aparte, höchstens sechzigjährige Frau, perfekt geschminkt, sportlich elegant gekleidet, das weißblonde, kurze Haar tadellos frisiert, und lächelte mir erwartungsvoll entgegen.

Wo war das Loch im Boden, in das ich versinken konnte? Überflüssig, dass ich mein ungewaschenes Haar aus der Stirn pustete und mir den zerknitterten Kragen der schlecht gebügelten Bluse richtete. Wie der Atem aus meinem Mund roch, wollte ich mir lieber nicht ausmalen. Zum Zähneputzen hatte die Zeit leider nicht mehr gereicht, nicht einmal zum kurzen Gurgeln mit dem giftgrünen Mundwasser aus meinem Lieblingsdrogeriemarkt. Hätte ich mir doch wenigstens zwei, drei Spritzer Parfum hinter die Ohren getupft!

»Darf ich vorstellen: Isolde Baumgärtel.« Stolz legte mein Vater der fremden Frau den Arm um die Schultern. Sobald er meinen seltsamen Gesichtsausdruck bemerkte, erlosch das Strahlen auf seinem sonnengebräunten Gesicht.

»Bist du jetzt entsetzt?«, fragte er verunsichert.

»Nein, nein, keinesfalls«, log ich hastig und bat die beiden herein.

Als Isolde dicht an mir vorbei in den Flur trat, stieg mir der betörende Duft ihres Parfums in die Nase. Ein zarter Hauch von Rosen. Nicht eben billig, aber Isolde schien eine Frau zu sein, die wusste, was sie sich wert war.

Ute hatte also recht gehabt: Mein Vater war verliebt! Noch dazu war es etwas Ernsthaftes, sonst wäre es ihm wohl kaum so wichtig, mich mit seiner neuen Flamme bekannt zu machen. Den sachten Stich, den mir das versetzte, ignorierte ich entschlossen. Meine Mutter war mehr als zweiundzwanzig Jahre tot. Es war an der Zeit, dass mein Vater sich auf seine letzten Jahre noch ein bisschen Glück gönnte, zumal ihn das zum Positiven veränderte, wie ich schon seit Wochen beobachtete.

»Die letzten Tage waren leider sehr hektisch«, setzte ich an meinen Besuch gewandt meine Entschuldigungslitanei fort. »Es gab überraschend viel zu texten, und Abgabe war natürlich immer schon möglichst vorgestern. Das unberechenbare Leben einer Freiberuflerin eben.«

»Statt Blumen.« Im Wohnzimmer angekommen, streckte mein Vater mir unverhofft ein Buch entgegen. *Bühlerhöhe* von Brigitte Glaser, wie ich erfreut feststellte. Damit liebäugelte ich bereits seit Längerem. Geschichten aus den frühen Fünfzigern, noch dazu um gescheiterte Attentate auf Adenauer und die Diskussion um die Wiedergutmachung waren genau mein Ding. Außerdem kannte ich von der Glaser schon die Krimireihe um ihre Kölner Köchin Katharina, die ich stets mit großem Genuss las – was in dem Fall dank der vielen Rezepte in den Büchern durchaus wörtlich zu nehmen war.

»Du wirst ja regelmäßig mit den schönsten Blumen versorgt, da wäre es Eulen nach Athen tragen, dir noch welche mitzubringen«, fuhr mein Vater vergnügt fort und sah sich suchend im Wohnzimmer um, bis er mit einem zufriedenen Lächeln den immer noch sehr bunten Herbstblumenstrauß meines Kavaliers entdeckte.

Von Neuem erstarrte ich. Woher wusste er das mit den Blumen? Beim nächsten Atemzug fiel es mir wieder ein. Von mir natürlich. Ich hatte es ihm doch letztens selbst erzählt! Zugleich kam mir ein anderer Gedanke. Es gab eine zweite Möglichkeit. Wie hatte ich nur so schwer von Begriff sein können?

Aus weiter Ferne vernahm ich seine nächsten Worte: »Der Blumenhandel geht also weiter. Wie schön für dich. So eine kleine Aufmerksamkeit mitten im Alltag ist doch Gold wert.«

48

Am liebsten hätte ich Konrad sofort zur Rede gestellt, doch dazu ließ er mir keine Gelegenheit. Schon packte er Isolde unternehmungslustig am Arm und schob sie zur Tür.

»Wir wollen uns gar nicht erst gemütlich bei dir einrichten. Für eins habe ich uns einen Tisch in der *Speisemeisterei* in Obermenzing reserviert. Lasst uns das sonnige Herbstwetter nutzen und bis dahin noch ein wenig an der Würm entlangspazieren.«

Wir nahmen mein Auto. So entgingen wir dem Wiesnrummel in den öffentlichen Verkehrsmitteln. Das traumhafte Wetter am ersten und zudem langen Oktoberwochenende sorgte für einen immensen Auftrieb an Besuchern auf der Theresienwiese, als wollten alle die wegen des Dauerregens versäumten ersten Tage unbedingt nachholen. Angesichts der imposanten Übermacht an Dirndln und Lederhosen kam ich mir in meinem normalen Alltagsoutfit etwas deplatziert vor. Wenigstens Konrad trug zu seiner hellen Cordhose eine graue Lodenjacke mit grünem Filzaufschlag und reihte sich damit bestens in die Besucherströme ein.

In Obermenzing, wenige Kilometer Luftlinie entfernt von der Festwiese, war das Oktoberfest nur mehr eine Chimäre. Stattdessen zeigte sich der Herbst rund um die Blutenburg von seiner besten, sprich: goldenen Seite. Die Blätter waren bunt verfärbt, erstes Laub raschelte auf den menschenleeren Wegen. Ein anheimelnder Frieden lag über den lange schon abgeernteten Sonnenblumenfeldern. Die Enten und Gänse auf dem kleinen Teich vor der etwas klobigen, strahlend weiß getünchten Burg taten ein Übriges, einen in eine andere Welt weit jenseits überfüllter Festzelte und lauter Jahrmarktgeselligkeit zu versetzen. Warm streichelten die Sonnenstrahlen unsere Haut. Es tat gut, die Wärme noch einmal direkt zu spüren.

»Isolde ist übrigens meine Buchhändlerin«, begann mein Vater die Unterhaltung, sobald wir das Auto abgestellt und die ersten Schritte auf den verschlungenen Kieselpfaden gemacht hatten. Er setzte offenbar alles daran, mich nicht zu Wort kommen zu lassen. Das konnte nur eines bedeuten: Dieses Mal war ich auf der richtigen Fährte!

»Auf bezaubernde Weise und mit viel Durchhaltevermögen ist es ihr gelungen, mich alten Lesemuffel für die richtigen Seiten im Leben zu begeistern.«

Das erklärte vieles. Von seinen weiteren Ausführungen schnappte ich nur einzelne Satzfetzen wie »rein zufällig von dem Lesekreis erfahren«, »genauso zufällig hineingestolpert« und »sofort habe ich Blut geleckt und mich darauf eingelassen« auf, so angestrengt überlegte ich, wie ich es am geschicktesten hinkriegte, ihn zur Rede zu stellen.

»Was hat es eigentlich mit diesem Blumenhandel auf sich, dank dessen Sie regelmäßig mit frischen Blumen versorgt werden?«, kam Isolde unerwartet auf mein Thema. Es war wie ein Sechser im Lotto. Konrad hatte seine Schilderung ihres Kennen- und seines Romanlesenlernens wohl beendet, ohne dass ich das so recht mitbekommen hatte.

»Kann man den abonnieren, oder wie funktioniert das genau?«, wollte sie weiter wissen. »Ich liebe Rosen, aber leider habe ich weder einen eigenen Garten, noch denke ich in der Regel rechtzeitig daran, mir einfach selber welche zu kaufen.

Ganz abgesehen von den Diskussionen über die Umweltverträglichkeit und die Ausbeutung der Arbeitskräfte auf den afrikanischen Zuchtfarmen, die ich damit auslösen würde. Sobald ich auch nur den kleinsten Strauß in der Wohnung habe, liegen mir meine Töchter zu Recht damit in den Ohren. Ich traue mich kaum mehr, Schnittblumen auf den Tisch zu stellen, wenn sie ihren Besuch ankündigen.«

»Da hat es meine Tochter wohl besser getroffen.« Konrad blieb stehen, verschränkte die Hände hinter dem Rücken und spitzte amüsiert den Mund.

»Das kann man wohl sagen.« Verschwörerisch zwinkerte ich ihm zu. »Ich weiß zwar nicht, wie ich mir dieses Glück verdient habe, aber es ist einfach wunderbar, regelmäßig die zur Jahreszeit passenden Blumen geliefert zu bekommen. Damit macht mir jemand wirklich eine sehr große Freude. Vielen Dank, allerbester Vater dieser Welt.«

»Wie?« Zu meiner Verwunderung reagierte mein Vater völlig irritiert, als ich ihm einen dicken Kuss auf die Wangen schmatzte. Erinnerte er sich denn gar nicht mehr an seine eigenen philosophischen Ausführungen vor unserem ersten gemeinsamen Minigolfspiel in Prien? Oder an seine große Begeisterung über die Lilien und Callas, als er mich wenig später in München besuchte?

»Ich weiß gar nicht so recht, ob ich dich da gerade richtig verstanden habe … Wie kommt es, dass du denkst, ich könnte etwas damit zu tun …« Verlegen räusperte er sich.

»Aber bist du denn gar nicht derjenige, der mir seit Monaten …?«

Jetzt war es an mir, komplett verwirrt zu sein. Dabei war ich mir eben noch absolut sicher gewesen, nur er könnte sich hinter dem geheimnisvollen Blumenkavalier verstecken. Immerhin hatte er vorhin beim Betreten meines Wohnzimmers zielsicher nach dem Strauß Ausschau gehalten. Zwar hatte er überrascht getan, als ich ihm letztens von den Blumengrüßen erzählte, aber schauspielern konnte er offenbar gut, wie ich seit einiger Zeit schon beobachtete. Die Zitate aus den Liedtexten traute ich ihm inzwischen ohnehin zu. Ein Resultat seiner neu erwachten Begeisterung für Bücher. Gelungene Formulierungen notierte er sich, wie er mir einmal erzählt hatte. Durchaus würde er es fertigbringen, stundenlang im Internet nach dem geeigneten Spruch für seine Botschaften zu suchen. Wäre er dabei einmal auf die entsprechende Seite mit Songtexten gestoßen, würde er dort mit größter Selbstverständlichkeit auch die nächsten Male die Texte für seine Zwecke plündern.

»Wie gern würde ich mich mit diesen Federn schmücken«, erwiderte er und legte mir zärtlich den Arm um die Schultern, drückte mich einmal kurz an sich, bevor er ziellos in die Ferne sah. »Nachdem du mir bei meinem letzten Besuch davon erzählt hast, war ich in der Tat schlichtweg begeistert und habe einen Moment ernsthaft mit dem Gedanken gespielt, mich deinem mysteriösen Blumenkavalier anzuschließen. Was für eine tolle Idee, eine Frau wie dich auf diese Art zu verwöhnen und dir seine Hochachtung zu zeigen, ohne sich gleich selbst plump in den Vordergrund zu drängen. Mit eigenen Augen sehe ich, welch positive Wirkung das auf dich hat. Du hast mir ja selbst erzählt, dass dir seither einiges leichter von der Hand geht.«

»Das tut es in der Tat«, pflichtete ich ihm gerührt bei.

Doch er war noch lange nicht fertig. Isolde trat einige Schritte beiseite und tat, als müsste sie ausgiebig einen Hagebuttenstrauch bewundern. Offenkundig wollte sie uns bei unserem intimen Gespräch nicht stören. Eine durch und durch feinfühlige Frau, die spürte, was Konrad gerade brauchte. Aus tiefstem Herzen beglückwünschte ich ihn zu ihr.

»Du ahnst nicht, was ich dafür geben würde, manches im Leben noch einmal entscheiden oder tun zu dürfen.« Konrads Augen schimmerten verräterisch. »Bei deiner Mutter war ich leider viel zu verbohrt, um rechtzeitig zu begreifen, dass es gar nicht so sehr drauf ankommt, die ganz großen Ziele des Lebens irgendwann in ferner Zukunft zu erreichen. Viel wichtiger ist es, sich zwischendrin einmal auf das Wesentliche zu besinnen und miteinander die kleinen Freuden des Alltags zu genießen. Bis ich bei ihr erkannt habe, was Sache ist, war es allerdings leider schon zu spät. Auf einmal war sie todkrank und ist viel zu schnell dahingewelkt, ohne dass ich noch einmal die Gelegenheit gehabt hätte, das Versäumte nachzuholen. Im Gegenteil. Vor lauter Wut über mich selbst bin ich danach wohl noch verstockter geworden, gerade dir gegenüber. Verzeih.«

»Mach dir keine Vorwürfe. Bei mir hast du dich für nichts zu entschuldigen, und Mama hat immer gewusst, wie sehr du sie geliebt ...«, setzte ich an, ihn zu trösten, er aber unterbrach mich gleich wieder.

»Sie war eine Frau in den besten Jahren, wie man so schön sagt, aber leider war sie in jener Zeit viel zu wenig überzeugt davon. Umso mehr hätte ich ihr zeigen müssen, wie sehr ich sie gerade deswegen begehrt habe. Als du aus dem Haus warst und damit für sie die direkte Elternzeit vorbei war, hat das Leben eigentlich erst so richtig begonnen. Leider bin ich damals viel zu sehr mit mir und den letzten Jahren meiner sogenannten Karriere beschäftigt gewesen, um für sie da zu sein. Ein gelegentlicher Blumenstrauß jenseits der großen Anlässe wie Geburtstag oder Hochzeitstag wäre das Richtige gewesen, um sie zu ermutigen, die eigenen Vorzüge zu erkennen, endlich einmal an sich zu denken und das zu tun, wonach ihr gerade der Sinn gestanden hat.«

Er hielt inne, den Blick immer noch in die Weiten des weißblauen Horizonts gerichtet. Fast sah es so aus, als entdeckte er auf einer der dicken Sahnehäubchenwolken meine Mutter und versuchte, sich jetzt bei ihr für das Versäumte zu entschuldigen.

»Ich sehe doch an dir, welche Wunder es bewirkt, wenn sich eine Frau um die fünfzig wieder einmal rätselhaft umschwärmt fühlt«, wandte er sich schmunzelnd an mich. Wahrscheinlich hatte Mama ihm aus dem Jenseits die erhoffte Absolution erteilt. »Es tut wohl einfach gut, wenn sie ihre Gedanken spielen lässt, wer sie aus der Ferne so bewundert und wem ihre ganz besondere Attraktivität aufgefallen sein könnte. Genau das ist es, was ich an der Sache mit den Blumen deines geheimnisvollen Kavaliers so genial finde. Fast möchte ich dir wünschen, dass es ewig so weitergeht mit seinen Grüßen und er sich dir nie zu erkennen gibt. Wer weiß, welche Enttäuschung darin steckt, wenn du erfährst, wer er wirklich ist.«

49

»Wo er recht hat, hat er recht«, war alles, was Ute einige Tage später zu meinen Ausführungen erst zu dem verpatzten Date mit Rainer und dann zu der Begegnung mit meinem Vater sagte, bevor sie mir in einem unserer viel zu selten und kurz gewordenen Telefonate erzählte, wie der Kurztrip nach Baden-Baden gewesen war, was sie sonst noch mit Mathias unternommen hatte, welche Ausstellungen sie demnächst miteinander besuchen wollten und für welche Konzerte sie schon Karten besorgt hatten. Ihre neue Flamme war ein Kulturmensch durch und durch, mit bestem Geschmack und Interesse an der Sache, was es sicherlich zum wahren Genuss machte, mit ihm etwas zu erleben.

»Was aber der Hammer ist, errätst du nie«, schloss sie ihre atemlose Aufzählung abrupt ab. Das umfangreiche Kulturprogramm forderte gewiss seinen Tribut. Wahrscheinlich stand bereits das nächste Event an. Im Hintergrund wurde Mathias ungeduldig, wie ich an lautem Papierrascheln abzulesen meinte.

»Ihr habt Karten für die wiederauferstandene Callas?«, stichelte ich wenig originell, weil es mich insgeheim ärgerte, dass sie demnächst Jonas Kaufmann im Nationaltheater live sehen würde und ich nicht. Aber wenigstens zog sie in Erwägung, meine Begleitung zu Max Raabe zu akzeptieren. Wenn das so weiterging, beschränkte sich mein kulturelles Leben bald auf Schnulzenkino mit meiner früheren Studienkollegin Brigitte, wie ich es letzten Montag schon gehabt hatte. Vielleicht sollte ich gleich mal oben bei Dirk klingeln und ihm eine gemeinsame Aktion vorschlagen. Er hatte zumindest einen besseren Filmgeschmack und besaß ein ausgezeichnetes Gespür für lohnende Geheimtipps abseits des Mainstreams.

Ob dieser Gedanken hatte ich glatt verpasst, im richtigen Moment mit einem »was du nicht sagst« meine Begeisterung zu Utes Erwiderung zu bekunden.

»He, wo bist du schon wieder mit deinen Gedanken?«, maßregelte sie mich völlig zu Recht. »Hast du verstanden, was es bedeutet, dass mich der alte Helmbrecht heute im Meeting vor versammelter Mannschaft für meinen klugen Einsatz bei dem vom Karnickelzüchter vergeigten Prozess gelobt hat?«

»Was?« Das überraschte mich jetzt in der Tat. »Super! Endlich kapiert er, was er an dir hat. Dann wirst du demnächst wohl hoffentlich von ihm heiliggesprochen.«

»Nicht ganz, aber Lutter himself hat mich für nächsten Freitag zum Businesslunch ins *Les Deux* eingeladen, und zwar oben im Restaurant, nicht unten im Bistro. Wenn ihm ein Essen mit mir so viel wert ist, kann das nur eins bedeuten: Er will tatsächlich Klartext mit mir reden und mir die Partnerschaft anbieten.«

»Was ist mit dem Telly-Savalas-Verschnitt aus Hamburg?«

»Der ward nicht mehr gesehen.«

»Super! Dann bist du jetzt genau da, wo du immer hingewollt hast. Gratuliere!« Insgeheim platzte ich vor Stolz, weil sie nach so vielen Jahren höchstverdient auf die Zielgerade einbog.

»Noch ist es zu früh«, wiegelte Ute bescheiden ab.

»Wenn er da jetzt wieder einen Rückzieher macht, werde ich dich höchstpersönlich rächen«, versprach ich.

»Besten Dank. Deine Bereitschaft schätze ich sehr. Aber weißt du, was seltsam ist?«

Aus der Art, wie sie das fragte, hörte ich zwar schon heraus, worauf ihre Frage hinauslief. Das musste sie jetzt allerdings selbst laut aussprechen. Das war wichtig. Vor allem für sie. »Nein«, lautete logischerweise meine Antwort, um ihr alle Chancen offenzulassen.

»Auf einmal bin ich mir gar nicht mehr sicher, ob ich überhaupt noch Partner bei den ehrwürdigen Greisen am Isartor werden will.«

»Das musst du sicher nicht schon am Freitag entscheiden.«

Zu meiner Freude beschlossen wir stattdessen, demnächst unbedingt einmal zu dritt essen zu gehen. Schließlich wurde es höchste Zeit für mich, ihren sagenumwobenen Mathias, der sich schon so viele Verdienste um ihr Wohlbefinden erworben hatte, richtig kennenzulernen.

Seit dem ersten kurzen Treffen im Theater hörte ich nur noch Wunderdinge über ihn, die es mir gelegentlich schwer machten, dahinter tatsächlich die Existenz eines einzigen, noch dazu schon fast sechzigjährigen Mannes zu vermuten. Obendrein war er Studienrat, nicht Arzt, unterrichtete zu allem Überfluss die Fächer Latein, Altgriechisch und Deutsch. Ein eindeutiger Triumph des analogen über das digitale Zeitalter, zumindest, was Utes Traummannsuche betraf. Wenn ich ihr vor vier Wochen beim hektischen Daten via Internet prophezeit hätte, welche Suchkriterien letztlich wirklich den großen Treffer landen würden, wäre sie mir an die Gurgel gesprungen. Mathias wäre höchstens seines für einen Fast-Sechzigjährigen attraktiven Aussehens und des unwiderstehlichen, leicht schiefen Lächelns wegen von ihr nicht gleich nach links vom Screen weggewischt worden. Auf einmal musste ich von Herzen lachen. Bewies das nicht, dass das Leben immer noch für Überraschungen gut war? Das machte Mut!

»Ist es nicht toll, wie sich alles entwickelt hat?«, fragte ich Ute reichlich unvermittelt, als sie schon auflegen wollte. Zum wiederholten Mal hatte Mathias sich im Hintergrund laut geräuspert. Meine Frage irritierte sie zutiefst, wie ich an ihrem ratlosen Schweigen erkannte.

»Egal, wie sehr du dich bemühst und abstrampelst, entscheidet das Leben am Ende doch für dich, wie die Geschichte ausgeht«, setzte ich nach.

»Gib zu, du willst mir auf diese Weise nur klarmachen, wie richtig du mit deiner selbstgestrickten Lebensphilosophie liegst von wegen ›nicht grübeln, sondern einfach mal so tun als ob, dann wird schon alles gut‹.« Ute hatte zu ihrem vergnügten Ton zurückgefunden.

»Du bist der beste Beweis, dass sie funktioniert«, konterte ich.

»Und du bist der Beweis des Gegenteils«, gab sie sogleich zurück. »So sehr du auch so tust als ob, knabberst du leider immer noch an deinem ominösen Blumenkavalier herum.«

»Womit wir wieder bei meinem Vater wären: Wahrscheinlich hat er recht, wenn er meint, es wäre wohl die beste Variante, der Kavalier bliebe für alle Zeit anonym und schickte mir einfach nur bis an mein Lebensende weiter die tollen Blumen. Wer weiß, ob ich nicht enttäuscht bin, wenn ich herausfinde, wer tatsächlich dahintersteckt.«

»Was eine übermenschliche Selbstlosigkeit voraussetzt, die wohl kaum jemand aufbringt. Wer verschenkt schon regelmäßig teure Blumensträuße, wenn er damit nicht einen konkreten Vorteil für sich vor Augen hat?«

»Lass mir den Traum. Deine Wünsche sind schließlich auch alle in Erfüllung gegangen.«

»Du weißt, dass ich dir immer nur das Beste wünsche, meine Liebe.«

»Und genau das schätze ich so an dir. Deshalb wolltest du mich sogar heiraten.«

»Daraus wird wohl leider nichts. Ich hoffe, du verzeihst mir.« Ute tat, als bedauerte sie das wirklich sehr.

»Nur, wenn du mir meinen Traum vom selbstlosen Blumenkavalier lässt.«

»Einen unrealistischen Traum muss wohl jeder einmal träumen.« Sie seufzte theatralisch.

50

Für meinen Traum blieb mir in den nächsten Tagen nur wenig Zeit. Zum einen stand in Bernds Kunstberatung der aktuelle Newsletter an, zum anderen hatte ich für meine Galeristinnenserie bei *Kunst aktuell* einige Recherchetermine. Auch musste ich endlich mit den Beiträgen über Rückenschmerzen für *Apotheke Plus* beginnen, die erfreulicherweise tatsächlich zu den neuen Konditionen honoriert wurden.

So wenig Zeit und so viel Ablenkung ich also eigentlich hatte, ertappte ich mich dennoch immer wieder dabei, trotz bester Vorsätze darüber zu grübeln, wie ich der Identität meines Blumenkavaliers auf die Schliche kommen konnte. Träume sind ja bekanntlich sehr schön, aber auf Dauer ist es noch erfüllender, wenn sie wirklich einmal wahr werden.

Was nützte mir ein Kavalier, der mich mit immer neuen Blumensträußen verwöhnte, ohne sich mir jemals zu zeigen? Ebenso wenig nützten ihm die Grüße, wenn ich niemals kapierte, was er damit bezweckte. Utes Vermutung traf gewiss zu: Wenn er damit mehr als nur die Subvention von Rainers Blumenapotheke im Sinn hatte, wovon auszugehen war, würde er früher oder später die Lust an seinen rätselhaften Grüßen verlieren. Wahrscheinlich ärgerte ihn meine Begriffsstutzigkeit längst. Bang sah ich dem drohenden Verwelken des bunten Herbststraußes entgegen. Es könnte die letzte Aufmerksamkeit dieser Art für mich gewesen sein.

So viel also zum Thema »nicht grübeln, sondern einfach schon mal so tun als ob, dann wird schon alles gut«.

Am nächsten Wochenende würde ich ausreichend Gelegenheit haben, die Stichhaltigkeit meiner Philosophie unter Beweis zu stellen. Der »hundertste Geburtstag« meiner Uraltfreunde Gabriele und Markus stand an. Im Frühling und Sommer waren sie jeweils fünfzig geworden. Seit gut einem halben Jahr schickten sie in regelmäßigen Abständen Infos und Updates zu der dazu geplanten Sause auf einem Partyboot am Ammersee. Als trübe Tasse konnte ich dort schlecht aufschlagen. Bei solchen Events war beste Feierlaune Voraussetzung. Bekanntlich stellte sich die auch ein, wenn man eine halbe Stunde zwanghaft so getan hatte, als ob man bereits bester Stimmung wäre.

Einziger Wermutstropfen: Gabriele und Markus waren auch Detlefs Uraltfreunde. Es würde sich also kaum vermeiden lassen, ihn dort zu treffen. Und das ausgerechnet zum ersten Mal nach dem Abend im *Pacific Palisades*, wo er Augenzeuge meines aufgedonnerten Auftritts geworden war! Die Aussicht ließ mich nicht gerade vor Freude jauchzen. Andererseits hatte ich schon vor langer Zeit beschlossen, mich seinetwegen nicht mehr zu verstecken. Gerade seinetwegen war das »so tun als ob« also Pflicht.

Mein Blick glitt zum Fenster. Dünner Regen hüllte die Welt vor den Scheiben in einen hauchzarten Gazeschleier, ein ebenso hauchzarter Wind wehte einzelne Tropfen auf das Glas. Das versprach eine wahrlich gemütliche Party auf dem Ammersee, bei Nieselregen und kaum mehr als zehn Grad Außentemperatur über Stunden auf einem Boot eingesperrt mit dem lästernden Detlef. Noch ein Grund mehr, sich besonders auf das »so tun als ob« zu konzentrieren.

Anscheinend war ich nicht die Einzige mit diesen Vorsätzen. Demzufolge wurde es ein ausgelassenes Fest. Zwar erschrak ich trotz großer Wiedersehensfreude beim Anblick so manches alten, lang nicht mehr getroffenen Freundes, wie viel Haarpracht offenbar schon im letzten Jahrtausend zurückgeblieben und wie viel zusätzliches Gewicht stattdessen ins einundzwanzigste Jahrhundert hinübergerettet worden war. Ebenso entsetzten mich einige der früheren Freundinnen mit einem reichlich maskenhaften Antlitz dank zu straff gespannter Wangen und Augenlider. Anscheinend mussten sie sich selbst am stärksten über den Verlust der ewigen Jugend hinwegtrösten und scheuten keine Schmerzen, um längst überholten Schönheitsidealen gerecht zu werden.

Zum Glück sorgte die gelungene Musikauswahl schon bald nach dem Verdrücken der letzten Weißwürste und Leberkäsescheiben sowie dem Leeren des ersten halben Dutzends Bierfässer für das trügerisch verlockende Gefühl, wir befänden uns tatsächlich wieder in unseren besten Zeiten, sprich im Alter von Anfang, höchstens Mitte zwanzig. David Bowie versuchte auch aus dem Jenseits noch beharrlich, »Major Tom« zu erreichen, und Gloria Gaynor beharrte unbeirrt darauf »I am what I am«.

Für den Bruchteil einer Sekunde blitzte bei den Songs Wehmut in mir auf, weil ich bei der Suche nach meinem Kavalier so kläglich gescheitert war. Dann aber wiegte ich mich wie nahezu alle unter der glitzernden Discokugel im verträumten Groove von Earth, Wind & Fire, und schon war alles andere vergessen. Selbst Halbglatze, Übergewicht und schlaffe Oberarme spielten keine Rolle mehr, als die Bee Gees dem regentrüben Samstagnachmittag mit ihrem »Saturday Night Fever« trotzten. Fast hätte man Angst um die Seetüchtigkeit des Schiffs bekommen können, derart ausgelassen wurden von uns im Rudel die weit ausholenden Tanzschritte und hektischen Armbewegungen John Travoltas und Olivia Newton-Johns verqueres Hüftschwingen nachgeahmt.

»Kaum zu fassen, wie alt wir alle aussehen«, riss mich Detlefs Stimme dicht an meinem Ohr irgendwann unsanft aus dem trügerischen Wahn jugendlicher Discofreuden. Mitten im Schwung zog ich die soeben hoch in die Luft geschleuderten Arme wieder nach unten und starrte ihn perplex an. Zugleich hielt ich leicht panisch in dem von verschwitzten Ausdünstungen und verkapptem Disconebel trüb gewordenen Licht Ausschau nach seiner Jutta. Vergeblich.

»Du natürlich ausgenommen«, fuhr Detlef unterdessen mit schiefem Grinsen fort und musterte unverhohlen mein Outfit. Von allzu emsigem Stylen hatte ich vorerst genug. Also trug ich an diesem Tag unspektakuläre schmale Jeans und eine leicht transparente schwarze Seidenbluse nebst regenun- und dafür umso tanztauglicheren Pumps.

»Wenn du heute auch nicht ganz so scharf aussiehst wie letztens im *Pacific Palisades*«, erdreistete er sich festzustellen. »Kompliment übrigens. Das Kleid war wirklich geil. Der Ausschnitt sogar ziemlich gewagt. In jedem Fall ist deine Haut noch weitaus straffer als die Pelle von so mancher Dame hier.«

Verächtlich wies er mit dem Arm auf die Tanzfläche. Ich verkniff mir die Frage, ob es ein Zeichen zunehmender altersbedingter Weitsichtigkeit war, dass er das letztens trotz sichtlicher Inanspruchnahme durch die hanseatisch-schnöseligen Kunden und zwei Tische Abstand alles so genau hatte feststellen können.

»Wie kommt eigentlich ausgerechnet Blumen-Rainer zu der Ehre, dass du dich seinetwegen derart in Schale geworfen hast?«, wandte er sich mir wieder zu, während er sichtlich interessiert prüfte, wie viel meiner straffen Haut er jetzt noch durch den Blusenstoff zu sehen bekam. Entschlossen richtete ich mir den Ausschnitt und verwehrte ihm weitere Einblicke.

»Habe ich da etwa eine entscheidende Entwicklung in deinem Leben verpasst?«, setzte er enttäuscht nach.

»Pass lieber auf, dass du in deinem eigenen Leben keine entscheidende Entwicklung verpasst. Wo steckt zum Beispiel die liebe Jutta?«

»Bei der Kleinen natürlich«, erwiderte er prompt, doch das nervöse Flimmern in seinem bereits glasigen Blick verriet mir, dass es ihm unangenehm war, ausgerechnet in diesem Moment auf seine Lebensgefährtin angesprochen zu werden. Ich hatte jedoch keine Lust, mich nach dem aktuellen Stand der Dinge in seiner Beziehung zu erkundigen, und erwiderte deshalb einfach nur »Gib acht, dass sie dableibt, du bist schließlich nicht der einzige Hengst auf der Koppel«, warf die Arme von Neuem kühn in die Höhe und tanzte mit einem kecken Hüftschwung auf die Tanzfläche zurück, wo gerade wie für mich bestellt Roxette »She's got the look« verkündete.

Zu meiner großen Freude erspähte mich im selben Moment mein alter Kumpel Ralf und tanzte mich sichtlich vergnügt an. Ab da war die Party endgültig für mich gerettet. Erst tanzte ich mir mit Ralf, später mit Jochen und Alexander und noch später in der Nacht oder vielmehr am frühen Morgen mit der männlichen Hälfte der beiden Neu-Hundertjährigen, also Markus, die Seele aus dem Leib.

Seit den unverhofften Feiernächten mit Ute zu Beginn des Sommers hatte ich nicht mehr so lange und so ausgiebig gerockt und geschwoft und gehopst. Und seit Leons Abiball war auch die Musik nicht mehr so passend für mich zum Nächtedurchtanzen gewesen: Diana Ross, Gloria Gaynor, Bruce Springsteen, David Bowie, Peter Gabriel, U2, Tina Turner und wie die Musikhelden unserer Jugend noch so alle hießen kannte der DJ alle und legte sie nacheinander auf, auf dass wir kaum zum Luftholen kamen vor Tanzen und Mitsingen und dem Schwelgen in alten Erinnerungen.

In den hin und wieder nötigen Verschnaufpausen tauschten wir uns gelegentlich lauthals lachend über die mitunter sinnleeren Texte aus, staunten über alte Missverständnisse beim Hören und die mehr oder weniger freiwillige Komik so mancher Lebensweisheit, die in den Zeilen zuweilen enthalten war.

Moment mal! Das kam mir doch bekannt vor. Mitten im Gehopse auf U2s »And I still haven't found what I'm looking for« musste ich innehalten. Das war es doch! Ich fasste mir an die Stirn. Wie hatte ich nur so beschränkt sein und die vielen Winke mit dem Zaunpfahl nicht kapieren können? Auf einmal wusste ich, was es mit den Grußkarten meines mysteriösen Blumenkavaliers auf sich hatte, und endlich wusste ich auch, wer dahintersteckte.

»Besser spät als nie«, wie meine Großmutter Gerda zu sagen pflegte, doch das war mir nur ein schwacher Trost. Zu sehr ärgerte mich meine eigene Begriffsstutzigkeit, trotz aller gut erkennbaren Hinweise nicht schon viel eher darauf gekommen zu sein. Wenn ich Pech hatte, hatte mein Kavalier längst die Geduld mit mir verloren. Jetzt hieß es also abwarten, ob er sich noch einmal meldete, und zugleich überlegen, wie ich am geschicktesten mit ihm in Verbindung trat.

Eins stand jedenfalls fest: Auf Rainer durfte ich dabei nicht mehr als Boten setzen.

51

Das lange Feiern des Hundertsten von Gabriele und Markus hatte einen Vorteil: Der Sonntag erschien mir dadurch angenehm kurz. Auch wenn mir mehr als nur einige Stunden Schlaf fehlten, war ich froh, als er vorbei war. Und dann kam endlich der Montag!

Selten – wenn überhaupt je schon einmal – hatte ich mich derart auf den Beginn der neuen Woche gefreut. Nach meiner Rechnung war wieder Zeit für einen neuen Blumenstrauß. Das würde die Probe aufs Exempel. Schon im Morgengrauen stand ich am Esstisch und zupfte die vertrockneten Astern aus dem letzten Strauß meines Kavaliers. Nachmittags um halb fünf sollte es so weit sein. Das war die Zeit, zu der der Blumenbote in der Regel auf der Matte zu stehen pflegte.

Falls er heute nicht kam, dann wenigstens morgen oder allerspätestens übermorgen, baute ich mir gleich eine Rettungsbrücke, um die Erwartungen nicht allzu hoch zu schrauben. Bislang hatte es allerdings – abgesehen von Rainers Betriebsurlaub – nie mehr als vierzehn Tage Abstand zwischen den Grüßen gegeben.

Trotzdem war es noch eine halbe Ewigkeit bis dahin. Es fiel mir schwer, mich aufs Schreiben zu konzentrieren. Zum Glück drückte der nächste Abgabetermin bei *Apotheke Plus*. Viel zu lang schon schob ich den ersten Beitrag zu der Reihe mit den Rückenschmerzen vor mir her. Der Newsletter für Bernd war dagegen im Prinzip fertig. Sabine würde mir noch einmal die allerletzte Korrektur schicken, damit er spätestens um elf Uhr vormittags an die Kunden gehen konnte. Also blieb mir nichts anders übrig, als mich mit einer großen Tasse Milchkaffee an den Laptop zu setzen und mich erst mit den Neuprojekten von *Feldhorst & Feldhorst* und anschließend mit dem Problem chronischer Nackenverspannungen und was man dagegen vorbeugend tun kann zu stellen.

Nach einer halben Stunde hielt ich es nicht mehr auf dem Stuhl aus, derart unangenehm begann es mir in der rechten Schulter zu ziehen. Nach einer weiteren halben Stunde fühlte ich mich so steif, dass ich meinte, keine Minute länger mehr sitzen und auf die Tastatur einhämmern zu können. Zur Auflockerung lud ich mir via YouTube eine Liste mit den hundert besten Popsongs des Jahres 1986 hoch. Es dauerte nur wenige Takte, bis ich zu Sting, Queen, den Eurythmics und den Pet Shop Boys durch die Wohnung tanzte.

Darüber besserte sich neben meiner Nackenverspannung auch meine Laune schlagartig. Vera Birkenbihl fiel mir ein. In einem ihrer großartigen Vorträge hatte sie sich einmal darüber ausgelassen, wie wichtig es war, mehrmals am Tag für eine halbe oder eine Minute zu lächeln. Das tat ich gleich für die nächsten fünf Wochen auf Vorrat. Der Tipp passte sogar bestens zu meinem Rückenschmerzentext. Und war wieder einmal mehr eine wunderbare Ergänzung meiner eigenen »Einfach so tun als ob«-Philosophie.

Voller Schwung trällerte ich weiter vor mich hin, denn quasi nebenbei fand ich auf der Playlist auch noch den passenden Song nebst geeigneten Textzeilen für meine Grußkarte an den Blumenkavalier. Ich war also bestens gewappnet. Damit stand meine Strategie fest. Jetzt fehlte nur noch der entscheidende Fingerzeig des geheimnisvollen Mister X in Form eines neuen Straußes aus Rainers Blumenapotheke.

Nach dem dritten Abspielen verloren die Songs von vor dreißig Jahren rapide ihre aufmunternde Wirkung. Ebenso entspannte mich die Yogarunde auf dem Wohnzimmerteppich spürbar weniger als sonst. Ein Blick auf die Uhr genügte, um festzustellen, wie träge der Minutenzeiger auf die nächste Markierung hinüberkroch. Noch lange nicht halb fünf. Mein Ablenkungsprogramm war allerdings bereits ausgeschöpft.

Um meinen knurrenden Magen zu besänftigen und noch etwas mehr Zeit zu schinden, kochte ich mir eine riesige Portion Wokgemüse. Das aufwendige Schnippeln von Karotten, Zucchini, Auberginen, Paprika und Pilzen lenkte mich eine weitere halbe Stunde ab. Mit dem elenden Gefühl, mich längst im Unterzucker zu befinden, schlang ich anschließend Reis und Gemüse umso schneller hinunter. Das neutralisierte den Nutzen der Aktion sofort wieder.

Zum Glück schlug mir Leon genau in diesem Moment per WhatsApp ein Date zum Skypen vor. Hatte ich schon einmal erwähnt, wie feinfühlig mein Sohn ist? Selbst quer über den Atlantik und mit mehreren Tausend Kilometern zwischen uns ahnte er, wonach mein geschundenes Mutterherz gerade lechzte.

»Gestern durfte ich zum ersten Mal Daisy Duck sein«, erzählte er mir nur wenige Minuten später vergnügt und strahlte in die Kamera. Gut sah er aus. Braun gebrannt und durchtrainiert. Wäre ich nicht seine Mutter und mindestens fünfundzwanzig Jahre jünger, würde ich mich auf der Stelle in ihn verlieben.

»Dafür muss ich nachher wieder eine Stunde am Hamburger-Grill stehen«, fuhr er fort. »Carola hasst es zwar, dass ich danach nach Bratfett rieche, aber bei den Pommes ist es noch schlimmer. Apropos: Hab ich dir eigentlich schon erzählt, dass Carola letzten Freitag das Surfen gewonnen hat? Schau mal, das ist ihr Pokal. Was sagst du dazu?«

Stolz, als wäre es sein eigener, streckte er mir das potthässliche Ding ins Bild. Wie er von Carola schwärmte! Insgeheim spürte ich einen Anflug von Eifersucht. Andererseits freute es mich für ihn. Die erste große Liebe – was für ein Abenteuer!

Außerdem war sein unbedarftes Plappern tausendmal besser, als mutterseelenallein das zähe Zerrinnen der Zeit zu ertragen. Für mein Gefühl viel zu schnell verkündete er trotzdem irgendwann: »Jetzt muss ich aber los, Mamilein. Bis demnächst.«

Derart angespornt von Kindesliebe probierte ich mein Glück bei Mona. Anders als mein Sohn aber wollte meine Tochter mir dieses Mal nicht viel von ihrem Leben preisgeben, geschweige denn mit mir skypen. Als ich mich gerade besorgt erkundigen wollte, ob etwa ihre Südtiroler Liebe auch schon wieder zerbrochen oder eine Klausur verpatzt war, erklärte sie, sie müsse in die nächste Vorlesung.

»Es läuft übrigens gerade alles bestens«, versicherte sie mir, als ahnte sie meine Befürchtungen. »Am Wochenende erzähle ich dir alles. Da habe ich einfach mehr Zeit für dich.«

Waren das noch Zeiten gewesen, als meine Tochter mir noch keine Telefontermine zugeteilt hatte! Aber wie schön für sie, dass augenblicklich an allen Fronten, sprich in der Liebe wie in der Uni, Ruhe eingekehrt war.

Meine Kinder waren also bestens versorgt, meine innere Ruhe musste ich mir anderweitig erkämpfen. Mitten am Tag wollte ich Ute jedoch nicht bei der Arbeit stören, um mir von ihr über meine allmählich unerträglich werdende Warterei hinweghelfen zu lassen. Also musste mein Vater dran glauben. Seltsamerweise gab Konrad sich ungewohnt zugeknöpft, was mich zusätzlich irritierte. Hatte Isolde etwa doch schon genug von ihm? Dabei hatte sie einen ebenso patenten wie herzlichen Eindruck gemacht. Warum sonst aber verkroch er sich wieder in sein früheres »Ich bin der Herr im Haus und nicht für die Familie zuständig«-Verhaltensschema? Gerade, als ich ernsthaft in Erwägung zog, meine Besorgnis offen anzusprechen, erlöste er mich mit dem Hinweis:

»Ich muss packen. Isolde und ich starten nachher zu einer spontanen Reise nach Wien.«

Ich seufzte.

»Ende der Woche sind wir zurück, dann können wir uns ausgiebig unterhalten«, schob er nach, weil ihm meine Verwirrung wohl endlich aufgefallen war. »Pass auf dich auf, mein Kind. Ich liebe dich.«

Das hatte er noch nie gesagt! Tränen schossen mir in die Augen. Ehe ich ihn allerdings ebenfalls meiner großen Liebe versichern konnte, hatte er bereits aufgelegt.

So saß ich also doch wieder mutterseelenallein in meiner Wohnung, hörte den Herbstregen gegen das Fenster platschen und wartete weiter auf halb fünf.

Darüber musste ich eingeschlafen sein. Mit schmerzendem Rücken und verrenkten Gliedern wachte ich irgendwann auf. Mittlerweile war es dunkel geworden. Kaum konnte ich mehr die bunten Buchrücken im Regal zwei Armlängen entfernt vom Sofa unterscheiden. Verwundert rieb ich mir die Augen. Der Schlafmangel der letzten Tage hatte seinen Tribut gefordert. Halb fünf war lange vorbei. Ob ich das Klingeln an der Tür verpasst hatte? Mich reckend und streckend erhob ich mich vom Sofa und schlurfte zur Wohnungstür.

Auf der Fußmatte lag nichts.

Für den Bruchteil einer Sekunde zog ich in Betracht, bei Dirk im Dachgeschoss nachzufragen, ob jemand bei ihm Blumen für mich abgegeben hatte. Den Fuß bereits auf der ersten Treppenstufe besann ich mich jedoch eines Besseren. Wollte ich tatsächlich seinen Spott ertragen oder mir gar seine Maßregelung anhören von wegen, so umweltverträglich könnten nicht einmal Blumen aus fairstem Handel sein, dass man sie sich ständig guten Gewissens auf den Tisch stellen durfte?

52

Auch wenn es mir schwerfiel: Den Dienstag gab ich dem Blumenkavalier und mir noch. Vergeblich. Ein weiterer Tag ungeahnter Länge und Warterei. Mittwochfrüh kratzte ich meinen gesamten Mut zusammen und beschloss, mich Rainers gehässigen Kommentaren und womöglich der Blamage vor meinem Kavalier auszusetzen, ihm ausgerechnet dann Gleiches mit Gleichem vergelten zu wollen, wenn er längst die Hoffnung hatte fahren lassen, dass ich seine mysteriösen Grüße je begreifen würde.

Als wollte mich Wetterapostel Petrus in meinem Tun bestärken, hatte der Regen aufgehört und sich der Himmel ein herbstlich milchiges Blau übergestreift. Selbst die Temperaturen waren wieder angenehm. Tina Turners »Typical Male« vor mich hin summend, das Kuvert der in meinen Augen perfekt gestalteten Grußkarte in der Hand tänzelte ich geradezu zu Rainers Blumenladen, um mir mit meiner eigenen Philosophie Mut zu machen: nicht mehr grübeln, sondern einfach so tun als ob, dann wird alles gut.

Eine imposante Auswahl rostroter, ockergelber und kastanienbrauner Zweige und Sträuße lockten die Kundschaft in den Laden, um sich drinnen jahreszeitengemäß mit floralem Beiwerk auszustatten. Ich atmete auf, als ich feststellte, dass Rainer sich an diesem Tag von einer gelegentlich bei ihm jobbenden Studentin vertreten ließ. Das ersparte mir seinen Spott, den er sich sicherlich nicht würde verkneifen können, sobald ihm klar wurde, an wen ich meinen Blumengruß in Auftrag gab. Außerdem entkam ich damit auch meinem seit mehr als einer Woche gehegten Vorsatz, ihm einen Teil der Zeche unseres gemeinsamen Gelages anzubieten. Feige wie ich war, hatte ich ihn deswegen nämlich noch nicht angerufen. Das würde ich nachholen, wenn die Geschichte mit meinem Kavalier gut über die Bühne gebracht war. Zumindest nahm ich mir das vor.

Unkompliziert regelte die smarte Mittzwanzigerin meinen Wunsch nach einem herbstlich frischen Blumengruß. Im Handumdrehen hatte sie aus Sonnenblumen, Freilandrosen, Gerbera und Bartnelken eine farblich beeindruckende Komposition gebunden, die genau die richtige Mischung aus unverbindlichem Gruß und kleinem Wink mit dem Zaunpfahl darstellte. Flink füllte die junge Frau das Auftragsformular für die Lieferung aus. Unter meinen argwöhnischen Augen steckte sie die Grußkarte wie explizit von mir gewünscht direkt in die Blumen, bevor sie das kupferrote Herbstpapier darum wickelte.

»Den bringe ich nachher gleich persönlich vorbei«, versprach sie. »Das liegt auf meinem Heimweg. Dann können Sie sicher sein, dass er um Punkt halb fünf abgegeben wird.«

Dieser Sonderservice war mir fünf Euro extra wert. Mit einem saloppen Gruß an Rainer verabschiedete mich, um beim Öffnen der Ladentür wie auf frischer Tat ertappt zu erstarren.

Die attraktive Blonde aus dem *Café Luitpold* an der Hand stand Kai vor mir. Ausgerechnet jetzt! Meine Wangen glühten.

Ihn musste unser Zusammentreffen ebenso verwirren wie mich. Völlig perplex starrte auch er mich an.

Ich sammelte mich als Erste, murmelte ein knappes »Hallo« und stürzte davon.

In meinem Hirn ging es zu wie auf dem Fünferlooping auf der Wiesn. War ich zu voreilig gewesen? Hätte ich mit meinem Blumengruß wohl doch besser noch einen oder zwei Tage warten sollen? Mir wurde übel vor Scham, wenn ich mir ausmalte, wie lächerlich ich mich womöglich gerade mit dem Strauß und noch mehr mit der beigefügten Karte machte. Welcher Teufel hatte mich geritten, ausgerechnet Tina Turners »Typical Male« auszuwählen, noch dazu die entlarvenden letzten Zeilen aus der ersten Strophe, in denen es um Ratschläge geht, wie man sein Privatleben in den Griff bekommt.

53

Was Scham, Verlegenheit und Ärger über sich selbst so alles bewirkten! Mit verblüffender Leichtigkeit brachte ich es auf meine höchstpersönliche Rekordzeit, sowohl beim ausgedehnten nachmittäglichen Walken meiner üblichen Runde durch den Westpark als auch beim betonten Ausharren im Pflug auf dem Wohnzimmerteppich. Wahrscheinlich hätte ich es bei Letzterem sogar noch länger ausgehalten, wenn mich nicht das Klingeln an der Wohnungstür mitten aus der ungünstigen Lage flach auf dem Boden mit den Beinen nach hinten über den Kopf gestreckt gerissen hätte.

Dieses Mal konnte ich nicht nach Leon seufzen. Dieses Mal musste ich in Rekordtempo in den Stand zurückschwingen, um die Tür zu öffnen. Dementsprechend heftig schwindelte mir, als ich in den Flur wankte. Den flüchtigen Blick auf die Uhr schaffte ich allerdings trotzdem noch. Halb fünf. Bangen Herzens öffnete ich.

Der Blumenbote!

Kaum traute ich meinen Augen, als ich das imposante Ding in dem kupferroten Papier vor meiner Nase erkannte. Im ersten Moment meinte ich, Rainers Aushilfe hätte mich missverstanden oder ich hätte ihr in der ganzen Aufregung die falsche, sprich meine eigene, Adresse zur Lieferung angegeben. Beim zweiten Hinsehen aber fiel mir ein Unterschied auf: Dieser Strauß war asymmetrisch gebunden. Aus der rechten Lücke im Papier ragte ein langer Hagebuttenzweig mit den charakteristischen knallroten Früchten. Den hatte mir die Aushilfe zwar auch empfohlen, ich aber hatte ihn abgelehnt, weil er mir zu unpraktisch für das Verpacken schien. Wie vernünftig ich gelegentlich sein konnte – und das ausgerechnet in Sachen Blumenkavalier! Da war er offenbar anders gestrickt als ich.

Von Neuem färbte mir Schamesröte die Wangen. Zu klar hatte ich wieder vor Augen, wie ich beim Verlassen des Ladens Kai in die Arme gelaufen war. Ausgerechnet heute und ausgerechnet in dem Moment musste er wieder in Begleitung der Luxusblondine auftauchen.

Seltsam, dass ich trotzdem nicht mehr daran zweifelte, wer der rätselhafte Kavalier war. Dabei hatte ich schon zwei Mal gründlich danebengelegen. Wieso um alles in der Welt hielt ich trotzdem an meiner Theorie fest.

Natürlich wusste ich genau, warum: Weil ich mir auf einmal nichts sehnlicher wünschte, als dass ich dieses Mal richtigläge! Viel zu lange schon hatte ich meine Gefühle ignoriert oder mit Erfolg verdrängt. Dabei gab es im Rückblick betrachtet eindeutige Signale, die bei mir für das gewisse Kribbeln im Bauch gesorgt hatten. Nur mit dem kleinen Schönheitsfehler, dass sich mein Favorit in letzter Zeit immer öfter mit einer anderen Frau an der Seite gezeigt hatte.

»Nehmen Sie die Blumen jetzt, oder muss ich mir damit die Beine in den Bauch stehen?«, wollte der Bote unwirsch wissen und hielt mir das Gebinde noch dichter vors Gesicht. »So leicht, wie es aussieht, ist das Monstrum nämlich nicht.«

»Ja, klar«, erwiderte ich und wollte nach den Blumen greifen, da entzog er sie mir hämisch grinsend.

»Ein bisserl was ist Ihnen das jetzt aber schon wert.« Offenbar trug er mir noch meine Knauserigkeit von letztens nach.

»Natürlich. Einen Moment.« Ich wollte nur noch die Blumen haben und die Karte in Ruhe lesen, um endlich Gewissheit zu bekommen. Hastig verschwand ich in die Küche, um aus meinem Portemonnaie Kleingeld zu holen. Münzen hatte ich keine, aber wenigstens einen Fünfeuroschein. Viel zu üppig für den dreisten Burschen, aber wie sagte schon Oma Gerda? »Nobel geht die Welt zugrunde« – oder kommt endlich zu ihren Blumen, fügte ich zähneknirschend hinzu.

»Danke vielmals und gerne bis zum nächsten Mal!« Endlich hatte ich in seinen Augen kapiert, was sein Dienst mir wert sein musste. Frech zwinkernd tippte er an den Mützenschirm und trollte sich.

Ungeduldig zerrte ich auf dem Weg in die Küche am Papier und schenkte dem eindrucksvollen Gesamtkunstwerk aus drei höhenversetzten, tiefroten Anthurien, die drei ebenfalls asymmetrisch gebundene gigantische Elefantenblätter flankierten, nur einen flüchtigen Blick, bevor ich sie zur Seite legte. Stattdessen nahm ich mir die Karte vor, auch wenn ich plötzlich das Bild meines Kavaliers an der Seite der anderen nicht mehr aus dem Kopf bekam. Immerhin war ich ihm trotzdem noch wichtig genug, mir Blumen zu schicken.

Was sie wohl dazu sagte? Ob er ihr die ganze Geschichte erzählt hatte? Lachten sie am Ende gemeinsam über mich und meine Begriffsstutzigkeit? Aber wäre das nicht ein absolut überteuertes, für einen Mann wie ihn viel zu albernes Vergnügen?

Ich klappte die Karte auf. Wie immer war der Text computergetippt und akkurat ausgerichtet, also eindeutig das Werk des echten Kavaliers.

Die Zeilen spielten auf sein langes Warten an, auf seine Hoffnung, dass nichts »schiefgehen« würde.

Im Handumdrehen stand ich am Laptop und gab die Sätze ein. Genesis' »Invisible Touch«. Hastig überflog ich den gesamten

Text. Wie immer hatte er klug gewählt. Und genau im richtigen Moment aufgehört zu zitieren. Auf den ersten Blick konnte man das durchaus als Abschiedsgruß verstehen. Nur wenn man den weiteren Text des Lieds kannte, erfuhr man, dass er auf das Gegenteil hinauslief: Er war dabei, sich in mich zu verlieben! Zumindest im Songtext. Und falls es wirklich der war, den ich mir als Kavalier erhoffte, der das schrieb.

Ach, verflucht! Halb fünf war vorbei. Längst musste er meine Blumen ebenfalls erhalten haben. Falls alles geklappt hatte und falls er zu Hause war. Ob ich ihn anrufen sollte? Dank seiner WhatsApp mit der Essenseinladung hatte ich die Nummer. Eine Schande, wie lange die Einladung schon zurücklag. Und noch dümmer, dass ich damals so blöd reagiert und damit die beste Chance verpatzt hatte, dass er sich mir erklärte. Das hätte mir viele Wartestunden erspart.

Hatte die kühle Luxusblonde seinerzeit die Gelegenheit genutzt und sich erfolgreich an ihn herangemacht? Welche Rolle spielte sie für ihn, wenn er mir trotzdem weiter Blumen schickte, noch dazu mit dieser eindeutigen Anspielung?

Noch während ich wieder einmal viel zu viel grübelte, statt einfach so zu tun als ob und nach dem Handy zu greifen, vibrierte es. Untrügliches Zeichen für das Eingehen einer Nachricht.

Mit zittrigen Fingern zeichnete ich das Entsperrungsmuster und öffnete die grüne Sprechblasen-App.

54

Natürlich gehst du hin«, bearbeitete mich Ute keine Stunde später telefonisch, nachdem ich ihr brühwarm von der gelungenen Enttarnung meines Blumenkavaliers und seiner Einladung zum Essen für kommenden Freitagabend erzählt hatte.

»Sei nicht feige!«, fuhr sie nach einer kurzen Pause vorwurfsvoll fort. »So kurz vor dem Ziel wirst du nicht hinschmeißen. Denk an Rainer. Was meinst du, wie ihm die Augen aus dem sonnengebräunten Surferface fallen, wenn er mitbekommt, dass du deinen Kavalier gefunden hast. Noch dazu ganz ohne seine Hilfe.«

»Die ohnehin mehr geschadet als genutzt hat. Aber was ist mit dieser anderen Frau ...«, versuchte ich zum x-ten Mal einzuhaken, nur um mir gleich den nächsten Rüffel einzufangen.

»Vergiss sie«, forderte Ute resolut. »Wäre sie für ihn wichtig, hätte er wohl kaum den aufwendigen Tanz mit den Blumen und den Grußkarten inszeniert. Oder spätestens in dem Moment damit aufgehört, in dem sie auf der Bildfläche erschienen ist.«

Utes zwingende Logik war wieder einmal beeindruckend. Kein Wunder, dass *Lutter, Helmbrecht & Partner* sie endlich als Sozius in den edlen Kreis ihrer obersten Führungsriege aufgenommen hatten. Und dass ein humanistisch so überaus gebildeter Mann wie Mathias sie vergötterte.

»Aber ...«, wagte ich einen letzten zaghaften Einwand, um sofort wieder zurechtgewiesen zu werden.

»Unser Essen zu dritt und das Anstoßen auf meine Beförderung holen wir natürlich nach. Darauf habe ich jetzt so viele Jahre gewartet, da kommt es auf ein paar Tage mehr oder weniger auch nicht mehr an. Mathias wird mir hoffentlich ebenfalls noch länger erhalten bleiben. Zumindest so lange, bis du ihn einmal in Ruhe gesprochen hast.«

Empörter Widerspruch im Hintergrund verriet, dass er natürlich bei ihr war und unser Telefongespräch zumindest anhand ihrer Äußerungen genauestens verfolgte.

Dank Utes wie immer tief freundschaftlichen Zuspruchs sowie ihrer praktischen Beratung bei der Garderobenauswahl stiefelte ich zwei Tage später top gestylt – nicht zu schick, aber auch nicht zu leger in einer weich fließenden, schwarzen Marlene-Hose mit duftigem weißem Top unter schwarzem Lederblouson –, dafür innerlich umso aufgewühlter ins Lehel, wo ich mit meinem Kavalier bei *Les Cuisiniers* verabredet war.

Ich war nahezu pünktlich, also nicht münchnerisch pünktlich mit einer Viertelstunde Verspätung, sondern ziemlich genau um Punkt acht da. Viel zu zaghaft öffnete ich die Tür und sah vorsichtig hinein.

Fast alle Tische waren besetzt. Meist mit Pärchen, zu zweit oder zu viert. War ich zu früh? Ich holte tief Luft, zögerte einzutreten, sah nach links.

Am letzten Tisch ganz hinten im Eck entdeckte ich ihn. Im selben Moment machte mein Herz einen Satz, und ich wäre beim nächsten Schritt fast über meine Füße gestolpert.

Als wäre das ein Zeichen, hob er den Blick, entdeckte mich – und schon huschte ein Strahlen über sein selbst jetzt im Herbst noch sommerlich gebräuntes Gesicht.

Es war gar nicht einfach, die Fassung zu bewahren und unter den Augen des grau melierten Mannes in dem lässig-eleganten Anzug und mit dem nonchalanten Schmunzeln um die Lippen unfallfrei von der Tür zum Tisch zu gelangen, nicht zu schnell, aber auch nicht zu langsam. Schließlich wollte ich noch etwas von ihm und dem Abend haben.

Zum Glück erkannte ich bald, dass auch er reichlich nervös war. Das machte ihn noch anziehender.

Meine Schritte auf den halbhohen Pumps wurden etwas sicherer. In meinen Knien waberte dennoch eine doppelte Portion Pudding. Kaum konnte ich fassen, was da gerade mit mir passierte: Der große Traum wurde wahr! Ich hatte richtig vermutet. Er war tatsächlich mein geheimnisvoller und zum Glück auch beharrlicher Blumenkavalier.

Im Schnelldurchlauf spulte mein Hirn noch einmal die Songs seiner Grußkarten ab. Die Zeilen aus David Bowies »Absolute Beginners« wiederholte ich mir schon seit zwei Straßenecken wie ein Mantra, um mir wieder und wieder zu versichern, dass uns *»nicht viel passieren«* könne. Zusammen mit Gloria Gaynors Beschwörungsformel »I am what I am« und Diana Ross' »Chain Reaction« von wegen *»über die ganze Welt«* erstrahlen war eigentlich alles klar. Endlich musste ich nicht mehr einfach so tun als ob, sondern konnte sicher sein, dass schon alles bestens war.

Wie durch ein Wunder gelang es mir, unfallfrei den Tisch zu erreichen und mein »Hallo« nicht heiser zu krächzen, sondern einigermaßen verständlich herauszubringen.

Ganz Gentleman hatte er sich längst erhoben, um mich mit den obligatorischen Wangenküssen zu begrüßen.

Nie zuvor hatte ich diese in München bis zur Perfektion ausgereifte Zeremonie mehr genossen!

Was für ein Aftershave. Nur zu gern hätte ich mich ihm gleich an den Hals gehängt und mich von dem Duft betäuben lassen. Der Ober aber rückte mir unmissverständlich den Stuhl zum Sitzen zurecht, das heißt, er schob ihn mir regelrecht in die Kniekehlen. So nahm ich brav ihm gegenüber Platz.

Die Luft zwischen uns stand unter Strom. Wer hat behauptet, mit dem Älterwerden würde man weiser und gelassener? Ich konnte mich nicht erinnern, in jungen Jahren bei einem Date je derart von der Rolle gewesen zu sein.

Es dauerte bis zum Eintreffen des Aperitifs, bis wir uns beide einigermaßen beruhigt und unsere Scheu verloren hatten. Letztlich war es seine Bemerkung von wegen »bei fünf Gängen nebst Weinbegleitung erfahren wir wohl mehr als genug Trost über die Trennung von unseren Kindern« beim Studium der Menütafel, die uns die nötige Lockerheit bescherte. Dabei war uns im selben Moment klar, dass wir weder den Trost noch die fünf Gänge wirklich nötig hatten. Längst brauchten wir nur noch uns beide.

Kaum standen die gegrillten Jakobsmuscheln an Rote-Bete-Schaum auf den Schiefertäfelchen vor uns, wagte ich die für mich wichtigste Frage des Abends: »Wer ist eigentlich die hübsche Blonde, mit der man dich seit einiger Zeit sieht?«

Für einen Moment stutzte Kai, faltete die riesige Stoffserviette aufreizend sorgfältig auseinander. Mir wurde flau. Nur unter Mühen konnte ich die Gabel in der Hand balancieren, so sehr zitterte ich.

»Du wirst es kaum glauben.« Mit einem charmanten Lächeln erlöste er mich aus meiner Pein. »Sie ist die jüngere Schwester meiner verstorbenen Frau. Sie ist Autistin. Meine Frau war ihre einzige Bezugsperson. Nach ihrem Tod lebte sie lange in den USA, arbeitete dort als Mathematikerin bei einer großen Versicherung, bevor sie im Sommer nach München zurückgekehrt ist. Derzeit wohnt sie in Svenjas Zimmer. Sicher braucht sie noch einige Monate, bis sie so weit ist, allein klarzukommen.«

Für einige Atemzüge hielt er inne, schaute gedankenverloren vor sich hin. Ich biss mir auf die Lippen. Bestimmt dachte er jetzt an seine verstorbene Frau. Er hatte sie wohl sehr geliebt.

Das war's dann wohl, durchfuhr es mich in der nächsten Sekunde, da stahl sich ein Lächeln auf sein Gesicht, und er griff nach meiner Hand auf dem Tisch und drückte sie sanft.

»Übrigens gefällst du ihr sehr. Das hat sie mir nach unserer Begegnung letzten Mittwoch im Blumenladen verraten.«

Unsere Blicke versanken ineinander. Mit einem Mal war alles klar. Wie sehr mir Kai gefiel und ich ihm, brauchten wir einander nicht mehr zu gestehen. Wir hatten mehr als genug Blumen und Songtexte Zeit gehabt, um uns über unsere Gefühle füreinander klar zu werden.

Ganz leise begann Kai zu summen. Ich musste nicht viel hören, mir war auch so klar, um welche Melodie es sich handelte. Wie von selbst kamen mir die ersten Zeilen aus Tina Turners »Typical Male« leise über die Lippen, die danach fragten, was ich machen sollte, denn *»ich verliebe mich gerade in dich«*.

Automatisch stimmte Kai ein und bat darum, *»vor meinen eigenen Gefühlen in Sicherheit«* gebracht zu werden.

»Willst du das wirklich?«, fragte ich ihn. Er legte die Serviette beiseite, gab dem Ober ein Zeichen, zahlen zu wollen, und meinte nur: »Natürlich. Und zwar jetzt sofort. Bei dir.«

»Und das Essen?«

»Holen wir ein anderes Mal nach. Ich habe einfach schon so lang auf dich gewartet. Jetzt ist es genug.«

»Klingt, als könntest du auch ganz gut Songtexte schreiben.«

»Zumindest abschreiben und ein wenig umdichten, damit sie besser passen.«

»Das hättest du schon viel früher tun sollen.«

»Besser spät als nie.«

Draußen legte er mir den Arm um die Schulter, zog mich ganz nah an sich heran und küsste mich endlich. Das konnte er noch weitaus besser, als Songtexte abschreiben oder umdichten, wie ich endlich testen durfte.